U0055166

風雲時代

風雲時代

大畫情聖
第二輯
十一
越洋遠征
上山打老虎 著

大畫情聖 II

【目錄】

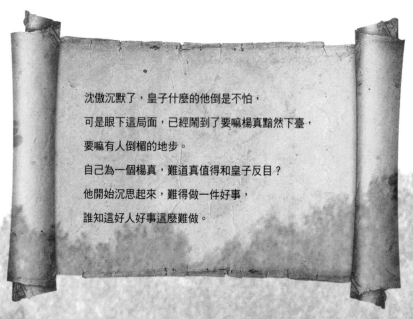

第一五一章 好人難做

沈傲沉默了，皇子什麼的他倒是不怕，

可是眼下這局面，已經鬧到了要嘛楊真黯然下臺，

要嘛有人倒楣的地步。

自己為一個楊真，難道真值得和皇子反目？

他開始沉思起來，難得做一件好事，

誰知這好人好事這麼難做。

楊真從宮中出來，到了正德門，吩咐直接前往門下省，從這裏到門下省雖然不遠，可是由於道路曲折，卻也要耗費半個時辰，楊真趁著這個功夫小憩了一會兒，這幾日忙得腳不沾地，實在是太睏了。

小轎子搖搖晃晃的，裏頭的人靠在轎箱上假寐，驟然間，一聲尖銳的銅鑼聲響，接著有人大吼道：「打死這混帳！」

楊真驚醒，還不知道怎麼回事，掀開轎簾，發現四面八方湧來不少短裝的壯漢朝自己衝過來。兩個轎夫嚇了一跳，當先被打翻，其餘的人把楊真拉扯出來。

楊真連人都看不真切，便受了幾下老拳，他被打懵了，堂堂門下令，居然有人敢當街毆打，這還有沒有王法？

好在轎夫們也知道干係重大，不敢跑，反而拼了命往人潮裏衝，大叫：

「知道打的是誰嗎？老爺……老爺……哎喲。」

楊真被打得暈頭轉向，眼看連性命都要交代在這裏，他實在想不到，自己經歷大風大浪，居然要死在一群看似潑皮的人手裏。

一頓打下來，整個人都是遍體鱗傷，門牙掉了好幾顆，眼睛烏黑青腫，身上滿是瘀傷，也顧不得斯文，畢竟總還算是老油條，用手護住了要害。

正在這時候，有人大叫：「差役來了，差役來了。」

幸虧近來京兆府做事勤懇，把差役都放出去日夜巡視，動靜這麼大，立即有十幾個差役從四面八方過來，這些打人的還有人把風，一看到緇衣的差役提刀拿著戒尺過來，便大叫一聲，這些人聽了，也不逗留，鳥獸作散，一下子混入了人群，不見了蹤影。

等到差役近前了，才嚇得魂不附體，被打的不是別人，正是當今的首輔，於是一面去叫醫生，一面將楊真抬去京兆府，又一面去追逐凶手。

楊真也不說什麼，到了京兆府，直接治傷，叫轎夫先去門下省知會一聲，讓他們正常署理公務，才見急急趕來的京兆府府尹、判官。

當值的周判官真是嚇飛了三魂七魄，今日他當值，本來還心裏不滿，沒有什麼案子讓他忙活，誰知竟撞到了這麼一個天大的案子，門下令被人當街打了，這還了得？到時候追究起來，第一個就是京兆府，是他周判官。

楊真臉色嚴肅，雖然已經敷了藥，可是渾身上下仍然疼得厲害，連坐一坐都腰酸背痛，他年紀畢竟大了，驟然被人打一頓哪裡吃得消，可是這時候，他反而意識到，一個機會來了。

他抿了抿嘴，正色道：「這事不怪你們，不過天子腳下，有人居然敢對老夫逞凶，可見這汴京的治安糜爛到了什麼地步，從即日起，京兆府的差役全部散出去，給老夫四處打探，是誰唆使，誰動的手，誰也別想逃脫干係。老夫給你們三日爲限，三日之後，

若是再沒有音信……」

「明白，明白……下官明白……」這府尹心裏也叫苦，這事兒太大，楊大人壓他這府尹，他只能壓下頭的判官，判官再壓都頭，不管如何，一定要緝拿到真凶不可。

楊真頷首點頭，便就地在這裏休憩片刻，可是這消息就像長了翅膀一樣，立即引起了整個汴京的譁然。

有人拍手叫好，覺得大是解恨，也有人意識到要出事，這事肯定不會小，還有人隔岸觀火，一副漠然的態度；當然也有一些心急如焚的，不過這樣的人少之又少罷了。

宮裏已經得到了消息，陛下龍顏大怒，楊真是剛剛從宮裏出去的，現在鬧出這麼大的事，這還了得？簡直就是豈有此理，自然是下旨意嚴查，責令刑部、大理寺協助云云。

平西王這邊，最先來報信的是劉勝。劉勝一聽到消息，立即覺得這事和沈傲肯定會有關係，立即去通報。

沈傲不禁苦笑：「人查出來了嗎？」

劉勝道：「還沒有，不過看這樣子，整個汴京動靜這麼大，查出來是遲早的事，那楊大人也真是的，偏偏得罪這麼多人，如今挨了打，只希望他將來能收斂一點，這麼大的年歲，和人嘔氣做什麼？」

沈傲不禁失笑，道：「依我看，這人未必能查出來，你等著瞧。」說罷又道：「去，備一份禮物送到楊府去，蓁蓁不是和楊夫人關係不錯嗎？讓蓁蓁代表咱們王府去。」

劉勝道：「王爺不去？」

沈傲搖搖頭，想了想，愜意地坐在椅上道：「現在還不是你家王爺出馬的時候，好鋼要用在刀刃上才是。」

劉勝滿臉狐疑，立即去了。

楊真的案子一時受人矚目，京兆府不敢拖延，立即開始著手查起。

可是三天過去之後，京兆府的上下官員還是沉默。這種沉默像是早有默契了一樣，不止是官員閉口不語，便是下頭的差役也突然消停下來。

門下省雖然下了條子來查問，可是府尹只是回稟說無跡可尋，再寬容些時日。這府尹突然一下子變得大膽起來，居然連得罪楊真的後果都可以不再顧忌，連回話的語氣都有那麼點兒深意。

京兆府不來辦，就去問刑部、大理寺。刑部、大理寺也是這般，先是敲鑼打鼓，很是熱鬧了一番，隨後，又銷聲匿跡，像是什麼事都沒有發生過。

楊大人被打，到現在居然連凶手都拿不住，這對京察來說，不啻是一次嚴重的打擊。流言開始四起，不少好事的本就在等著楊真的笑話，這時候鼓噪的更有勁。

這一次當街痛打，給了反對者不小的膽氣，京察在各個衙門居然一下子沒了威懾力，甚至京察去吏部調集功考的檔案，從前唯唯諾諾的吏部竟也冷言冷語了許多，要嘛是丟失了，要嘛就是這個得找某侍郎。等到尋了某侍郎，又如踢皮球一樣提到司裏去，許多人突然預感到，這一次聲勢浩大的京察，只怕要維持不下去了。

之所以一開始被楊真耍得團團轉，是這楊真架勢實在太唬人，再加上一下子倉促不及，被打懵了，現在大家知道楊真也不過如此，膽子便開始大了起來。從前各部堂提及這位新門下，語氣都帶著畏懼，如今卻都是痛恨和不屑。

京察官現在成了沒頭蒼蠅，四處碰壁，各部堂又固態復萌，到了這個地步，楊真可說是威嚴掃地，若是再不能嚴懲凶手，只怕楊真只能選擇致仕。

楊真的傷痛已經好了七八成，照例到門下省署理公務。他先坐了一會兒，看了各地送來的奏疏，一直到了晌午，才放下奏疏，叫來個胥吏，問：「京兆府有動靜嗎？」

「沒有。」

「那刑部呢。」

「回大人，也沒有。」

「大理寺那邊沒回話？」

「問過了，什麼消息都沒有。」

楊真闔著眼睛，感覺有點兒孤獨蕭索，能讓刑部、大理寺、京兆府一起保持緘默，那背後的人絕不簡單。

楊真捋著鬍鬚，淡淡地道：「下條子，去武備學堂。」

武備學堂是楊真最後的希望，這件事若沒有平西王出頭，只怕他這門下令最終也逃不過一個黯然收場，事情做到一半，說沒就沒了，楊真豈肯干休？

他雖然外表平靜，可是內心早已翻江倒海，一雙手不禁微微顫抖起來。

平西王府。

這時沈傲通常都在書房看書。回到汴京，沈傲的作息變得規律了許多，該吃飯的時候吃飯，吃完了飯小憩一下，便去書房，其餘時間偶爾也會陪王妃們去踏踏青或是說說話，只兩三個月功夫，沈傲的氣色變得出奇的好起來。

外頭一名博士行色匆匆過來，稟告之後進入書房，低聲道：「王爺，門下省遞來了條子。」

沈傲淡淡道：「拿來看看。」

接過條子看了一眼，沈傲便將條子揉成一團丟入腳下的炭盆，隨即道：「吩咐一下，武備學堂做好準備，刑部不行，大理寺不行，京兆府不行，那就本王出馬。」他霍然站起身來道：「本王倒要看看，是誰有這麼厲害的手段；來人，備馬。」

沈傲沒有去武備學堂，也沒有去京兆府，而是直接往大理寺去。

到了大理寺，外頭的胥吏立即進去通報，姜敏帶著大理寺上下人等出來相迎。

沈傲下了馬，若無其事的和姜敏閒聊了幾句，到了大理寺的寺堂，話鋒一轉，徑直道：「姜大人，你和我說句實話，大理寺當真一點消息都沒有查到？」

姜敏言辭閃爍，吱吱唔唔地道：「大理寺還在查……」

沈傲打斷他，悠然地喝了口茶，笑道：

「哎，姜大人連騙人都不會，哪有騙人時臉紅的？我就直說了吧，那些人既然敢當街毆打楊大人，定是有人唆使，唆使的人，十有八九就是那些被革退的官員，這些人裏頭有這能耐的，至多不會超過五人，對不對？」

姜敏默然無語。

「可是能讓大理寺、刑部、京兆府集體緘默的，只怕連一個人都沒有，除非……」

沈傲淡淡地繼續道：「除非是有人借勢……」

姜敏苦笑搖頭道：「殿下何必蹚這個渾水？眼下全天下的官都恨楊真，平西王爲他出頭，最後豈不是引火焚身？」

沈傲沉默起來，抿著嘴，良久才道：「我之所以蹚這趟渾水，是因爲我發現，世上原來還有這樣單純的人，這樣的人一百年也未必會出一個，我希望他好好地把要做的事做完，也算是一次良心發現。」

姜敏吁了口氣，似是有感而發：「想當初，老夫也曾和楊大人想的一樣，可是如今……」他搖搖頭，滿是唏噓。

沈傲道：「做一輩子的好人難，可是姜大人就不肯做片刻的好人？」

姜敏苦笑道：「老夫這也是爲了殿下好。」

沈傲不屑地道：「天下間除了陛下，本王還未必怕過誰，你說便是。」

姜敏只好道：「大理寺按圖索驥，四處打探，確實聽到了些消息，甚至還拿了一個當時動手的潑皮，殿下可知道，那人招供了什麼？」

沈傲鼓勵他繼續說下去，道：「姜大人繼續說。」

姜敏目光幽幽，筆直地坐著，打起了精神道：「戶部郎中張鳴這個人，殿下認得嗎？」

沈傲搖頭：「不認得。」

姜敏道：「就是他家的一個主事叫的人，每人五十貫，打一頓就走，安排他們出了汴京。不過那個潑皮出了城，後來不放心家小又轉了回來，因爲行蹤可疑，才會被寺裏拿了來問，原以爲只是一個蟊賊，誰知道卻擔著這麼大的干係。」

沈傲苦笑道：「姜大人能不能撿重要的說。」

姜敏繼續道：「原本呢，既然有了線索，大理寺當然也不能懈怠，畢竟這事干係著首輔，一個戶部侍郎算個什麼？大理寺糾集了十幾個差役去張家拿了那主事，那主事供認不諱，說是他家老爺的吩咐。這件案子，按理說塵埃落定了，一個革職的平頭百姓，拿了也沒什麼大不了。再者說證據確鑿，要拿，不過是差役們的事。可是後來去尋張鳴，才知道張鳴做客去了。」

沈傲道：「去誰家做客？」

姜敏吁了口氣，道：「秦國公，陛下的幼子，後來才知道，原來這張鳴與秦國公是姻親。大理寺倒是叫了個人去秦國公府一次，可是府裏的人壓根不理會，說沒有張鳴這個人，直接將我們打發了回來。」

年幼的皇子，此時也不過十六七歲，再過幾年，說不準就要冊封親王；再者說，這位皇子的生母乃是恭貴妃，恭貴妃是四夫人之一，地位不低。更何況恭貴妃育有四子，秦國公上頭還有三個兄長，兩個封了王，一個過兩年也是親王。這樣的人，大理寺敢管嗎？人家說張鳴不在府裏，難道你敢衝進去？

姜敏苦笑道：「這種事，牽一髮而動全身，案子查到這裏就完全斷了，查不到也不能聲張，牽扯了秦國公進去，就要牽涉到宮裏去，事情已經夠大了，再鬧又是天大的事。所以這件事只能偃旗息鼓，再不能橫生什麼枝節。楊大人被人打了，那是他活該，若不是把人逼到絕路，那張鳴又何至於做出這等事？大宋立國以來，毆打首輔的事聞所未聞，爲什麼別人都不打，偏偏打的是他楊真？」

沈傲沉默了，秦國公這個人，沈傲還真沒有聽說過，皇子什麼的他倒是不怕，可是眼下這局面，已經鬧到了要嘛楊真黯然下臺，要嘛總要有人倒楣的地步。自己爲一個楊真，難道真值得和皇子反目？

他闔著眼，開始沉思起來，難得做一件好事，誰知這好人好事這麼難做。

秦國公上頭還有兩個親王和公爵，更有個貴妃，四個皇子的聯姻對象自不必說，肯定都是非富即貴的人物。碰一碰，說不準又要招惹一個敵人。

沈傲想了想，隨即長身而起，朝姜敏道：「姜大人，告辭了。」

姜敏也站起來，要送他出去，道：「殿下這就打算回府？」

沈傲搖搖頭，淡淡道：「去武備學堂。」

姜敏尷尬一笑，道：「去武備學堂做什麼？」

沈傲很奇怪地看了他一眼，道：「去武備學堂當然是操傢伙，難道還吟詩作畫不

成？」

武備學堂，刀槍出庫，旌旗獵獵，一隊隊校尉集結完畢，教頭們在隊前整好了隊伍，隨即默默地退到隊伍中去。

烈日炎炎，校尉們的腦門上不斷淌出一滴滴汗水，順著鼻尖、耳垂滴落，衣襟上早已濕了一片。

足足等了半個時辰，半個時辰所有人都沒有動，像是一尊尊石像，鮮活而又麻木。

沈傲打著馬出現，他手裏揚著馬鞭，臉上帶著寒霜，與平時嘻嘻哈哈的姿態全然不同，有一種攝人心魄的殺伐之氣。

他的眉宇微微下壓，在烈陽之下，雙鬢也被汗水浸濕了，他勒住了馬，在隊伍前頭來回逡巡了一下，韓世忠已經一步步走到沈傲的馬下，拱手行禮道：

「殿下，五期校尉已經集結完畢。」

沈傲揚著鞭子甩了甩，道：「不必全部校尉，挑選出一個中隊三百人來，隨本王走。」

韓世忠決口不問爲什麼，接了命令，立即叫了一隊人馬踏步出來。

沈傲面色冷峻，淡淡道：「拔刀！」

鏘鏘……一柄柄長刀自鞘中抽出，折射出耀眼的光芒，儒刀出鞘，這一張張略帶稚氣的臉也漸漸多了幾分殺伐。

沈傲飛馬出營，被挑選出來的校尉立即列隊小跑跟上，場面仍是安靜得可怕。

校尉突然出現在街道上，爲首的人也很快被人認出來，自然是汴京城最出名的人物——平西王，一時之間，不少人帶著滿腹的狐疑和饒有興趣的心思追上去。猜想不知又是哪個傢伙要倒楣了。

張鳴的女兒便是秦國公趙臻新娶的王妃，有了這層關係，張鳴要在秦國公府「小住」，府裏上下自然殷勤得很。

誰都知道，這位張大人近來的運氣實在差了一些，好端端的一個戶部郎中，就這麼一下子沒了，所以王府裏的下人都知道張鳴的心情很差，不止是他，便是秦國公的心情也壞到了極點。

堂堂秦國公的老丈人，居然被楊真那廝罷了官，這要是說出去，人家嘲笑的不是張鳴，而是他這天潢貴冑，一個國公皇子，居然連自己的岳父都保不了，這還了得？

楊真罷的不止是張鳴的官，更是在打趙臻的臉，趙臻年輕氣盛，早就想發作了，只是無奈趙佶滿心支持京察，楊真又是當朝首輔，不得不忍氣吞聲。

倒是這位老丈人夠狠的，直接叫人去把楊真打了一頓。而如今老丈人眼看大事不妙，便要借住到秦國公府來。趙臻也沒有拒絕，恰恰相反，他反而覺得很痛快，今日就是打了你，你又能怎麼樣？難道敢來我秦國公府拿人？

這一對翁婿平素便在府中飲酒，喝醉了酒便罵楊真，日子倒也風平浪靜。

趙臻見岳父鬱鬱寡歡，便勸道：「泰山大人不必憂心，那楊真現在被人群起攻之，滾出朝廷是遲早的事，他一走，到時候再叫人上一道奏疏，父皇早晚會召你回朝。」

張鳴聽了，有了幾分安慰，與趙臻坐在小廳裏，苦澀地喝酒道：「老夫多少年寒窗苦讀，幾十年摸打滾爬，好不容易才有今日，誰知那姓楊的一紙公文便讓老夫落到今日這個下場，實在可恨。現在外邊的京察如何了？」

趙臻得意洋洋地道：「自從挨了打，那楊真便四處碰壁，以本公看，至多不過三月，非但京察進行不下去，便是楊真也自身難保。」

張鳴搖頭，憂心忡忡地道：「老夫怕的不是楊真，而是平西王；京察的事，平西王也是支持的，怕就怕此人從中作梗。」

趙臻默然，對沈傲，他談不上畏懼，可要說他凜然無懼那也是假的，隨即哂然一笑，道：「泰山大人不必擔心，在這風口浪尖，沈傲又能如何？來，滿飲此杯。」

二人喝到了興頭上，張鳴不禁道：「京察、京察，京個什麼察！我大宋立國百年，從來沒有聽說過這等事，還不是一樣天下昇平？這楊真無非是要排除異己而已，哼，老夫倒要看看，他如何收場。」

趙臻含笑道：「正是，本公雖然年輕，卻也知道這世上一人豈能與天下人作對？別看他現在神氣活現，早晚有他的苦頭吃。」

正說著，外頭傳來急促的腳步聲，一個主事太監躡手躡腳步伐極快地過來，低聲在趙臻耳畔耳語了幾句，趙臻的臉色瞬間變得鐵青，咬著唇道：「人到哪裡了？」

「離得不遠，已經有人到了門房。」

趙臻霍然而起，冷笑道：「這倒是有趣了。」

張鳴不禁道：「出了什麼事？」

趙臻怒氣沖沖地道：「還能什麼事？平西王來了。」

張鳴嚇了一跳，面如土色，道：「這……」

趙臻道：「泰山大人先到後宅去躲一躲，本公出去看看。」

說罷，趙臻帶著幾個王府侍衛和內侍到了門房，果然看到外頭一隊隊校尉堵住了府門。

他快步過去，恰好沈傲在外頭下了馬，趙臻負著手，冷冷地道：「什麼人敢在公府外頭放肆？也不看看這裏是什麼地方？叫你們的主子過來說話。」

有個校尉小跑到沈傲那兒耳語一句。沈傲含笑抿嘴道：「讓韓世忠去告訴他，把人交出來，不交，就進去搜拿。識相最好，不識相，就別怪本王不客氣了。」

韓世忠踱步過去，與趙臻四目相對，將沈傲的話轉述一遍。

趙臻氣極了，森然道：「這倒是奇了，平西王來了，爲什麼自己不來和本公說話？派一個狗腿來做什麼？」

這是把韓世忠當狗腿了，韓世忠也不客氣地道：「公爺自己拿主意吧。」

趙臻冷笑道：「你說人在公府就在公府？」

韓世忠與身邊的校尉低聲耳語幾句，那校尉按著吩咐去了，過了片刻功夫，便有校尉押著七八個被打得面目全非的人過來。

韓世忠喝道：「跪下！」這七八人無力跪倒，痛哭流涕地求饒，全身上下都是鞭痕血跡。韓世忠舉目對趙臻道：「公爺可認得這幾個？」

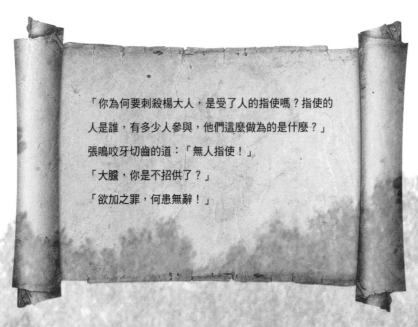

第一五二章 欲加之罪

「你為何要刺殺楊大人，是受了人的指使嗎？指使的人是誰，有多少人參與，他們這麼做為的是什麼？」

張鳴咬牙切齒的道：「無人指使！」

「大膽，你是不招供了？」

「欲加之罪，何患無辭！」

趙臻看到這慘景嚇了一跳，這幾個人，他哪裡不認得？兩個是張鳴的兒子，算是自己的大舅子，還有幾個是張家的主事，只是現在被打得不成了樣子，像是死狗一樣。

趙臻深吸了口氣，咬牙道：「不認得。」

韓世忠只是淡淡一笑，道：「公爺不認得，那麼，末將就只好指給殿下看了。」說罷，韓世忠將這些人的姓名、身分都點出來，才道：「現在公爺認得了吧？」

趙臻抿抿嘴，不說話。

韓世忠朝他們喝問道：「快說，案犯張鳴去了哪裡？」

這七八個人被打得怕了，知無不言，七嘴八舌地討饒招認，道：「三天前到了秦國公家做客，至今未回，將軍饒命。」

韓世忠目光落在趙臻身上，一字一句地道：「公爺還要抵賴嗎？」

趙臻眼眸一閃，冷笑道：「胡說，他早已走了，出了這公府，誰知道去了哪裡。」

韓世忠道：「既然如此，那麼末將奉平西王殿下之命，只好進府去搜一搜，公爺恕罪。」

趙臻大怒，堂堂公府，豈是讓人說搜就搜的？不說搜出來會給人口實，就算是沒搜出來，讓這些人衝進去也是件丟人現眼的事。趙臻怒火攻心，他年紀又輕，平素除了趙佶，還有誰敢對他吆五喝六？立即大喝道：

「平西王是什麼東西！他說搜就搜？真當本公是鄭國公嗎？」

韓世忠的臉色閃過一絲猶豫，正在這時，沈傲已經撥開校尉排眾出來。

沈傲的面色陰沉，淡淡地道：「本王就來告訴你，本王是什麼東西！」

趙臻眼睛一花，就看到沈傲猛衝過來，揚手要打他，趙臻平素沒曾吃過這虧，這時反應居然快得很，連忙抱著頭後退幾步要躲。

這本是本能的反應，可是這一躲，堵在門口的幾個國公府護衛都不禁退到一邊了，趙臻又氣又急，只怪自己不爭氣，居然當著這麼多人的跟前丟了面子。

這時，沈傲大喝一聲：「還等什麼！進去，給本王搜，誰敢阻攔，立即拿下，權當是亂黨餘孽處置。案犯唆使人打的不是別人，乃是當朝首輔，連首輔都敢打，這和造反也差不多了。」

「遵命！」

校尉們一鼓作氣，挺刀如潮水一般往公府裏衝，那公府的護衛想攔又不敢，方才平西王的話說得清清楚楚，亂黨餘孽，這麼大的帽子，平西王就是當場格殺了，多半也是白死。再加上這些校尉兇神惡煞，挺刀如潮水一般往裏頭衝，誰有勇氣去阻止？

趙臻被幾個校尉毫不客氣地撞到一邊，怒氣沖沖地想說什麼。

沈傲這時冷眼看著他，冷冷道：「秦國公，王子犯法與庶民罪同，窩藏亂黨是什麼

干係，公爺想必比本王還要清楚。公爺自己思量吧。」

沈傲二話不說，闊步踏進公府，一時之間，整個公府雞飛狗跳。

足足過了半個時辰，才見幾個校尉押著一個穿著儒衫的老者過來，在沈傲面前按著他的頭跪下，稟告道：「殿下，案犯張鳴帶到了。」

沈傲居高臨下地看著張鳴，冷冷道：「抬起臉來。」

有校尉抓住張鳴的下頷，將他的臉抬起來。

張鳴彷彿一下子老了十歲，他無論如何都想不到，平西王會衝進公府來拿人，他滿是沮喪，喉結滾動了一下，想告饒，卻又想早晚是死，這時候告饒，豈不是丟了自家的顏面？罷罷罷，索性表現出幾分風骨吧。

他重重冷哼一聲，怒目向著沈傲。

沈傲淡淡問道：「唆使人試圖刺殺楊真楊門下的人是你嗎？」

張鳴爭辯道：「不是刺殺，是毆打。」

沈傲獰獰一笑，道：「還敢不認？不過自然會有你認的地方，你的同黨在哪裡，到底有哪些人，待會兒一併老實說清楚吧。來人，將這亂黨立即押到京兆府去。」

他語氣加大了一些，繼續道：「下本王的條子，把刑部、大理寺的官員都請來會審，還有各部各院的官員都叫來旁聽，給楊大人去傳個話，請他入宮覲見，就說刺殺首輔的人已經找到了。」

沈傲旋身出去。

張鳴嚇了一跳，原以爲就算是拿了，他好歹也沾了那麼一丁點兒皇親，留住性命總還可以的，可是聽這平西王的口氣，似是要殺雞儆猴，要硬栽一個刺殺首輔的罪。

刺殺首輔和因洩私憤唆使人毆打楊真不一樣。前者是有預謀，後者只是私仇，這就等於是要將一件洩憤的事硬往謀反上去定性。若當真坐實了，那就是抄家滅族的罪，連自己的女兒都要受到波及。

沈傲面無表情地出去，看到趙臻還失魂落魄地在門房呆立著發抖，心裏想，畢竟還是個毛都沒長齊的少年，一遇到事就慌了，理都不理他，徑直出了公府，翻身上馬，道：「隨本王去京兆府。」

汴京城裏消息走漏得快，更何況是校尉衝進秦國公府這般的事。各部堂聽了，都是一臉驚懼，議論紛紛。

接著，便有人拿了平西王的名刺到各部堂來叫人，一聽是去京兆府聽審，不少人臉都煞白了，原以爲楊真完了，可是現在看來，形勢居然又逆轉，京察只怕還要鬧下去，沒準兒還要鬧得更大，原本平西王還在幕後，現在站到了前臺，以這位王爺的性子，這

事能善罷甘休？楊真只是罷官，這平西王可是敢殺人的。

王爺有請，誰敢不從？被人知會了的，連公務也都暫時擱下，叫來胥吏囑咐幾句，立即備了轎子到京兆府了。

京兆府滿是肅殺，差役全部滾到一邊去，換上了真刀實槍的校尉，一隊隊校尉按著刀在外頭來回巡視，讓人一看，便覺得脖子有點兒發涼。

官轎遠遠停在街口，整整堵了一條街，只有在這個時候，才能體會到汴京的官兒多如狗，各部堂各寺院的人都來了，上到二品大員，下到七品小官，居然一個都沒有落下，別人都來，你若是不來，這算什麼意思？平西王最喜歡就是睚眥必報了，專門愛算小賬，給人穿小鞋的，得罪了他，罷官都是輕的。

許多人湊在一起，猶豫著是不是該進去，各自飽含深意地對視一眼，最後還是咬咬牙舉步進去，大家魚貫而入，比上朝時還莊嚴肅穆。

到了京兆府大堂，才發現許多人連坐的地方都沒有，只有寥寥幾個大老還能享受一下，其餘的管你是三品四品，都得站著，一旁還有帶刀的校尉看住你，倒像是堂堂命官一下子成了欽犯一樣，讓人覺得很不舒服。

等到石英、周正這幾個人進來，不少人便圍攏過去，就算是平素交情並不深厚的也熱絡地打招呼，其實更多人只是想從石英、周正幾個口裏撬出點消息來，畢竟平西王有請，實在是一件心驚肉跳的事，沒個準信，誰知道這一次聽審，最後會審出什麼結果來？

石英和周正二人只是含笑，最後一句話，無可奉告。

他們這般一說，大家就更擔心了。正胡思亂想，外頭突然有人道：「帶案犯！」

聽到這聲音，所有人都安靜下來。過了片刻，兩個校尉便押著張鳴進來，眾人看了張鳴，頓時覺得兔死狐悲，不少人長吁短嘆，彷彿從張鳴身上看到了自己。

張鳴身上的衣衫還算乾淨，顯然並沒有遭受什麼凌辱，不過臉色卻是差到了極點，後頭押送的校尉大喝一聲跪下，張鳴雙腿不由自主便彎了下去，看到這麼多同僚都在，心裏不知有多苦澀，好端端的一個官，如今落到這個下場，這時候甚至連怨恨和後悔也分不清了。

京兆府、刑部、大理寺的判官也都來了，總共是三人，不過，這三人實在沒有什麼判官的架子，若不是趕鴨子上架，他們是斷然不肯來的。

三人坐定，卻還不肯開審，還在耐心等待。足足過去一炷香，一個聲音才姍姍來遲地傳來：「平西王到。」

外頭傳來馬靴的聲音，好像是十幾個人一起頓地一樣，聲音越來越近，每一次頓地聲，都帶著一種莫名的壓迫，讓所有人的心都不禁提到了嗓子眼裏。

萬眾矚目之下，沈傲帶著十幾個帶刀校尉進來。他負著手，面色冷峻，目光在這堂中逡巡，被他看到的人，都立即把頭垂下去。

沈傲踏前幾步，慢吞吞地道：

「今日叫諸位來，是要審一樁驚天大案，天子腳下，朗朗乾坤，居然有人唆使人刺殺首輔，這樣的事，上至三皇五帝，下到隋唐，到如今我大宋開國百年，也是聞所未聞的事，是什麼人這般大的膽子，有什麼居心，到底有多少同黨，今日就要審個清楚，否則今日是刺殺首輔，下次就是刺殺皇上了。」

沈傲漫不經心地道：「本王還聽說，這案犯居然和皇子是姻親……」

他臉上露出值得玩味的笑容，繼續道：「本來嘛，一人犯罪，是不涉及到親眷的。可是這件事實在太大，這皇子們有沒有牽涉進去，也是個未知數……」

話說到這裏，所有人都不禁倒吸了口涼氣，那張鳴更是面如豬肝，期期艾艾地道：「都……都是老夫一人的錯，和秦國公沒有一點干係。」

沈傲喝道：「沒有干係？沒有干係，爲什麼秦國公要窩藏你？沒有干係，爲什麼秦國公府要阻止差役進去搜查？依本王看，不但有干係，而且干係極大。秦國公有三個兄長，一個是福王，一個是唐王，還有一個是許國公，哼哼……這件事早晚會水落石出，你萬般狡辯也沒有用。」

在場的所有人都不禁冷汗直流，這種事真要攀咬，說不準還真是驚天動地，到時候張鳴受刑不過，一旦屈打成招，就牽涉到了四個皇子，四個皇子還有沒有同謀？同謀是誰？這滿汴京和四個皇子打過交道的官員難道還少了，一株連，就要牽涉幾千幾萬人。

張鳴這時真的悔不當初，原以爲只是解解恨，誰知不但自己全家老小要搭進去，還有可能要搭進秦國公，他整個人頹然道：

「殿下開恩，都是我一人的錯，與別人沒干係，請殿下……」

沈傲打斷他：「是不是自然會查清楚，你算是什麼東西？」他尋了一個邊角的位置坐下，沉聲道：「審。」

堂官不敢說什麼，立即舉起驚堂木，啪的一聲，道：「堂下何人？」

張鳴被沈傲方才的一番話嚇得六神無主，早先想好的一些措辭居然都已經拋到了九霄雲外，期期艾艾地道：「草民張鳴。」

「張鳴，你可知罪？」

張鳴稍稍猶豫，最終還是點點頭，道：「草民知罪。」

「那好，你來說，你所犯何罪？」

張鳴道：「草民唆使人打了門下令楊真楊大人，這件事都是小人一人所爲，是小人出的銀子雇的人，與他們約定……」

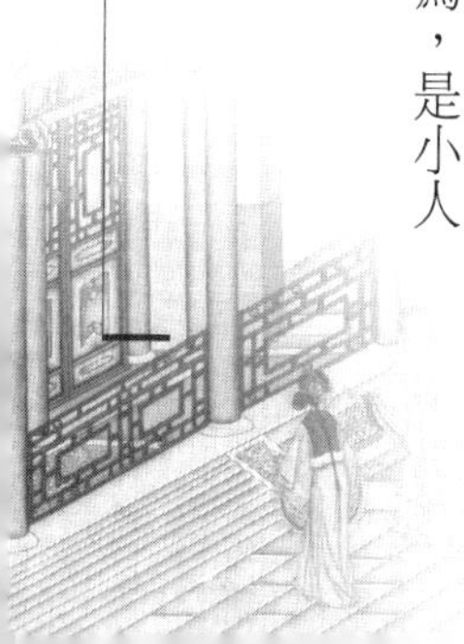

沈傲在旁怒喝道：「休要狡辯，你一個草民，也敢做出這等事？你背後的人到底是誰？」

原本判官心說這張鳴回答得如此痛快，只想著草草結案，切莫牽連開去，可是平西王這麼一問，他們知道稀泥是和不成了，便拍起驚堂木，道：

「殿下說得不錯，你一個小民，何德何能，居然敢刺殺當朝首輔，快說，是誰指使了你！」

張鳴嚇得滿頭大汗，連忙道：「小民對天起誓，絕對無人指使。」

聽審的諸位大人早已心驚肉跳了，這平西王實在是個唯恐天下不亂的主兒，一個京察惹出這麼一樁事，天知道要死多少人。不少和四位皇子關係走得近的，已經是嘴唇哆嗦，雙腿顫抖不止，實在有點欲哭無淚。

堂官看了沈傲一眼，沈傲冷笑一聲，堂官會意，只好虎著臉，怒道：

「到了這個時候，你還敢不招嗎？你可知道這裏是什麼地方？既然請了你來，你還想抵賴過去？來人，押下去，打！」

校尉們應命，如狼似虎的撲過去，直接拉了張鳴下去，先打了十個板子，那張鳴在衙外嗷嗷慘呼，聽得這衙內的人更是心驚肉跳，一個個面如土色。

擠在這裏的官員，足足有一百七十之多，也幸好這京兆府正堂頗大，才容得了這麼多人，這些人哪一個放在外頭都是一言九鼎的角色，如今到了這裏，親眼見到平西王的威勢和不肯善罷干休的姿態，這才知道京察已經是到了破釜沉舟的地步，誰阻擋，誰就要被碾成碎片，便是皇子也保不住你。

外頭的慘呼聲接踵傳來，衙內卻是出奇的安靜。

沈傲坐在椅上，突然開口道：「對付這樣的亂黨，本王倒是頗有心得，要叫他開口還不容易？諸位大人且看著吧，不審出個結果，本王的名字倒著寫。」

這時候，終於有人看不下去了。誰都不曾想到，站出來的居然是御史中丞曾文，曾文一向和沈傲關係莫逆，換作了其他人也未必敢接沈傲的話。

曾文憂心忡忡的道：「殿下，這種事還是見好就收，何必要弄到大家都下不來臺的地步？」

沈傲淡淡的道：「到時候自然有人下臺，且等著就是。」

曾文只好苦笑搖頭，也不再勸。

過了一會兒，被打得屁股稀爛的張鳴被押上來，堂官在沈傲督促之下，只好繼續審問：「堂下何人？」

「草民張鳴……」

「張鳴，本官且問你，行刺楊真楊大人，是不是你的授意？」

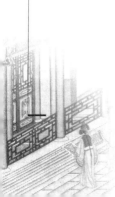

「是。」

「你為何要刺殺楊大人，是受了人的指使嗎？指使的人是誰，有多少人參與，他們這麼做為的是什麼？」

張鳴忍住劇痛，咬牙切齒的道：「無人指使！」

「大膽，你是不招供了？」

「欲加之罪，何患無辭！」

「來，拉下去打！」

如此反覆了幾次，這張鳴倒也硬氣的很，居然咬著牙就是不肯招認，眼看人已經半死不活。堂官只好對沈傲道：「殿下，是不是明日再審，再打下去，只怕……」

沈傲淡淡然道：「本王不急，他早晚要招認的，今日就審到這兒吧，叫人給他治傷，明日本王繼續來聽審。」

他站起來，冷冷道：「這麼大的事，若是不查個水落石出，朝廷要我們有什麼用？今日本王有言在先，這張鳴給本王好好看住了，出了差錯，本王滅他滿門。」

沈傲冷哼一聲，帶著校尉拂袖而去。

黑壓壓的衙堂裏，所有人面面相覷，事情到這個份上，是人都知道平西王的決心了，揪住這張鳴不放，就可以攀咬到秦國公，牽涉到秦國公，這秦國公一脈一貴妃四皇

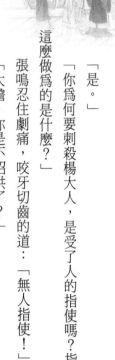

子只怕全部要落水。再加上那些平素與皇子們交好的大臣，這麼算起來，朝廷裏只怕又是一場血雨腥風。

眾人竊竊私語了幾句，都是搖頭，各自散去。

天色已經黯淡，日漸黃昏，天空霞光萬丈，使這汴京的上空多了幾道陰沉之氣。秦國公府已是雞飛狗跳。

趙臻氣極了，堂堂皇子，居然被人欺負到這個份上，真是豈有此理，他在府裏大發了一通脾氣，連續打了幾個內侍，將平素喜歡的瓷瓶、桌椅打得遍地都是。

趙臻怒氣沖沖，在宮裏頭咆哮，終於發洩的差不多了，便叫了一個內侍來，道：「備轎，備轎，進宮，去見母后，去見父皇，平西王欺人太甚，欺人太甚。」

內侍們連忙去準備車駕，倒是有個內侍提醒道：「天色晚了，現在這個時候入宮，只怕宮門都要關了！」

趙臻揚手打了這內侍一巴掌，氣勢洶洶的道：「便是翻牆我也要入宮！」

他從中門出來，剛要上轎子，這時，幾輛華麗的車馬接踵而來。

這幾輛車馬，秦國公的人都認得，借著黯淡的霞光，一個內侍道：

「是福王、唐王、許國公幾位殿下來了。」

內侍叫的這幾個人，正是趙臻的嫡親兄長。

福王年紀最大，連兒子都比趙臻大了，大腹便便的從車裏下來。接下來便是清瘦的唐王，唐王也是個平素喜歡胡鬧的人，不過今日卻出奇的正經；至於許國公年歲稍小一些，只比趙臻癡長幾歲，頷下剛剛蓄出一小撇短鬚，梳理的極好。

三人下了車，趙臻見了他們，不得不迎過去，道：「王兄，你們知道了嗎？哼，這天下沒有王法了，我這父皇嫡親的……」

他話說到一半，福王臉色一變，居然揚起手來狠狠的給了趙臻一個耳光，雙眸之中閃出無窮的怒意。

唐王見了，連忙勸道：「王兄，他年紀小，不懂事，何必動手打他，壞了兄弟的情分。」

那許國公卻是漠然的樣子，道：「勸什麼，咱們兄弟三個早晚要死在他的手裏，還要連帶上母妃，打他還是輕了。」

趙臻沒來由的挨了一巴掌，臉頰上火辣辣的，都說長兄如父，福王年紀又比趙臻大得多，在往常或許還謙讓他幾下，縱容著他，可是今日的態度讓他又氣又忿，不禁號啕大哭起來。

福王負著手，只是道：「在這裏嚎什麼喪？有什麼話到裏頭去說。」

說罷負手進了國公府，其他兩個兄長也立即追上去，反倒是被喧賓奪主的趙臻被打懵了，追上去又不是，不追又不是。

好不容易，一旁的內侍勸著他追進廳裏去。福王、唐王、許國公三個已經好整以暇的坐在椅上叫人上茶了。

趙臻心中有氣，可是見三個兄長這個樣子，終究還是有點兒畏懼，唯唯諾諾的坐到邊角的椅子上。

福王眼睛一抬，卻是狠狠的將抱在手上的茶盞砰的一聲放在桌几上：「站起來說話。」趙臻大是委屈，只好乖乖的站起來。

福王冷眼看了趙臻一眼，抿著嘴不說話。倒是那唐王顯得和氣一些，道：「老四，咱們關起門來嫡親的兄弟，一棵樹上結出來的果子，同氣連枝，方才王兄打你，你知道爲什麼嗎？」

趙臻便嗚嗚的哭道：「既是同氣連枝，爲何我這做弟弟的受了別人的欺負，你們反倒打起我來？這也叫兄弟麼？」

福王怒道：「你還敢胡說？」

趙臻只好忿然的閉上口。

福王道：「正是我們同氣連枝，所以你做下的蠢事，我們都要替你擔這干係，你可

知道，你窩藏那張鳴，是什麼罪過？」

趙臻滿不在乎的道：「窩藏就窩藏，難道還能治我的罪！」

許國公冷笑道：「不止是治你的罪，便是我們這些兄弟，我們的母妃都要治罪，謀逆大罪，欲圖不軌，這干係也是你擔得起的？」

趙臻嚇了一跳，瞠目結舌道：「打了一個楊真，怎麼就成了謀逆？」

福王喝了口茶，嘆道：「怎麼就不是謀逆？楊真是首輔，突然有人要行刺，主凶又被你窩藏著，現在那平西王出來審，便是一口咬定了有人指使，這指使的人是誰不是很清楚了嗎？不是你趙臻是誰？牽涉到了你，就會有人問，你一個年輕輕的國公，爲什麼有這個膽量去指使人對首輔動手，到底藏著什麼居心，又或者是什麼人在唆使你。」

唐王跟著唏噓：「最後算起來，自然就是你們的兄長或是母妃指使的，我們又爲何要指使？到底是出於什麼目的？」

唐王頓了一下，繼續道：「咱們這些做皇子的，一旦牽涉到這種事，你可知道是什麼後果？父皇平素就待我們冷淡，這時候再被那平西王挑唆一下，只怕……」唐王悵然嘆了口氣。

趙臻這時也被驚呆了，不禁道：「他……他們這是栽贓！」

福王正色道：「你現在才知道，就是栽贓，平西王要栽我們的贓！那張鳴和你連著親，又是主凶，教唆之後更是被你窩藏起來的，他要栽贓，你跳進黃河也洗不清。前幾日太子是什麼光景，你難道不知道？太子都如此，我們這些王公又算得了什麼？」

趙臻這才知道後果的嚴重，臉色死灰，期期艾艾的道：「這……那……現在……現在該怎麼辦？」

福王的火氣要大一些，一聽趙臻唯唯諾諾的樣子，便氣不打一處來。沈傲這個人一向是誰招惹誰倒楣的，便是皇子，還不照樣要讓他幾分？眼下沈傲敢來公府拿人，就知道要得罪四個皇子，以他的性子，既然得罪了，那就索性得罪到死，將福王這四個皇子乾脆一窩端掉。

這樣做，不就是給他平西王絕了後患？反正他平素膽大包天，敢去動蔡京，敢殺鄭國公，甚至和太子分庭抗禮，自己這四個皇子，一向就是姥姥不疼舅舅不愛的，難道還會有什麼忌憚嗎？

現在該怎麼辦？福王哪裡知道？今日倒是已經退堂了，可是明天還要繼續審下去，張鳴今日不按著平西王的意思去招供，明天就一定還能熬得住嗎？這樣下去，最後的結果就是把一樁突發的事件，演化成一件驚天大案，而牽涉進裏面的人，哪一個都別想討個好出來。

福王闔著目，坐在椅上，生出一種透頂的乏力感，他並不是嫡長子，也不受父皇寵

愛，所以心裏只想著做一個安分守己的親王，一輩子總還有榮華富貴受用。可是眼下，這王爵且不說，就單是性命能不能保全怕也是未知之數。

福王清楚地知道太子是怎樣被平西王收拾的，東宮比起他來，彌足珍貴，如今還不是明面上受了獎掖，其實卻在閉門思過？每日還要老老實實地受著那平西王的折騰。

福王喝了口茶，長嘆一聲，幽幽道：

「能有什麼辦法？平西王真要對我們四兄弟下手，如今又有把柄在他手上，咱們還有還手之力嗎？我們現在越是不安分，只會給平西王更多的口實，憑我們的斤兩，又哪裡是他的對手？」

他滿是頹然地繼續道：「眼下只能坐以待斃了。」

趙臻聽得目瞪口呆，他畢竟沒有經歷過什麼事，這時候不禁道：「王兄不要太沮喪了，總……總會有辦法的，我們是皇子，難道……」

許國公冷笑道：「若不是皇子，或許還能苟且偷生，正因爲是皇子，這事情才越發的厲害，皇子被疑爲謀逆，古往今來又有哪個有好下場的？」

唐王抱著茶盞在沉吟，突然道：「這個時候要不要去平西王府一趟？和沈傲說合說合，據說老三和他走得近，不如就請他來做這個人情？」

福王搖頭道：「平西王已經得罪了我們，他就不怕我們往後報復？斬草除根這道理，他平西王不懂嗎？現在他捏著我們的命脈，不趁這個機會將我們掐死，更待何時？現在去求他，除了自取其辱，又有什麼用？」

聽了福王的話，三人都露出一副沮喪之色，趙臻這時候也是後悔不迭，早知如此，就不該冒這個頭，現在事情到了這種地步，就真不知道該如何收場了。

四人默默地坐在廳裏，臉上陰晴不定，都是失魂落魄，他們生來就享慣了富貴，這時候突然感覺觸手可及的富貴眼看就要遙不可及，心中的害怕和恐懼可想而知。

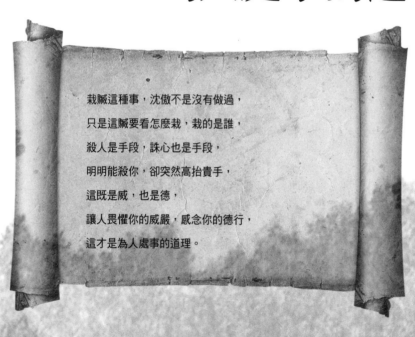

第一五三章 為人處事的道理

栽贓這種事，沈傲不是沒有做過，

只是這贓要看怎麼栽，栽的是誰，

殺人是手段，誅心也是手段，

明明能殺你，卻突然高抬貴手，

這既是威，也是德，

讓人畏懼你的威嚴，感念你的德行，

這才是為人處事的道理。

福王突然長吐了口氣，嘆道：「事到如今，也只能任人宰割了，各自回府吧，乖乖在府中待罪，只望父皇看在父子之情上，從寬發落。」他站起來，率先要走。

唐王道：「王兄，再想想辦法，難道就真的一點辦法都沒有了嗎？」

福王駐足，回過身道：「還能有什麼辦法？」

唐王一時語塞，他絞盡腦汁，也想不出脫罪的辦法出來，這麼大的事，什麼父子兄弟的情分比紙還薄，父皇若當真聽了那沈傲的挑唆，自己哪裡還有命在？

趙臻低泣道：「我也不曾想事情會到這個地步，倒是我害苦了諸位王兄；實在不成，那就讓我一個去頂罪，就算要罰，罰我一個也就是了。」

許國公語氣最是尖酸刻薄，道：「哼，你想頂罪也要有人相信，你年紀這麼小，怎麼指使？到時候肯定還要繼續追查，最後還不是我們這幾個王兄一起陪葬？母妃年紀大了，若是聽到這個噩耗，不知會成什麼樣子。」

福王的臉上不由地抽搐了一下，苦嘆道：「早先不是說過嗎？何苦生在帝王家，若是能生在富賈的家裏，也未嘗不是美事。都散了吧，現在再如何唏噓又有什麼用？」

正說著，外頭有個內侍跌跌撞撞地進來，道：「諸位殿下……有……有客到。」

趙臻擦了淚，道：「不見，到了這個時候，任何人都不見，叫他們從哪裡來的回哪裡去。」

這內侍卻不肯回去把人打發走，滯留在門外道：「奴才實在不敢驅趕他，來的人是平西王。」

趙臻的火氣又上頭了，霍然而起，森然道：「好啊，他這時是來看我們的笑話了，哼，不見，打發走。」

唐王卻道：「且先見一見，看他怎麼說。」

福王沉默了一下，道：「本王和平西王也有幾面之緣，他既然來了，還是盡一盡地主之誼吧，若是當真羞辱我們，也權且由他。」

趙臻自覺做錯了事，不敢違逆兄長們的意思，便惡聲惡氣地對內侍道：「你聾了嗎？沒有聽見王兄的吩咐嗎？去，把平西王迎進來。」

那內侍才連滾帶爬著去了。

許國公雙目闔起，道：「這個時候，那平西王到底來做什麼？」

福王道：「猜這些做什麼？都隨我出去迎接吧。」

四人一起出了廳，朝中門過去，其實四人的心情都緊張到了極點，這個時候，平西王來這裏到底有什麼用意，誰都猜不透。

迎面看到沈傲穿著一件便衫一步步過來，前頭一個內侍正給他掌著燈。福王見沈傲沒有帶著校尉，心裏不禁鬆了口氣，快步迎上，臉上堆出笑容，道：

「殿下今日居然這麼有閒，有失遠迎，還請恕罪。」

沈傲笑吟吟地道：「原來福王幾位殿下也在。」

寒暄了一陣，福王忙不迭地將沈傲迎入廳裏去。

福王見沈傲態度和藹，更加琢磨不透了。叫人斟了茶，才道：「殿下，秦國公是小孩兒心性，是不是和殿下鬧了什麼誤會？」

沈傲正色道：「確實有一樁誤會，所以本王才來澄清一下。」

福王心裏不由地咯登了一下，慢悠悠地道：「該是我這不爭氣的弟弟給平西王澄清才是。」

沈傲搖搖頭，見眾人目光都看向自己，端起茶來喝了一口，呵呵笑著朝秦國公道：「秦國公，今日多有得罪，只是張鳴的案子實在太大，才不得不出此下策。」

趙臻從前心裏還有怨恨，可是這時候只有害怕了，眼眸閃爍道：「是我錯了，不該藏匿朝廷重犯。」

沈傲搖搖手，道：「一場誤會而已，秦國公年輕氣盛，中了那張鳴的奸計，這件事，已經查得水落石出了，明日本王就把案子結了，向陛下稟報，那張鳴背後並沒有人指使，完全是他自己吃了豬油蒙了心，才釀出這麼大的禍來，後來生怕朝廷追究，便利用秦國公一片好意，躲入公府的。」

沈傲徐徐地道出自己想要的案情，讓四個皇子心中狂喜。就在方才，他們還以爲天要塌下來，心中惶恐不安，聽到沈傲的話鋒一轉，心頭不禁落下一塊大石。若說從前對沈傲頗有怨恨和恐懼，可是現在，人家明明掐著你的把柄，卻是輕拿輕放，將此事彌平，不與你追究。非但怨恨沒有了，心裏只有一絲感激和輕鬆。

趙臻再蠢，也知道沈傲這是向自己示好來的，這平西王先是一根大棒朝自己頭上砸過去，又送來一顆甜棗，趙臻忙不迭地站起來作揖道：

「平西王明察秋毫，救了我一命，我白日對殿下有言語衝撞的地方，請殿下不要見怪。」

福王也笑起來，手肘壓著茶几笑道：「是啊，平西王不要見怪。」

澄清了這「誤會」，廳堂裏的氣氛也就輕鬆起來，沈傲決口不再提張鳴的事，只是敘了幾句舊誼，道：「前幾日安寧還說，她這幾個皇兄平素最是親近的，有心來探望，還怕勞煩了你們，我在宮裏的時候，也見過恭妃娘娘，恭妃娘娘年歲大了，身子倒還健朗。」

唐王笑嘻嘻地道：「安寧要來，咱們還怕勞煩嗎？什麼時候有閒，儘管來玩就是。」

連那趙臻之前的怒氣也全消了，此時亦笑呵呵地道：「小時候安寧還打過我呢，我

要搶她的棗兒，她一巴掌下去，打得我想起她，臉頰就生痛。」

眾人便笑，沈傲看時候差不多了，便起身道：「下次帶安寧來拜訪吧，天色已經晚了，明天還要繼續審案，幾位殿下也早些睡，放心便是，張鳴不敢胡亂攀咬的。」說罷起身就走。

四個皇子一直將沈傲送出去，目送沈傲的車駕離開。

福王望著星點燈火的黯淡街道，不由地吁了口氣，不禁道：「平西王這一次高抬貴手，本王今夜就能睡個好覺了。趙臻，以後記住這個教訓，再遇到這種事，凡涉及到平西王的，能忍讓就忍讓。」

趙臻這時哪裡敢不記住教訓?立即道：「知道了，以後再也不敢了。」

唐王眼眸閃爍了一下，道：「其實平西王未必是個不好相處的人，下次找個空去拜謁一下吧。好歹也算是親戚，走動一下也是應當的。」

許國公這時像是想起了什麼，對趙臻道：「你那個王妃留著終究是個禍患，還是休了的好，她父親罪無可恕，一個犯官的女兒，再留在公府裏可是一樁棘手的事。」

趙臻此時只有聽命的份，連連點頭。

第二日仍是聽審，沈傲到京兆府時，又是萬眾矚目。

張鳴被提審出來，仍舊是不肯鬆口，判官也是嚇得驚出一身冷汗，這姓張的不開口，平西王就不依；可依他們的經驗，張鳴確實沒有牽涉到其他人，當真要屈打成招，平西王位高權重，倒也不怕，反倒他們這幾個判官就活該倒楣了。

判官心裏清楚，今日算是爲虎作倀，早晚有一日是要被人收拾的。

可是平西王在這看著，只能硬著頭皮窮凶極惡地繼續道：

「大膽，到了如今這個份上，還敢狡辯？快說，指使你的人是誰？」

張鳴正要說話，沒想坐在一旁喝茶的沈傲慢悠悠地道：「且慢。」

判官以爲自己說錯了什麼，立即側臉朝向沈傲，那凶神惡煞的姿態立即又換上一副笑臉，道：「王爺有何吩咐？」

沈傲皺起眉，很是不悅地道：「張鳴審了這麼久，一直不開口，如此看來，倒還真是他一時昏了頭做下的事了。既然是這樣，你們做判官的就該秉公辦理，爲什麼還要不斷地催問？難道是要屈打成招嗎？」

判官心裏大叫冤枉，一定要審出背後指使之人是你平西王說的，現在屈打成招也是你平西王說的，東說有理，西說你也有理，倒是自己的不是了。

沈傲繼續道：「本王昨夜已經叫人去暗查了一下，這件事，確實與旁人無關，倒是有個秦國公，窩藏張鳴，按我大宋律，該怎麼處置？」

判官這時反倒猜不透沈傲的心思了，遲疑了一下，道：「王爺的意思是……」

沈傲凜然道：「你是判官，怎麼反倒問起本王來了？」

判官只好道：「秦國公乃是皇子，秦國公只怕也是一時失察，才藏匿了案犯，不過就算是如此，也不該京兆府來處置，可以下一張條子到宗令府去，請宗令府裁決。」

沈傲頷首點頭，道：「既然如此，那就立即結案，該如何處置，你們自己看著辦，本王這就入宮。」

沈傲長身而起，留下一群目瞪口呆的人。

從京兆府出來，沈傲吁了口氣，這件事總算是圓滿解決了，既給了滿朝文武一點顏色，讓他們知道，誰要是敢和京察對著幹，便是皇子都保不住他們。另一方面，皇子那邊也算有個交代。

其實沈傲並不是不可以把事情鬧大，把四個皇子全部牽連進去；也不是害怕什麼皇子；只是人生在世，不願意讓自己留下某種遺憾而已。

栽贓這種事，沈傲不是沒有做過，只是這贓要看怎麼栽，栽的是誰，有些皇子雖然跋扈，卻也罪不至死，和沈傲也並沒有你死我活的衝突。他先作出一副風雨欲來的姿態，讓所有人生出畏懼之心，再重拿輕放，輕巧地將這件事了結，不但能讓人產生畏懼，更會滋生感激之心。

殺人是手段，誅心也是手段，明明能殺你，卻突然高抬貴手，這既是威，也是德，讓人畏懼你的威嚴，感念你的德行，這才是爲人處事的道理。

沈傲不敢耽誤，立即打馬入宮，徑直到了文景閣。

趙佶聽到沈傲來了，若有所思地召見他，劈頭就問：「朕聽說，楊愛卿的事涉及到了謀反？」

沈傲笑吟吟地道：「本來呢，微臣心裏也是這樣想，堂堂首輔，居然被人行刺，若不是所圖甚大，誰有這個膽子？因此微臣不敢耽誤，立即調了武備校尉前去拿人，四處打探追問，後來才知道，原來是虛驚一場。」

趙佶愁眉不展，聽沈傲繼續說下去。

「微臣細細查訪之後，才知道原來是這張鳴膽大包天，因爲怨恨楊大人撤了他的官職，因而便買通了潑皮，攔了楊大人的路，將楊大人痛打了一頓，並沒有任何人指使。只是這張鳴因爲與秦國公結著親，打了人之後又怕人追究，便乾脆躲到秦國公府去。秦國公年少，涉世不深，也不知道張鳴是犯了案子才去藏匿的，最後才鬧出這一樁誤會。」

趙佶道：「此事當真和秦國公沒有干係？」

歷來皇帝和皇子都是極其矛盾的，一方面，他們是血親，打斷了骨頭連著筋，可是另一方面，他們又是天生的冤家，尋常人謀逆，能鬧出什麼動靜？可是皇子就不一樣，他們頗有影響，若是當真圖謀不軌，就不能等閒視之了。

趙佶也是如此，一方面，他給予兒子們優渥的生活；另一方面卻又不得不防備他們，一聽到風吹草動，便杯弓蛇影，不得不小心提防。

沈傲想了想，正色道：「確實沒有干係，秦國公不是什麼有城府之人，就算是刺殺了楊大人，對他又能有什麼好處？」

趙佶才長長地出了一口氣，不禁含笑道：「這樣便好，朕也並非是不信任秦國公，他畢竟還是小孩子嘛，只是他性子暴戾了一些，若真是和此事有關，朕不重懲一下，這便是做父皇的失職了。」

趙佶的話音落下，突然又道：「旅行成親是什麼？」

沈傲一開始還是正襟危坐，被趙佶這一問，下巴差點掉下來，不禁心虛地道：「陛下是怎麼知道這詞兒的？」

趙佶含笑道：「朕原本是不知道的，可是你跑去教唆紫蘅，紫蘅又去教唆她那稀里糊塗的父王，如今晉王居然跑到宮裏四處張揚，求太后恩准了。」

沈傲很是尷尬地乾咳幾聲，道：「其實……只是一邊成親一邊沿途跋山涉水的遊玩而已，臣是胡亂想出來的，讓陛下見笑了。」

趙佶苦笑道：「你胡亂想出來，倒是攪得這宮裏不安生了，晉王的事，朕一向是不想管的，可是不管又不成；太后說了，紫蘅是個好動的性子，出去走走也好，多派一些侍衛就是了。你不是說要去泉州辦什麼萬國展覽會嗎？朕已經下了旨意，傳送各國知曉，到時便帶紫蘅去泉州一趟就是了。」

沈傲不禁道：「陛下就不怕壞了規矩？」

趙佶的臉色一板，道：「若是朕的女兒，朕當然不能由著你們胡鬧，可是晉王要鬧，朕又有什麼辦法？索性應了他，省得日日糾纏不清。」

沈傲訕訕道：「我也只是這麼一提，誰知道鬧得這麼大。」隨即又悻悻然地道：「陛下，泉州已經來了信，說是展覽館的場地準備好了，各項也都準備妥當，就等陛下選定個日子。微臣是這樣想的，這日子還是提早一些的好，各國使節多半已經動身，最多半月，最遲月餘也就能到，總不能讓他們在這泉州多等，還是及早辦了，讓他們早些回去的好。」

趙佶頷首點頭道：「這是正事，朕哪裡能怠慢？日期已經定下了，就在下月十五，你月末的時候動身去泉州吧。朕的身體是越發不成了，否則也想隨你去走走看看。」

他不禁吁了口氣，臉上浮出黯然之色，繼續道：「前幾日成都府獻上了金丹十二

枚，朕服用之後覺得身體颯爽了一些。羽化成仙，朕是不指望的，只求能延年益壽，多活幾年便罷。」

沈傲依稀記得，趙佶在歷史上壽命不短，便是經過了靖康之變，被金人俘了去，也照樣活了不少年頭。怎麼沒有被俘，身體反倒是越來越不行了？

沈傲知道，眼下的歷史已經改變了軌道，許多事都不能預料，因此心情也低沉下來，忍不住勸道：「陛下，歷來煉製仙藥的帝王又有幾個活得長的？這金丹多半是假的，無非是一些平常藥物，陛下要延年益壽，還是安養身體才是正理。」

這番話，趙佶卻是聽不進去，他唯一的希望便是金丹能起效，至於什麼安養身體這種平常方法，哪裡能有什麼效果？就像是尋常人家一樣，要補身體，總認爲藥材越是貴重效果越好，因此那稀缺的人參、鹿茸、靈芝等物緊俏得很。卻忘了，人活著靠的是五穀雜糧，更要的是平時鍛煉。結果往往是得不償失。

沈傲又勸了幾句，見趙佶聽不進去，眼珠子一轉，道：

「不如這樣，反正陛下近來也閒來無事，武備學堂裏每隔三日便有一場蹴鞠賽，陛下何不如趁著這功夫，出宮去看看蹴鞠如何？」

校尉的操練枯燥，沈傲乾脆就舉辦蹴鞠賽，三日一次，這蹴鞠賽反正是消耗體力的事，把這些年輕人的精力全部消耗殆盡了也好，另一方面也能增添幾分娛樂性。

不過沈傲對蹴鞠賽的規則進行了一些修改，使得對抗性更足，趙佶本就好蹴鞠，倒也是一個讓他平時多出去走走看看，強身健體的辦法。

趙佶聽了，果然有了興致，含笑道：「你爲何不早說?校尉是天子門生，朕這做恩師的，也是該去看看。既然如此，那什麼時候叫個人到宮裏來知會，朕當然要去。」

沈傲呵呵笑道：「有陛下親臨，校尉們踢起蹴鞠來定會更賣力了。」

如今二人說話就像是話家常一樣，有一搭沒一搭地，海闊天空，從國事說到蹴鞠，蹴鞠又說到書畫，隨性而發，也沒什麼顧忌。不知過了多少時候，沈傲才起身告辭，趙佶今日的心情出奇的好，居然將沈傲送出文景閣去。

經張鳴案一鬧，京察進行的出奇順利，從前無所事事的官員，這時候又變得窮忙起來，一個個彷彿生了三頭六臂，各部堂沉積起來的許多事務，居然處置的極快。

畢竟那楊大人是玩真格的，而平西王也絕不會和你客氣，連皇子都保不住你，你便是手段通天，該讓你滾蛋你也只有滾蛋的份。被革職的官員，見到了張鳴的下場，也都是敢怒不敢言，黯然回鄉不提。

楊真振奮精神，如今朝局一下子改觀了不少，各部各司其職，又都肯用心去做事，再加上裁撤了不少冗員，做事的人雖然少了，可是辦事的效率居然比從前提高了數倍不

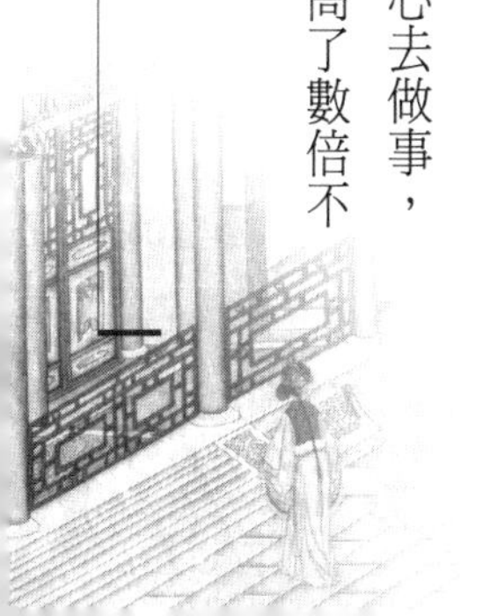

止。每天絡繹不絕的奏疏遞到門下省來，書令史們整理歸納，也都是井井有條。

這時，沈傲的婚期也已到來，仍舊是大宴賓客，沈傲去迎了趙紫蘅回來，大大的熱鬧了一番，自然是汴京轟動，賓客絡繹不絕。

第二日清早，洞房裏一片亂七八糟，沈傲身上有幾處瘀痕，趙紫蘅也好不到哪兒去，想是一夜沒有睡，眼睛半張半闔著側臉睡在沈傲身邊，貓著眼看沈傲。沈傲要醒來的時候，她立即將兩隻眼睛閉上，許是眼睛閉得太緊，長長的睫毛微微顫抖，有些緊張。

沈傲便道：「還裝什麼睡，快起來，害羞嗎？」

趙紫蘅被人發現，更是大窘，索性張開眼來，道：「你就會欺負我。」

沈傲露出一副得逞的樣子，嘻嘻笑道：「誰欺負誰還不一定，你看我這身上的傷。」

趙紫蘅掀開沈傲的裏衣來，不由啊呀一聲，道：「這是誰撓的，真的是我嗎？我爲什麼不知道。」

沈傲道：「你那時候已經去巫山了，哪裡知道。」

趙紫蘅聽不懂，小心翼翼的看了沈傲身上盤根錯節的傷痕，道：「巫山？巫山是什麼？」

沈傲遲疑了一下，道：「巫山就是巫山，不是有首詩嗎？曾經滄海難爲水，除卻巫山不是雲。取次花叢懶回顧，半緣修道半緣君。這詩就是說，這世上的紫蘅在我的心中，再也無可替代了。」

趙紫蘅臉上又生出暈紅，一下子撲在沈傲懷裏，道：「你騙人，你騙人。」

沈傲知道，這是趙紫蘅試探自己，立即抱著趙紫蘅親了一口，正色無比道：「讀書人不騙人，孔聖人說，騙人的不是讀書人。」心想，讀書人騙人不叫騙，叫善意的謊言。

趙紫蘅便笑，與沈傲相擁在一起，道：「當真嗎？」

沈傲板著臉，很嚴肅的道：「這是當然，否則我衝進晉王府去壞了你的婚事做什麼？這可是要殺頭的重罪，可是我就不怕。」

沈傲道：「過幾日，等到了四月，我們便去泉州，這叫蜜月旅行，我帶你去看海，你不是喜歡作畫嗎？我畫個海天一線給你看。」

趙紫蘅俏臉一揚：「那你帶不帶安寧姐姐去？」

沈傲道：「安寧姐姐剛剛生產，怎麼能長途跋涉。」

趙紫蘅又道：「那蓁蓁姐姐和若兒姐姐她們呢？」

沈傲道：「我們旅行成親，這一次當然不帶她們，下一次再帶她們去。」

趙紫蘅賊賊的笑道：「那只帶我一個人去是不是？」

沈傲肯定的點頭：「就帶你一個人。」

趙紫蘅突然道：「可是我爹也想去，我爹說……」

「不成！」沈傲毫不猶豫的打斷道，蜜月旅行還要帶個老丈人，這算怎麼回事？

趙紫蘅立即苦兮兮的道：「可是我爹求了我很久，爲了這個，他還東奔西跑，特意去宮裏給我們求情。」

「那也不成，這種事沒得商量的。」沈傲態度很堅決。

趙紫蘅忽而笑起來：「那就甩了我父王，我們先穩住他，到時偷偷的溜走。」

真是嫁了丈夫忘了爹，沈傲心裏大是感嘆，不禁道：

「你有這個心思，倒不如多想一想如何把你父王的家產偷偷的挪到咱們家來才是正理，那種歪門邪道，想了有什麼意思。」

趙紫蘅瞪大眼睛：「怎麼？咱們家很窮嗎？」

沈傲立即搖頭：「窮倒是不窮，不過也不太富裕，錢自然是越多越好，聽說……」

趙紫蘅道：「太壞了，我父王把我養大成人，我怎麼好去打他的主意……」

沈傲大失所望。

趙紫蘅忽而道：「不過……我們可以住到晉王府去，吃我父王的，喝我父王的，若是再窮，便把安寧她們一起接去，嘻嘻……」

沈傲雙手一攤，語重心長的道：「紫蘅，你別想歪了，爲夫不是那種人，贅婿什麼的，爲夫最討厭了。」

二人嘰嘰喳喳的說著話，外頭安寧在叫：「都日上三竿了還沒起來嗎？」

趙紫蘅在裏頭聽見了，俏臉又紅，立即道：「我……我要穿衣衫，我的衣衫呢？」

沈傲只好咳嗽，叫道：「新王妃要更衣了。」

畢竟是初爲人婦，趙紫蘅臉皮再厚，這時候也有些吃不消，小婢們拿了新衣進來，趙紫蘅穿了，畏畏縮縮的還不肯出門，要沈傲裝束完畢，才肯和沈傲一併出去。

第一五四章 豐功偉績

這國家土地廣袤，恰好與大宋在南洋的彼岸，

趙佶不由心滿意足的點點頭道：

「當年唐軍與大食人征伐，鎩羽而歸，自此斷絕極西的交往；今日朕卻讓大食人拱手稱臣，我大宋的赫赫武功與文德，豈不是直追漢唐？」

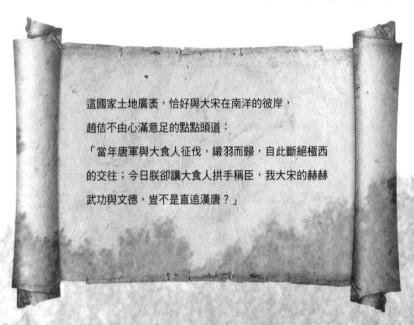

用了早飯，沈傲打去武備學堂一趟，挑選了校尉，又督促了武備學堂的課業，才從學堂裏出來，卻不肯回家，徑直出了城，直接往郭家莊去。

郭家莊便陰沉了許多，莊子外頭雜草叢叢，很是寂寥。便是平常的商旅途經到這裏，多半也忍不住硬著頭皮快步穿過去，尋常人很難發現這莊中的貓膩。

沈傲到了郭家莊外頭，被人攔住，沈傲淡淡道：「瞎了眼嗎？本王都不認得？」

守在門口的都是緇衣短裝的漢子，抱著手攔著沈傲，語氣淡漠的道：「這是陳先生的規矩，任何人要進去先要通報再說。」

沈傲只好道：「你去和陳先生說，就說沈傲來了。」

說話的漢子狐疑的打量沈傲兩眼，才去通報，過不多時，陳濟便氣喘吁吁的趕了過來。

陳濟明顯比從前清瘦了許多，身體倒還健朗，尤其是一雙眼眸多了幾分神采，他搖著一柄蒲扇，快步過來道：「殿下今日怎麼來了？」

沈傲道：「過幾日要去泉州，是以來這裏看看。」

陳濟頷首點頭，引著沈傲進去，一面道：「殿下當真要去辦萬國展覽會？這展覽會到底是什麼用意，能見告嗎？」

沈傲和陳濟關係匪淺，許多事也不瞞他，見他來問，索性大方將心裏的憂慮說出來，最後道：「眼下這泉州看上去歌舞昇平，卻是憂患重重，展覽會一是增加泉州的業績，多銷出去一些積壓的貨物，二是趁著這個機會，去想想辦法，否則這般放任下去，泉州肯定要出事的。」

陳濟也凝起眉來，引著沈傲到廳裏去坐，沉吟片刻道：

「這麼說來，殿下在那邊釐清了海事，反倒是種下了禍患了？這禍事可是不小，就算這一次殿下著手解決了，可是只要泉州還在，還有利可圖，商人就會越來越多，到了那時候，貨物又積壓著售不出去，豈不是又釀出了更大的禍患？」

沈傲苦笑道：「眼下只能走一步看一步，要消除禍患，唯一的法子就是擴張傾銷地……」

陳濟卻肅容打斷道：「話是沒錯，可是總不能沒完沒了下去，今日僥倖尋到了傾銷地，明日呢？做工的越多，商人越多，生產的貨物就越多，一旦尋找不到傾銷的所在，數十數百萬人聚在一處，沒有生計，真要反起來，殿下怎麼辦？」

辦法只有一個，沈傲沉默了一下，道：「事情是因我而起，那就由我來解決。」

陳濟只是搖頭，道：「既然殿下要去泉州，郭家莊今日就先打發些探子先行過去，為殿下開路。」

沈傲笑了笑，道：「那就有勞恩師了。」

和陳濟談了一會兒，沈傲在郭家莊用了午飯，突然道：「有一個人，錦衣衛一定要打探清楚，不管是生是死，活要見人，死要見屍。」

陳濟道：「殿下說的是誰？」

沈傲淡淡道：「蔡絛！」

蔡絛這個人，其智計其實並不在蔡京之下，只不過他的性子比不得蔡京沉穩罷了，再加上此前與沈傲爲敵時又過於輕視，又因爲蔡攸的緣故，才讓他被沈傲壓得死死的。可是沈傲知道，這樣的人留在外頭，實在是一件危險的事，斬草不除根，春風吹又生，蔡家最後的這條血脈，不得不引起沈傲的格外關注。

陳濟聽了，面色也凝重起來，卻還是道：「以殿下今時今日的地位，是不是想太多了些？」

沈傲哂然一笑，道：「倒不是本王怕他，他便是再來和本王爲敵一次，本王一樣有辦法把他捏得死死的，只不過現在他在暗處，本王在明處，不怕賊偷就怕賊惦記，留心一些總是好的。」

陳濟也不禁失笑：「這倒是，殿下放心，總能查訪到他的消息。」

沈傲才牽馬回去，一路趕回城裏，回到王府。

誰知楊戩卻來了，朝沈傲呵呵笑道：「等得你好苦，你去哪兒了，到處尋不見。」

沈傲落馬道：「出了城一趟，怎麼，陛下又要召見？」

誰料真被沈傲猜中了，楊戩道：「本來陛下說你新婚燕爾，不便打擾的，不過陛下那兒發生了一樁事，叫你去一趟，隨咱家來吧。」

沈傲隨著楊戩的車駕一路到了正德門，直接打馬入宮。

檀香四溢的文景閣，趙佶端坐在閣內，臉上露出幾分悅色，他穿著團領錦服，手中捧著一份奏疏，正看得出神。

過了一會兒，他突然站起來，又是焦灼的道：「平西王還沒來嗎？」

外頭的內侍道：「陛下，快來了。」

趙佶只好重新坐下，他手裏的這份奏疏，讓他龍顏大悅，這是大食國稱臣的奏疏，大食國已經表示屆時會派出使者，納上貢物，願世代稱臣。

大食國遠在萬里之遙，雖說與大宋江南沿海交往頻繁，可是據說大食疆土也是廣袤無比，國內有軍八十萬，人民殷富，其國力決不在大宋之下。

這樣的大國，從前大宋的選擇只是放任不管，畢竟鞭長莫及，大宋在北方也有威脅，哪裡顧及得上大食，可是這時，大食突然願意稱藩，趙佶哪裡有不欣喜的道理。

其實趙佶心裏知道，大食稱藩，不過是個形式而已，可是趙佶一向好大喜功，連遠

在萬里的大食人都稱了臣，這與被稱作是「天可汗」的唐太宗，也不遑多讓了。

「大食國……大食國……」趙佶喃喃念了一句，突然想起什麼，對內侍道：「泉州呈上來的五洲四海圖可還在內庫？立即取來，朕要看看。」

過不多時，一份長寬丈餘的巨大地圖呈上來。

這分地圖擺在地毯上，趙佶負著手，居高臨下的在地圖中逡巡，終於找到了大食國的蹤跡，這國家土地廣袤，恰好與大宋在南洋的彼岸，趙佶不由心滿意足的點點頭，自言自語道：「當年唐軍與大食人征伐，鎩羽而歸，自此斷絕極西的交往；而今日，朕卻讓大食人拱手稱臣，我大宋的赫赫武功與文德，豈不是直追漢唐？」

「陛下，是什麼事這麼高興？」沈傲進到文景閣的時候，目光落在地上的地圖上，不禁莞爾一笑，悄然落座，趁著趙佶失神的功夫，慢悠悠地問。

趙佶回過神來，瞥了沈傲一眼，不由笑道：「朕等你許久了，來，給你看樣東西。」他返身去撿了御案上的一份奏疏，遞到沈傲的手裏。

沈傲略略一看，將奏疏合上，道：「大食國遞來的稱臣奏疏，爲什麼是大越國引薦？這倒是奇了。」

趙佶不以爲意，道：「大食人許是覺得生分，不過他們這時候送來奏疏，朕倒也不能薄待了他們，他們若是有心接受我大宋的沐化，大宋也要作出天朝上邦的樣子來。」

與沉浸在臆想中的趙佶不同，沈傲卻是皺著眉，大食國一向是橫跨亞非歐的霸主，其國力並不在大宋之下。若不是近年大宋突然興起了海洋貿易，單論海貿這一方面，大食人就比大宋要強大許多。可是這時候突然稱臣，對不可一世的大食人來說，實在是一件不太體面的事。

他們……到底有什麼打算？實在讓人難以捉摸。

沈傲滿頭霧水，實在不理解大食的行爲，便向趙佶道：「陛下，大食人的奏疏，是他們親自派出使者傳遞的嗎？」

趙佶含笑道：「是大越國國王代爲投遞，大食人的使者現在就在占城，只要朕頒佈了金冊國書，他們再北上與朕會商。」

沈傲頷首點頭，道：「恭喜陛下，大食人若是稱藩，到時再滅了女真人，則我大宋必然是一番萬國來朝的景象。」

趙佶如今的眼界也開闊了許多，不禁笑道：「這一趟去泉州，萬國展覽會只是其次，安撫各邦才是正理，朕信得過你，你不要疏忽了。」

沈傲點了頭，饒有興趣地看到御案上居然擺著一份邃雅周刊，沈傲信步過去，撿起那份周刊。

今日周刊裏的末頁寫的是真臘國的佛法，真臘國與大宋佛學不同，不過佛學確實比

大宋興盛的多，早已將佛教立爲國教，大加推廣。前些時日，有一群真臘的和尙遠渡而來，在泉州建了一座真臘寺，廟裏的規矩和佛經與大宋有些區別，和尙對佛經的講解也有不同。所以這期周刊特意出了這個專題，列出大宋與真臘佛學的不同點，以此來吸引人的眼球。

據說就因爲這個，蘇杭的幾位禪師已經打算動身前往泉州，要和真臘的禪師切磋切磋。

沈傲不禁失笑道：「如今和尙也不甘寂寞了。」

趙佶興致盎然，他從前對長生不死的黃老之術頗有興致，因而略帶打趣地道：「爭一爭也好，據說他們是小乘佛法，我大宋是大乘佛法，今日大乘遇到小乘，讓他們爭辯一下，也未必是什麼壞事。」

趙佶突然道：「大食人信奉的是大乘佛還是小乘佛？」

沈傲先是愣了一下，隨即暗笑起來，道：「大食人信奉的是可蘭經，與我大宋和其他藩國都是不同。」

趙佶淡淡一笑，道：「大千世界，無奇不有，既要爭辯，倒不如讓大食人也來爭一爭，讓他們的禪師也來說說他們的道理。」

沈傲直翻白眼，心裏想，人家這是一神教，誰跟你辯論？便抿嘴笑了笑，道：「陛下，這事兒臣再看看。」

趙佶突然有些黯然地道：「朕愈發覺得心裏不濟了，這麼大的盛會，朕當真想去走一走，看一看，去看看那些藩國的使節，瞧瞧他們的風土人情，現在不能去，往後就更沒有機會了。」他很是惆悵地道：「朕昨夜做了一個夢，夢到朕去了泉州。」

「有時候朕做這皇帝當真沒什麼意思，真想拋開一切，將所有事拋諸腦後，去學朕那兄弟，做一次荒唐的事。」

他那兄弟就是晉王，沈傲一想到晉王要跟著自己去度蜜月，心裏便不由地泛酸。這時又看到趙佶一副悵然的樣子，不禁心動，這已是一個垂暮的老人，去外面走走看看又有什麼不可以？什麼朝廷法度？難道出去走一走也會禍國殃民嗎？

沈傲忍不住道：「陛下若是實在想去，那便去一趟吧。」

趙佶的眼眸閃過一絲希冀，看了沈傲一眼，道：「怕就怕朝臣阻攔。」

沈傲沉吟了片刻，道：「這個壞人就讓微臣來做，微臣到時候上一份奏疏來，就算有人唾罵，大不了罵微臣好了，反正我已經臭名昭著，也不在乎多這麼一條罪狀。」

趙佶道：「天子巡幸，會不會勞民傷財？」

沈傲道：「如隋煬帝這樣的昏君，所過之處，督造龍舟，建立行宮，隨行者十萬人，浩浩蕩蕩，自然會勞民傷財；可是陛下若是一切從簡，只帶隨身護衛三千人，吩咐各地不許迎送，勞民傷財四個字又從何說起？」

趙佶打起了精神，道：「對，你說的沒有錯，朕這次就去一趟，一切從簡，不過……」他沉吟了一下：「這一趟，朕不和你一起去。」

沈傲狐疑地道：「不和微臣去和誰去？」

趙佶呵呵笑道：「平素都是你給朕出主意，今日朕倒是有一個辦法，你先去了泉州，再慫恿各國的藩王使節上疏，就說各國藩臣雲集，急盼朕親臨泉州，與諸卿相見。這般一說，就有了個藉口。朕是天子，效仿太宗皇帝安撫藩國，誰能說三道四？就是有人反對，朕也自有辦法。」

沈傲見趙佶又換上了神采飛揚的姿容，心裏不禁想，我是不是上當了？心裏腹誹了一番，道：「微臣到了泉州，自然爲陛下安排妥當。」

趙佶了卻了一樁心事，心情又變得格外爽朗，興沖沖地道：

「朕聽說泉州依山傍海，那裏的風景想必壯闊得很，朕去的時候，要和你比試比試畫藝，若說山水畫，朕不及你，可要說花鳥，你至多不過和朕比肩，朕去了泉州，揣摩一番，山水畫一定能追上你。」

沈傲聽他豪言壯語，一副得意洋洋的樣子，笑道：「陛下若是有興致，倒不如我們打個賭如何？」

趙佶立即擺手道：「朕不和你賭，你滿肚子的心機，朕肯定要輸的。」

沈傲無語，若說世上最瞭解自己的人，恐怕也只有趙佶了，便道：「不賭便罷，微臣暫先告辭，到時候和陛下在泉州相見吧。」

從文景閣出來，沈傲長吐了口氣，總覺得今日好像被趙佶用話把自己繞了進去，以至於腦子一熱，居然懇請皇上去泉州了。

「泉州……大食……」沈傲陡然想起了那份奇怪的奏疏，一時間疑惑起來，事有反常即爲妖，這奏疏肯定不簡單，一定有什麼貓膩。

想了片刻，沒有頭緒，不知不覺地已出了宮。沈傲上馬，帶著隨來的侍衛在長街上閒逛。

到了一處鬧市，遠遠看到一個極大的門面，外頭人流熙攘，門面上懸掛著「泉州、蘇杭」之類的牌匾。沈傲不禁放馬過去，對身後的校尉道：

「這是什麼店鋪？怎麼從前沒有見過？」

身後的校尉含笑道：「這叫匠鋪，如今蘇杭、泉州到處缺少工匠，於是便有人做起了這營生，在各府各路設這匠鋪，將所需招募的人張貼出來，如木工、泥匠之類和雇傭的工錢，若是有匠人肯去那邊做事，便立即準備車馬帶到泉州蘇杭去，一路的車馬費都由這匠鋪提供；不過到了雇人的地方，那邊要給匠鋪繳上車馬費。據說這營生倒是有利

可圖，這樣的鋪子不少。」

另一個校尉笑嘻嘻地道：「其實匠鋪真正賺錢的營生還不是介紹工匠，嘻嘻，說出來殿下肯定感興趣。」

沈傲聽了那校尉吊足胃口的話，不禁問道：「還有什麼生意？」

後頭說話的校尉打馬向前兩步，笑吟吟的道：「大人可知道，那蘇杭和泉州如今什麼最多嗎？」

沈傲慢吞吞的打馬走了幾步，道：「不要賣關子。」

校尉才悻悻然道：「自然是光棍最多，大多都是青壯的男丁，不止是泉州，現在蘇州、杭州都是男多女少，這些人賺了工錢，自然想娶個老婆，所以這些匠鋪也到各處去給工匠們尋親，把匠人的身高、籍貫、工酬都貼出來，哪戶人家若是女兒到出閣年紀了，也會去那裏看看，若是成了一樁婚事，鋪子裏至少要賺三貫錢。」

沈傲恍然大悟，原來這所謂的匠鋪，其實就是後世的職業介紹所和婚姻介紹所的二合一版，他不禁覺得有趣，自己釐清了海事，海貿到了頂峰，結果又有無數個新興的事物如雨後春筍一般冒出來。這些新興的事物，正是推動著整個大宋向一個未知方向前進的動力。

永和四年四月初八，前兩日天空還是陰霾陣陣，春雨綿綿。到了這時，夏至已經到了，等這春雨帶來的涼風一走，整個汴京立即變成一座火爐，連道路都彷彿冒出煙了。這樣的天氣，本不適合遠行，所以城門這兒行人寥寥，偶爾有幾個擔著貨物的貨郎進城，守城的門丁也懶得去搜查，連看都不看，都是懶洋洋的靠在門洞裏享受些許蔭涼。

突然，通往門洞的道路傳出急驟的馬蹄聲。門洞下的門丁仍是懶洋洋的，這個時節，反正沒什麼大人進出，更沒有什麼老爺來查哨，老爺大人們也是人，這時候多半躲在衙署裏裝模作樣的埋首案牘了。

等到幾個騎士策馬近了，看到對方的裝束，門丁們這時才嘀咕起來：

「瞧這樣子，不是殿前司自然就是武備學堂了。」

「你娘的豈不是說廢話。便是要看仔細，到底是哪裡的？若是武備學堂的可要小心，不是說平西王要奉旨去泉州嗎？若是被他老人家瞧見咱們躲懶，非賞我們一頓鞭子不可。」

有人嗤笑：「平西王是何等尊貴的人，這個時候他會出門？依我看，什麼時候天氣涼爽了，他才會動身。這些人就算是校尉，多半也是奉命傳遞消息的，不要理會，大家互不統屬，怕個什麼？一驚一乍的，倒是讓人小瞧了咱們城門司。」

於是門丁們繼續懶洋洋的打著哈欠，或是摘下范陽帽來煽風。

可是很快，他們就發覺不太對勁了，一隊隊校尉策馬出現，門丁就是再蠢也知道不對勁了，這麼大的架勢，整個汴京能擺出來的絕對不超過三個，而能出動校尉來擺這架子的，除了當今官家，就只有平西王了。

平西王真要這時候去泉州。那負責守門的都頭嚇得後脊發涼，立即大吼一聲：「都他娘的站出來，列隊！擺出個樣子來，惹得平西王殿下怪罪，小心你的皮。」

門丁們紛紛拿了刀槍，從門洞裏出來站出隊列，再大的太陽也都顧不上了。

果然，在一隊隊校尉策馬過去之後，又有一隊校尉打著馬簇擁著一輛馬車朝這邊飛快過來，門丁們緊張莫名。令他們鬆了一口氣的是，這輛車駕直接出城，並沒有停下。

寬大的馬車裏坐著的正是沈傲，他懶洋洋的斜躺在軟墊上，坐在他跟前的，是身子前傾、用手托著下巴的趙紫蘅。

車廂突然顛了一下，趙紫蘅哎喲一聲，道：「出了城坐車真難受。」

沈傲卻是像酥了一樣躺著，一動不動，許久才道：「這才是剛開始，你當長途跋涉這麼好玩嗎?先要坐車到渡口去，再順漕船到蘇杭，到了蘇杭之後，還要走海路，沒有十天半個月，也別想到泉州。」

趙紫蘅慍怒的瞥了沈傲一眼，道：「你這像什麼樣子，快坐直來，沒精打采的做什麼。」

沈傲很鎮定的道：「我在養神。」

趙紫蘅便道：「養神又做什麼？」

沈傲很認真的道：「現在不養，待會兒更難受。」

趙紫蘅還要說什麼，回過頭時，才發現沈傲已經睡過去了，趙紫蘅掩著耳朵，低聲咕噥，又不好將沈傲弄醒，只能掀開簾來看沿途的風景。

等到了渡口，下車上船，趙紫蘅才領會到了沈傲的話，揚帆之後，船體顛簸，趙紫蘅雖不暈船，卻還是覺得很是不適，胃裏像翻江倒海一樣，這時沈傲反倒打起了精神，讓她躺在榻上，叫人給她燒了熱水親自端到榻前來喝，笑呵呵的道：

「人沒了精神，坐船就是這樣的。來，喝口熱水，好好躺一躺就好了。」

沈傲輕輕的用手肘去抬起她的頭，用調羹餵她喝了水，道：「歇一歇，待會兒來看你。」

趙紫蘅感覺胸口的悶氣散了，卻不肯說真話，道：「我頭還是暈暈的，你給我揉揉好不好？」

沈傲放下水杯，興沖沖的捋起袖子道：「揉捏這種事爲夫最在行了。」手便伸過去狠狠的握住了趙紫蘅的酥胸。

趙紫蘅驚叫道：「你壞透了，我是叫你給我揉肩。」

「啊……」沈傲輕輕的捏了趙紫蘅的酥胸一把，悻悻然的道：「我以爲你胸口疼，原來是肩疼，好吧，你翻過身來。」

「爲夫看看你身體見好了沒有，來，小乖乖，側個身，我給你揉揉耳垂。」

趙紫蘅道：「我要揉肩。」

沈傲虎著臉道：「揉耳垂很舒服的。」

趙紫蘅抗議道：「不揉。」

沈傲只好退一步道：「那能不能揉十下肩，揉一下你的耳垂？」

趙紫蘅用手捂住耳朵：「不成。」

沈傲咬牙道：「船上很寂寞的啊，總要找點事做。」

趙紫蘅突然翻轉身，很認真的看了沈傲一眼：

「方才忘了和你說一件事，我……那個來了……」

沈傲面如死灰，咕噥的道：「你爲什麼不早說？」

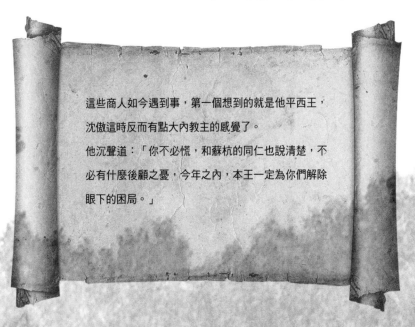

第一五五章 大內教主

這些商人如今遇到事，第一個想到的就是他平西王，沈傲這時反而有點大內教主的感覺了。

他沉聲道：「你不必慌，和蘇杭的同仁也說清楚，不必有什麼後顧之憂，今年之內，本王一定為你們解除眼下的困局。」

泉州新城，永樂坊。

這裏聚集的都是些大商行，能在永樂坊租個門面的，在泉州絕對是排得上號的商戶。這裏寸土寸金，一個小小的門面和後宅，每月的租金都抵得上一個規模不小的工房半年的歲入。可越是如此，泉州的商行反而都想在這兒立足，能在這裏擠個位置就是一種象徵，意味著雄厚的財力，意味著足夠的信譽。

所以這裏的夥計，平素都是衣飾光鮮，都能識文斷字，每日要做的，不過是和來往的客商寒暄，代表自己的東家洽談出貨、代購的事宜。

泉州人將這種新的職業叫白丁，意思是說，他們雖然做活，雖然也是受人雇傭，可是他們身上一塵不染，收入卻是豐厚無比。

永樂坊裏的白丁可謂多如牛毛，這裏聚集了六百多家商行，每日更有數萬名從大宋各路府以及泉州本地和南洋、倭島來的商人在這兒尋找商機。

泉州若是大宋的明珠，那麼永樂坊就是這明珠之中的核心，每天在這裏談成的生意，讓碼頭處的商船揚帆起錨，也讓工房裏冒出滾滾濃煙，讓成千上萬人有了生業，維持了整個泉州的運轉。

可是坐落在永樂坊中心位置的一處商行，卻是一個異類，他們顯然並不急於出去攬客，門面也和別處商行不太一樣，明顯是越國風格的建築，裏頭的白丁也都是熟稔漢話的越國人，他們的皮膚略為黝黑，個子較矮一些，眼眸中有一種生人勿近的警惕。

這個商行叫興越商行，平時這裏的白丁很少與人打什麼交道，只有偶爾會有些大越國的客商來才會熱絡迎接。但其實力卻不容小覷，據說它的下頭有三處船塢，更有一支頗為龐大的商隊。除此之外，在大越國總督轄區地位超然，幾乎三成流入越國的貨物都是由他們銷往越國各地。

如此大的生意，卻讓人不禁生出狐疑，這興越商行的東家，誰都不曾見過。他們的東家到底是男是女，是越人還是漢人，至今沒有人知道。

一開始，也有人想與這商行打打交道，可是久而久之，他們冷漠的態度終究讓人放棄。甚至有人斷言，他們這般的行商方法早晚是要吃虧的。可是誰都沒有想到的是，興越商行居然越發紅火起來，甚至趁機會，連續收購了幾家瀕臨倒閉的商行，一時成為萬人矚目的焦點。

興越商行裏的鋪設並不比別家華美，甚至還帶有幾分異域色彩，裏頭坐著兩個白丁，一邊喝著花茶，一邊用越語咕噥著，二人時不時朝門外張望一下，似乎在等待什麼，不知過了多少時候，外頭終於穩穩停下了一輛馬車。

兩個越人白丁立即起身快步迎過去，馬車簾子掀開，一個越人走下來。這人膚色不算太黑，年紀卻不小，四旬上下，頷下留著越人特有的鬍鬚，一雙眼眸打量著前來相迎

的兩個越人白丁一眼，隨即淡漠地下了車，徑直朝裏廳走去。

他毫不客氣地在廳裏坐下，隨即翹起了腿，兩個越人白丁一個給他斟了茶，另一個往後宅去了。

過一會兒，白丁們悄然退開，從後宅方向，走出一個身形臃腫的越人，這矮胖的越人穿著上好的圓領員外衫，手裏還文縐縐地握著一柄白扇，可是一看到貴客坐在廳中央，立即將白扇收起來，恭敬地走到貴客跟前，行了個禮，道：「蔡先生。」

被稱作蔡先生的，雙眉皺起來，冷冷地看了矮胖的越人一眼，生厭地道：「說了多少次，到了這裏不要叫蔡先生，我現在姓阮，叫阮元！可記住了，再稀里糊塗，就自己滾回占城去。」

矮胖的越人嚇得臉色有些發白，立即道：「是，記住了，阮先生不遠萬里從占城來，可是帶來了王……大東家的詔令嗎？」

蔡先生慢吞吞地喝了口茶，漫不經心地道：「這玳玳花茶不好喝，還是武夷茶色香俱全，待會兒叫人去稱一斤上好的武夷茶來。」他舔舔嘴，放下茶盅，繼續道：「消息已經確定了嗎？平西王要來泉州？」

越人道：「確定了，人已經到了蘇杭，擇日就要出海。」

蔡先生闔著眼，比起從前的那個蔡攸來，他的膚色黝黑了不少，鬍子又換成了越人的式樣，若不是認真細看，只怕誰都不會記起，那個曾經在大宋翻雲覆雨的寵臣，之後的大宋欽犯，如今成了興越商行背後的東家。

蔡攸逃出了海外，痛定思痛，帶著數百個廂軍，將蔡家老宅的錢財藏匿在大越總督轄區，以商行的名義，在大越國做起了生意。

蔡攸一向是個長袖善舞的人，幾番周折之後，生意非但越做越大，而且還看準了時機，抓住了大越國王的心理，與大越國王室有了聯繫。

大越國王是雄闊之主，割讓總督轄區本就是萬不得已，等看到大越國越來越貧瘠，大量的財富隨著海貿流入泉州，心裏早就滋生出了不滿，只是當時整個南洋都在大宋水師的控制之下，再加上無人回應，大越國王不敢輕舉妄動。可是有了對大宋了若指掌並且智計百出的蔡攸，一切就開始不一樣了。

這興越商行就是一個幌子，也是深埋入泉州的一顆釘子。

聽到平西王要來泉州，蔡攸不禁興奮地搓起手來，隨即他又冷靜下來，淡淡地道：「國王殿下擇日也要入泉州，除此之外，大食人也已做好了準備，拿下泉州，就能宰了那平西王。姓沈的一死，大宋群龍無首，海政定然不能維持，到了那時候，泉州就是個死港，不過……」

蔡攸笑了笑，胸有成竹地道：「你去吩咐天一教，讓他們做好準備；另外，把風聲

放出去，就說天一教要刺殺各國的藩臣王公，刺殺平西王，聲勢鬧大一些。」

越人遲疑了一下，一頭霧水地看著蔡攸，道：「先生，天一教若只是替我們打探一下消息或許還有些用，讓他們刺殺各國王公，只怕……」

蔡攸用不需質疑的口吻道：「讓你去就去，他們的人手不夠，就拿出錢來，讓他們多招募一些人手，這泉州三教九流什麼人沒有?只要有錢，難道還買不了命?」

越人還是覺得不妥，道：「若是對外招募人手，就怕最後魚龍混雜，有人洩露消息，到了那時，先生扶植的那些天一教餘黨，豈不是有被一網打盡的危險?依我看，這件事要做，還是讓我們來做的好。」

蔡攸皺起眉道：「阮正，你奉國王之命來泉州，國王是否說過，這裏所有的事，都由我來處置?」

叫阮正的越人不敢違拗，道：「是，先生既然這般說，那我這就著手去辦。」

蔡攸叫住他：「回來，還有一件事，我已經擬定了一個刺殺的名單，你拿去看看。」

他從袖中抽出一張清單來，那阮正立即快步上前雙手接過，草草地看了清單一眼，眼中閃出駭然之色，不禁道：「先生，連國王殿下也在刺殺之列?」

蔡攸慢吞吞地站起來，道：「到時候你就知道是怎麼回事了，去吧。」

阮正拿著清單出去，蔡攸慢悠悠地喝了口茶，許是對自己全盤計畫的自信，他不禁失笑起來，可是隨即，蔡攸又板起臉，做出一副謹慎的姿態。

他之所以輸給沈傲，便是因爲過於自信，過於驕傲，才百密一疏，而現在，他絕不可能再犯一次同樣的錯誤。

「哪裡還有紕漏呢……」蔡攸放下茶盞，懶洋洋地靠在椅上，喃喃道。

四月中旬的蘇杭正是滿城飛花、鶯歌燕舞的季節。

靠著杭州碼頭的蘇杭海政衙門，雖說只署理海政，可是其權力早已凌駕於知府衙門之上，再加上又只屬於平西王之下，更是無人敢惹，不但下海督管著水師、商船，便是在岸上，一些政務也離不得海政衙門的掌控。

清早時，蘇杭的商人已經等候多時，聽說平西王今日所坐的漕船就要到達杭州，當地的官員在籌措，各家商會也在籌措，平西王如今是海貿的保護神，有他在，海貿才能興盛，離了他，誰知道這海貿會變成什麼光景？

因此，今日的杭州碼頭居然出奇的安靜，裝卸貨物的腳夫全部放假一天，沿途的貨棧也關了門，附近停靠的船讓出一條水道和棧橋來，專候平西王大駕光臨。

曾歲安穿著五品朱色官服，外繫羅料大帶，看上去整個人成熟了不少，佇立在這棧

橋處，遠遠眺望河道。

曾歲安身後，除了知府和各地知縣，連路司衙門的官也來了，只是他們不便在這棧橋停留，而在後方等候。

這麼安排，其實也是用心良苦，江南路三使位高權重，都是三四品的大員。可是原本大宋早已固定的官場格局，如今卻被海政衙門打破，他們能管的，海政衙門可以過問，海政衙門能管的，他們卻未必能管得到，一個五品的海政都督見了提刑使、安撫使，誰巴結誰還不一定。所以江南路和福建路如今再不是三使掌握，更確切地說，應當是三使一督平分秋色。

現在曾歲安這總督在棧橋迎接，三使若是同去，尊卑暫且不論，可是位置該怎麼站，也是一件犯難的事。爲了少卻這些麻煩，大家乾脆讓曾歲安去打前站，其餘的人在後頭接著就是。反正平西王也不是什麼人人急欲去見的人，從本心上來說，若不是因爲近來平西王和楊真聯手弄出了個什麼京察，現在京察官沒準已經到了杭州，三使們怕出事，不然真不願意來和這平西王有什麼瓜葛。

河道上船隻穿梭，終於，一艘極大的漕船慢悠悠地順水而來，落了帆，下了錨，停靠在棧橋上，船上的水手搭起了舢板，碼頭處迎接的大小官員、商賈士紳爆發出一陣輕呼。

接著是幾個校尉先下來，再之後是沈傲攙著趙紫蘅下船。後頭是一隊隊的校尉，似是看不到盡頭。

趙紫蘅下了船，腳還有點兒酸軟，好在有沈傲攙扶著，總算站穩了。

趙紫蘅輕輕吁了口氣，道：「以後再也不坐船了，我們騎馬吧？」

沈傲一邊攙著她朝棧橋的盡頭走，一邊笑道：「坐馬更難受，你若是騎上一天一夜，保準你又喊要坐船了。」

說話間，便到了碼頭，曾歲安搶步過來，朝沈傲深深作揖，道：「下官久候殿下多時。」說罷看了趙紫蘅一眼，道：「見過平西王妃。」

沈傲呵呵笑著搭住他的肩，道：「不用客氣，本王只是途經這裏，居然也弄出這麼大的陣仗，倒是嚇得我以後不敢來了。」

官員商賈們已經一擁而上，紛紛作揖：「殿下好，王妃安好。」

沈傲朝他們壓壓手，和他們說了幾句話，接著才攙著趙紫蘅鑽入早已準備好的車駕。

待馬車到了海政衙門，沈傲讓隨行的小婢先帶趙紫蘅去歇息，自己則是喧賓奪主，在這海政衙門裏待客。

來的客人不少，先是本地的官員，隨後來的則是幾個大商賈，其中一個叫段雛的，

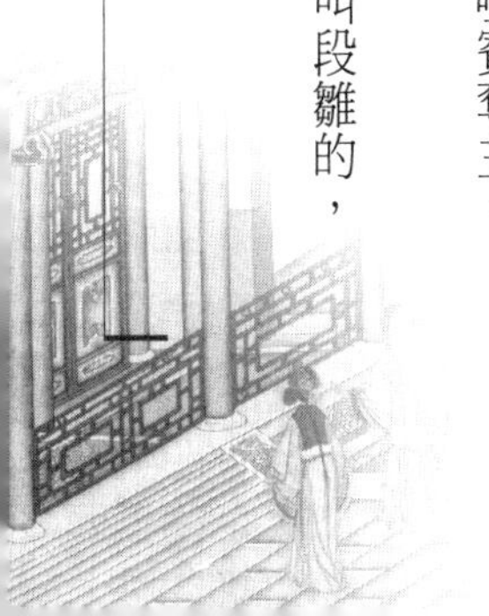

這名兒生僻，倒讓沈傲有幾分印象。

段雛的生意並不是船隊，而是經營了兩家規模不小的絲坊，據說招募的女工便有九千餘人，每年收購的繭絲有上百萬斤。

段雛之所以喋喋不休，也實在是無能爲力。原本他的生意並不多，只是前幾年絲綢緊俏，不止是蘇杭和泉州不少人家境改善，對絲綢有了需求，便是前往倭島、南洋各國的商隊也大力收購這些貨物。段雛有了第一桶金，生意越做越好，自然不斷將盈餘的錢拿去擴大絲坊，如今規模越來越大，生產的絲綢越來越多，誰也不曾想到，就因爲這個，問題就出來了。

絲綢之所以昂貴，無非是因爲稀少而已，而現在市面上，這樣的絲坊沒有一千也有幾百，競爭越來越激烈，從前一年生產絲綢十萬匹，可是今年的絲綢產量已經高達三百萬之巨，如此大的產量，市場早已飽和。

段雛急得團團轉，爲了擴大絲坊的規模，他可是向錢莊借了不少錢的，收購的生絲至今還沒有付清餘款，若是再這樣下去，一旦積壓的貨物賣不出去，只有破產不可了。

段雛說了許多話，幾乎要哭出來，道：「小人也是吃了豬油蒙了心，上一年爲了擴大絲坊，告貸了七十多萬貫，添置了不少的製絲機，又招募了不少工人，再加上收購生絲，這些錢已經一個不剩，可誰曾想到會到這個地步。」

沈傲道：「據本王所知，南洋人口眾多，你們的絲坊造出的絲綢，尋常人根本買不起，何不如造織布拿去南洋販賣，這樣一來，一方面向他們的上層提供絲綢，一方面也可以給他們的平民百姓出售布匹，雖說利潤是薄了一些，總不至於到這個地步。」

段雛苦笑道：「哪裡有這般容易？造布匹也不是不可以，不過大食人現在專門搶這一塊生意，他們的布匹和毛毯在南洋價格低廉，咱們大宋哪裡爭得過？」

又是大食人……沈傲想了想，道：「大食人除了布匹和毛毯，還賣些什麼？」

段雛道：「賣的東西倒是不少，有不少還和我大宋重疊的，不過他們的手藝大多低劣，所以價錢也低廉得很，大宋的貨物比他們的要好得多，只是價錢自然昂貴了一些。」

沈傲點頭道：「這麼說，大食人搶了咱們大宋不少的生意了？」

段雛道：「正是如此。」

沈傲的臉色陰沉下來，原以爲南洋市場飽和，只是高檔的貨物而已，還有不少低層次的市場被人占住，這些南洋藩國，如今卻成了大食人的傾銷地，讓人鑽了空子。

沈傲沉吟了片刻，已經有了決定，道：「這件事，本王自然會處置，你放心便是。眼下你不如讓夥計帶著絲坊的貨物到萬國展覽會去一趟，說不準能找到買主，這一次南洋王公、商賈都來了，人數足有數萬人，只要你們肯竭力推銷，不怕沒有生意。」

段雛道：「殿下，小人也是這麼想的，這一趟小人打算親自去，看看那些番商對小人的絲綢有沒有興趣，不過，這萬國展覽會只可解一時之渴，就算熬過了今年，明年未必能緩解……」

沈傲心知他是想讓自己拿主意，這些商人如今遇到事，第一個想到的就是他平西王，沈傲這時候反而有點大內教主的感覺了。他沉聲道：

「你不必慌，和蘇杭的同仁也說清楚，不必有什麼後顧之憂，今年之內，本王一定爲你們解除眼下的困局。」

段雛聽了，對沈傲的話深信不疑，大喜過望道：「如此，一切就拜託殿下了。」說罷和幾個商人告辭出去。

沈傲一直會客到深夜，到了夜半時分，沈傲叫了曾歲安來，心事重重地道：

「本王還以爲蘇杭泉州只是出現了小困難，誰知竟是舉步維艱到這個地步，爲今之計，只能想辦法解決眼下的麻煩，曾兄怎麼看？」

曾歲安斟酌片刻，看了沈傲的臉色，隨即道：「有兩個辦法。」

沈傲心想，自己連一個辦法都想得頭痛，他居然有兩個辦法。便笑嘻嘻地道：「願聞其詳。」

曾歲安淡淡道：「其一，就是嚴令各國徹底斷絕與大食人的商貿往來，任何大食人的船隻，不得靠近各國的總督轄區卸載貨物。」

沈傲想，當年英國人也是用這一招對法國人的，曾歲安做了幾年的總督，確實長進多了。

曾歲安繼續道：「其二，天竺國人口諸多，若是能在那裏設立總督轄區，那就再好不過了。我大宋的南洋水師曾有一支分艦抵達過天竺，那裏土地廣袤，百姓殷富，土地更是肥沃無比，其人口只怕比之整個南洋也不遑多讓。不過……」

曾歲安頓了一下，才又繼續道：「不過，那裏雖是小國林立，王公割據一方，戰力卻也不容小覷，更有大食人在旁虎視，咱們大宋要使他們屈服，率先要做的就是將大食人從南洋趕出去。」

曾歲安的一番言辭，或許有不成熟的地方，可是沈傲這時候已經對他刮目相看了，不禁道：「你說的不錯，這兩個辦法，一個要刻不容緩地施行，另一個可以徐徐圖之。比如令南洋各國斷絕與大食人的貿易，只要一紙詔令就可以做到；至於天竺國，可以先派一些人去瞭解他們，再做打算。」

曾歲安頷首點頭，道：「這不過是我的一些淺見，殿下聽聽也就罷了。」

沈傲鄭重其事地搖手道：「你說的一點都沒有錯，不必謙虛。」

曾歲安沉吟了一下，道：「南洋水師如今有舟師十萬，更有各種艦船一千五百餘

艘，每年要養如此龐大的水師，是該用一用了。」

沈傲當然明白曾歲安的意思，眼下的困境，唯有用水師去解決，只是這樣的做法，實在有違大宋的對外策略，他哂然一笑道：「再做打算吧。」

在蘇杭沒有停留幾天，沈傲就繼續啓程了，兩艘東洋水師艦隻護送著沈傲所坐的福船，一路沿著東南沿海順風而下。

海船每到沿岸的一處港口便暫歇一日，因此走得並不算快，不過在港口停歇的時候，總會有一份份沈傲的手令傳遞出去，由快船直接往泉州方向傳遞。

這些消息如雪片一般傳送到泉州海政衙門。海政大臣吳文彩已經連續幾天幾夜沒有睡好覺，一邊是萬國展覽，萬國展覽如今已經御批，朝廷當作了頭等大事，更何況來了這麼多藩王，自然不能簡慢，又要把盛會辦好，又要讓商人們推銷自己的貨品，還要讓番人賓至如歸，哪一樣都不輕鬆。

另一邊平西王傳來的手令，吳文彩也不敢怠慢，這些手令大多都是寥寥幾字，裏頭的內容卻值得推敲。比如有一份手令，差點讓吳文彩驚得沒有站穩。手令裏的內容很簡單，只寫著：「驅逐大食商人，但凡是大食人的貨物，都不得進入泉州、各藩國總督轄區停靠，違者速速羈押扣留，不得延誤。」

吳文彩臉上的震驚可想而知，泉州的大食人不是一個兩個，而是成千數萬，這麼多人，總不能說驅走就驅走，再者說，大食人的貨物在各處口岸停靠，也是向總督轄區繳納了稅金的，這時候突然翻臉不認人，是不是太無禮了一些？

其實吳文彩的心裏也清楚，大食人如今也邯鄲學步，和大宋在南洋相互競爭，可是他畢竟是讀書人，心裏並不認同用強硬手段去將人踢出局去。不認同歸不認同，可是平西王既然發了話，自然也有他的用意，眼下的問題是如何解決。

吳文彩猶豫再三，便向南洋水師衙門下了條子，請南洋水師指揮使前來相商。

水師衙門接到了條子，立即就來了。

楊過是騎馬來的，臉上也帶著一副倦意，水師衙門雖然沒有海政衙門那般繁重，卻也不太容易，各艦隊要輪換出海，還有每日督促操練，尤其是眼下這時候，各藩臣使節的安全是重中之重，水師船艦幾乎是傾巢而出，在各個海域巡視，以免發生意外。

楊過和吳文彩雖然是沈傲留在泉州的一文一武，平時卻不太往來，偶爾有些公務，也都是下個條子交代一下而已。今日吳文彩突然來請人，又在這節骨眼上，心知有要事相商，楊過當然不能怠慢，立馬就來了。

吳文彩也不寒暄，直接拿了沈傲送來的手令交給楊過，道：「楊指揮且先看看。」

楊過只略略過目一行，隨即抬頭，吳文彩希冀地看著他，道：「楊指揮意下如

何？」

楊過沉默了一下，眼眸閃過一絲騰騰殺機之色，語氣鏗鏘有力地道：「殿下要咱們驅逐大食人，那便驅逐大食人，大人問這個做什麼？」

吳文彩只好苦笑搖頭，道：「老夫問的是如何驅逐大食人？」

他生怕楊過不懂似的，又道：「你看，大食人單在泉州的就有數千數萬，這麼多人，要驅逐哪裡有這般容易？」

楊過鄭重地道：「這倒也是，吳大人怎麼想的？」

吳文彩心想，方才還想問問他的意思，現在居然又繞回了自己身上。他也不客氣，沉吟了片刻，道：「眼下當務之急，是把大食人甄別出來。」

「甄別？」

吳文彩點頭道：「把泉州的大食人都召集起來，告訴他們殿下的意思，他們願走的自然讓他們走，可是難保也會有一些沐化我中土聖德的未必肯走，那就乾脆給他們辦理戶籍，讓他們從此做了宋人，畢竟大食的商賈不少，留下一些，對泉州也有好處。」

楊過若有所思地道：「怕就怕他們心念故國，與大食暗通款曲，到時候就防不勝防了。」

吳文彩沉吟了一下，道：「這個不怕，許多大食人的身家都在泉州，妻兒也在這裏，那大食又天高路遠，他們怎麼肯做有損泉州的事？其實歷代以來，在泉州繁衍的大食人不少，可是你看，這些人的子嗣可有一個自稱是大食人？哪個不是以我們漢人自居？」

楊過豁然道：「那就按吳大人的意思來辦吧，這件事明日就有勞吳大人主持，水師會調一支軍馬來協助大人。」

吳文彩道：「這樣也好，老夫少不得還要知會一下那泉州知府馬應龍，讓他協助。」

楊過倒是個乾脆俐落的人，見事情有商量了，也就不再說什麼，抱拳告辭，最後道：「話說回來，吳大人給那些大食人機會，可要是有人既不認我泉州，又不肯走的，水師就難免要動手殺人了。」

吳文彩最怕聽的就是殺人兩個字，苦笑道：「待甄別之後，一切由楊指揮處置。」

第一五六章 殺人密令

沈傲哂然一笑，長身而起道：「不過，這時候出現天一教，實在有些可疑，他們刺殺藩王做什麼？只是教天下人看本王的笑話？」

吳文彩道：「會不會是醉翁之意不在酒，真正的目的是殿下？」

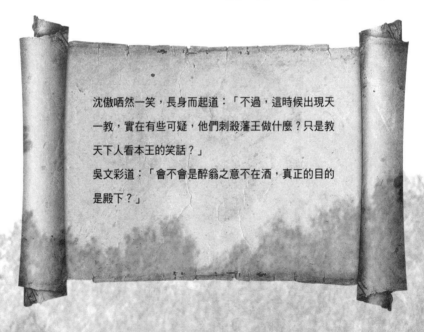

碧波萬里的汪洋上，海船宛若浮萍一樣在炎日之下沉浮。

張起的大帆隨風鼓起，一名水師校尉趕到靠右的船艙，這裏一直是沈傲的「書房」，校尉在外頭輕喚了一聲，裏頭傳出沈傲的聲音：「進來。」

校尉推門而入，道：「殿下，已經到興化軍海域了，明日清早就能抵達泉州。」

沈傲淡淡一笑，坐在艙中的書桌後，手中拿著一份快報，道：「知道了。」校尉才小心翼翼地退了出去。

沈傲又看了一遍手中的快報，指節不自覺地學著趙佶一樣輕輕敲擊著書桌。

泉州那邊，對大食商人已經進行了處置，不過吳文彩擅自主張，對大食人進行了甄別，該趕走的趕走，願意留下的留下。沈傲倒是不怪吳文彩，自己實在是百密一疏，只想快刀斬亂麻，竟是忘了這件事，也虧得吳文彩自作主張，否則只怕要後悔自己的行事孟浪了。

沈傲不禁莞爾一笑，心裏巴不得立即飛去泉州了。

到第二日清晨，沈傲登岸時，曙光還未出現，天空滿是陰霾。泉州的四月雖然炎熱，可是清晨十分冷冽，所以趙紫蘅下船時，忍不住蜷著手放在櫻口吐著白霧。沈傲怕她著涼，顧不得與前來迎候的人寒暄，直接上了馬車，前往海政衙門。

「殿下，各國的藩王使節已經到了，還有半月功夫萬國展覽便要舉辦，殿下要不要逐一去見見藩國使節？」

能坐在這廳裏的，都是泉州最核心的幾個人物，海政總督吳文彩、水師指揮楊過、泉州知府馬應龍等，這些人見了沈傲來，如見了主心骨一樣。

說話的人是吳文彩，沈傲看了他一眼，喝了口武夷茶，含笑道：「這個就不必了，本王沒功夫見他們，這一趟萬國展覽，一是示之以德，讓他們知道我大宋的豐饒，另一樣就是示之以威，南洋各國難免會蛇鼠兩端，一面向我大宋討好，一面又怕得罪大食，現在我們要各國總督轄區與大食人禁絕貿易，各國會甘心情願嗎？既然如此，那麼就讓他們知道我大宋的厲害，告訴他們，聽話的孩子有奶吃，不聽話的，就給點顏色看看。」

沈傲的話意有所指，讓楊過的心情激蕩起來，南洋水師日夜操練，卻從來沒有動過筋骨，偶爾剿剿海賊而已，現在聽平西王的意思，好像是要大動干戈，便興奮地道：「殿下一聲令下，南洋水師上下欣然從命。」

「欣然」兩個字讓沈傲喝到口裏的茶差點沒有一口噴出來，他不得不苦笑道：「只是說說而已，只要肯乖乖聽話，又何必要大動干戈？楊過，你坐下來，不要一副全天下人都欠揍地去看人，養成這種習慣很不好。」

楊過訕訕坐下，欠著身道：「不過泉州最近有些流言，不知殿下是否聽說？」

沈傲翹起二郎腿道：「不要賣關子。」

楊過道：「據說泉州潛伏了許多天一教的餘孽，正在大肆地招募人手，說是要刺殺各國藩王和使節。這消息是最近傳出來的，卑下正在查驗，不過爲了謹慎，是不是從水師調幾營軍馬隨時保護藩王使節？」

馬應龍道：「下官也聽說過此事，這種事只能寧可信其有，不可信其無。昨天夜裏，差役抓了幾個可疑的人，審問之下才知道，他們確實是天一教的人，要他們準備好武器，隨時候命，至於是誰在背後謀劃，天一教有多少人，就不得而知了。」

沈傲不禁皺起眉來，這時候出現天一教，確實是一件值得上心的事，畢竟天一教曾是亂黨反賊，如今又發現了他們的蹤跡，而且還在泉州這個即將風雲際會的所在，絕對不能小覷，一旦在泉州死了一個藩王使節，那都是很嚴重的事，這萬國展覽立即就會讓大宋成爲南洋各國的笑柄。

沈傲的語氣中帶著冷意，道：「幾個營不夠，再調幾個營的水師入城，不管是新城舊城，都給本王挖地三尺，藩王使節的安全也要特別注意，這是頭等大事。」

楊過應了一聲。

沈傲見廳中氣氛沉重，便笑了起來：「也不必板著臉，小小蚊蟲而已，礙不了什麼大事，蒼蠅不盯無縫的蛋，咱們只要做到密不透風，自然就不必怕了。」

他搖了搖腿，繼續道：「說起來，本王倒是想看看這泉州的風景，只可惜上岸的時候霧氣太重了，若是有機會，馬知府帶本王隨意逛逛吧。」

馬應龍立即道：「王爺什麼時候想逛，知會下官一聲就是了。」

沈傲哂然一笑，長身而起道：「不過，這時候出現天一教，實在有些可疑，他們刺殺藩王做什麼？只是教天下人看本王的笑話？」

吳文彩道：「會不會是醉翁之意不在酒，真正的目的是殿下？」

沈傲在廳中慢慢踱步，一邊活絡著筋骨，道：

「應當不會，本王身邊有不少的護衛，憑他們這些跳梁小丑，也敢對本王動手？不要瞎想了，各自回去署理公務吧，本王舟車勞頓，要歇一歇，不過……吳大人，你去和那些藩王使節打個招呼，讓他們立即上疏，請我大宋天子聖駕到泉州來……」

沈傲一邊吩咐，一邊將趙佶的主意詳細地說出來，最後道：「陛下想出來走走，也算不上什麼要命的事，來了也好。」

送走這三人後，立即有一名校尉悄悄地出現在沈傲的跟前，低聲道：「錦衣衛有人要見殿下。」

「叫他進來。」

過了片刻，一個商賈模樣的人快步進了廳堂，朝沈傲深深作揖，道：「殿下。」

沈傲打量這人一眼，此人的相貌很普通，看打扮很像是個生意人，臉上總是掛著招牌似的笑容，舉手投足都有一股市儈之氣。

沈傲對他點點頭，道：「你們是什麼時候來的？」

來人道：「半個月前就到了，按陳先生的吩咐，已經將人全部安插到了各行各業，聽說殿下到了泉州，因此特來打一聲招呼，若是殿下有用得著的地方，可以讓人與小人聯絡即是。」

沈傲心想，怎麼弄得像是特務接頭一樣，不禁莞爾道：「本王正好有事問你，泉州出現了一夥天一教的餘孽，你們打探到消息了嗎？」

這些從郭家莊培訓出來的錦衣衛到了泉州之後，立即安插到各處，可謂耳目眾多，讓他們去打聽消息，實在比官面上容易得太多。

這人立即道：「早就聽說了，小人一直在探查此事，不過……」

沈傲道：「但說無妨。」

聽了沈傲的鼓勵，這個錦衣衛滔滔不絕地道：

「不過，總感覺事情有些蹊蹺，這些天一教人數不多，從各方面的消息匯總之後看，至多也不過三百人；而且這些人像是並不嚴密，甚至是刻意放出刺殺的消息一樣。爲了打探更多消息，小人特意安插了幾個人去盯梢一個頭目，此人平素什麼都不做，只是在街面上遊手好閒，倒更像是潑皮。」

沈傲聽他這麼一說，也覺得有些不太對勁。他畢竟是玩陰謀詭計的祖宗，心裏想：「難道這些人並不是真正的天一教？只是打著天一教的招牌行事？這就奇了，既然不是亂黨，突然放出刺殺藩王的消息，又是爲了什麼？放出了消息，那麼泉州城上下必然緊張，城中的力量理所當然地要放在護衛方面，難道是有人想聲東擊西？」

沈傲道：「只有這些消息？」

「只有這麼多，不過殿下想知道更多，小人這就加緊打探。」

沈傲頷首道：「暫時先把其他的事放下，專心打探這個消息，看看是什麼人與這夥蟊賊聯絡，注意泉州城裏行跡可疑的人和事。」

錦衣衛遲疑了一下，道：「倒是有一件事很奇怪，在泉州，有一個叫興越商行的，規模不小，卻古怪得很，像是從來不和人打交道一樣，而且雇傭的都是越人，商行的門面就在永樂坊，小人原本想，這麼大的商行，可以安插一個人進去，可是誰知他們根本就不招募人手。」

沈傲道：「竟有這麼奇怪的事？這件事也要盯著，看看天一教和這興越商行有沒有聯繫，有消息立即通報。」

「遵命。」

泉州驟然間更加熱鬧起來，尤其是在新城，番商到處都是，行人接踵，揮汗如雨。可是在熱鬧的背後，也有人感覺到了一絲端倪，總是感覺哪裡有些不對勁。比如藩王使節住的公館，已加強了警戒，一隊隊水兵上岸，提刀持矛來回逡巡，每條街道也都設立了崗哨，頗有幾分風聲鶴唳之感。

沈傲已經來海政衙門幾天了，居然一直閉門不出，成日將自己關在書房裏。下頭的官員送來的請柬也都一律回絕，這樣的態度，哪裡像是要籌辦盛會？更別提什麼新婚旅行了。

錦衣衛已經把人散了出去，日夜打探消息，很快，一個個情報送到了沈傲的書桌上。沈傲對每一個消息都不放過，越看越覺得事態嚴重。

天一教的背後絕不簡單，眼下大宋對天一教的態度一向是斬盡殺絕，已經將天一教定爲了邪教，但凡有可疑的教徒，寧可殺錯一千，不可放過一人。因此就算還隱藏著天一教的餘孽，也絕不敢明目張膽地打著天一教的招牌行事，有的潛伏隱匿不出，有的則是改稱是混一門或者天師道之類的道門繼續活動。

現在，在泉州這樣的大城市，居然有人拿天一教的名義放出風聲，還是要刺殺藩王，沈傲心裏想，這些人這麼做，一定只是個幌子，只是這幌子的背後是什麼呢？又是誰想在泉州生事？

皇上馬上就要親臨泉州，再加上這裏雲集了如此多的重要人物，一旦泉州被人攪亂，對沈傲來說，不啻是最沉重的打擊。所以，沈傲一定要在官家巡幸泉州之前，把這所謂的天一教解決掉。

「從哪裡著手？」沈傲一時沒有主張，又沒有閒逛的心情，只好將自己關在書房，心不在焉地看書。

快到晌午的時候，書房被人推開，一個綠色的影子飛快地跑到書桌前，她似笑非笑地注目著沈傲，嘴角邊帶著一絲幽怨。

這時烈陽當空，陽光透過窗格照在她臉上，使她的肌膚宛若白雪。鵝蛋臉上有一個小小的酒窩，有點兒俏皮，更多的還是從柳眉下一雙明眸中閃露出來的怒氣。

趙紫蘅氣呼呼地道：「說是來泉州，可是爲什麼整天關在書房裏，氣死我了。」

沈傲含笑起身，道：「不是叫人陪你去玩嗎？」

趙紫蘅道：「和他們玩真沒意思，只帶我去茶館，說是那裏安全，誰知去了茶館只能喝茶聽書，聽的故事不是什麼三佛齊就是大越，那大越的李什麼的，和泉州有什麼干係？什麼文治武功，還不是來泉州要乖乖聽你的話？」

沈傲道：「什麼文治武功？」

趙紫蘅道：「就是那個那個……」

沈傲一頭霧水地問道：「那個那個是什麼？」

「那個當然是那個……」趙紫蘅的氣焰很快地消了下去，想必是那茶館的故事她聽得心不在焉。

沈傲突然道：「對了，越國國王叫李公蘊，這個人本王有些印象，是不是曾侵佔過大理的那個人？」

趙紫蘅滿頭霧水，道：「說這個有什麼意思。」

沈傲欣喜地道：「這就解釋得通了。」

他狠狠地敲擊著書案，指節落在案上的情報上，他隨手拿起一張，念道：「興越商行，東家不詳，有船塢三座，年產大小船隻四十三艘，與越人常年貿易，更有船隊一支，所雇的水手、護衛都是越人。」

沈傲抖擻精神，伸手捏了一下趙紫蘅的臉蛋，道：「這一次你倒是爲本王解開了一個謎題，你且等一等，明日我便陪你四處逛逛，今天嘛……」

他頓了頓，大聲道：「來人，召集校尉，下令水師堵住新城各處街口，任何人不得隨意出入，點齊了人跟本王來。」

沈傲將書房牆壁上懸掛著的尚方寶劍取下來，掛在腰上，戴了進賢冠，一面道：

「我出去一趟，很快就回來。」

平西王一聲令下，誰敢怠慢？頃刻之間，三千校尉傾巢而出，兵分四路，其中一隊由沈傲親自帶著，飛快地向永樂坊過去。

興越商行便在永樂坊最中心的位置，當一隊隊校尉策馬過來，在永樂坊立即引起了一陣轟動。

這裏最多是客商之間來往，偶爾官府也會派些差役來維持治安，但大多數時候對這裏是放任不管的。這時突然出現了這麼多殺氣騰騰的校尉，一時之間，白丁和客商們立即在道旁議論紛紛。

那興越商行的幾個越人白丁見突然來了官兵，飛快地往門面裏頭去報信，可是已經遲了，他們前腳剛進，後腳校尉便在這裏駐了馬。校尉也不輕易衝進去，而是一個個按著刀落馬，將興越商行團團圍住。

沈傲下了馬，按著尚方寶劍，龍行虎步地帶著一隊校尉進去，臉色陰沉得可怕，看著這空曠無人的前堂，喝道：「愣著做什麼！將這裏所有的人全部拿下，一個不許放過，還有，把這裏給本王砸了！」

校尉們二話不說，兵分兩路，一隊將這前堂砸得稀巴爛，另外一隊直接穿過前堂去

拿人。

沈傲搬了個椅子，坐在滿地狼藉的前堂。過了一會兒，楊過急匆匆地帶著水兵來了。

楊過也是剛才才接到的消息，說是平西王帶著校尉出了海政衙門，又嚴令水兵堵住各條街口，心知出了大事，立即打馬過來。

「殿下……」楊過氣喘吁吁地到了沈傲的座前。

沈傲陰沉著臉，道：「你來得正好，這興越商行下頭的船隊進出海港可有記錄嗎？」

楊過道：「有的，任何船隻進出，都要在海政衙門報備。」

沈傲道：「叫人取來。」

楊過吩咐了一個隨來的水兵，又站回沈傲的身側。

沈傲道：「你是不是想問，本王爲什麼要砸了這裏？」

楊過點頭。

沈傲慢悠悠地道：「其實很簡單，本王一直在想天一教的事，天一教爲什麼在這風口浪尖放出消息，想來想去，除了是要吸引城中禁衛的注意，甚至調動水師進城之外，實在想不到他們還有什麼理由。既然如此，在這天一教背後，一定有人指使他們。本王的探子也收到了消息，說是天一教財力雄厚，居然暗中招募人手，按理說，天一教的巢穴在京畿北路，這泉州哪裡會有什麼天一教？這些人既然如此有錢，那麼他們背後的人，或許就是某一個商行才是。」

楊過聽得雲裏霧裏，覺得沈傲所說的，猜測的多，有實據的少，難道因爲這個，就把人家的門面砸了？

沈傲道：「其實本王一開始也覺得費解得很，是什麼人要讓泉州亂起來，天一教鬧出這麼大的動靜來做掩護，那麼這背後之人要做的事一定驚天動地，否則根本沒有必要拿天一教來做幌子。這泉州這麼多商行，有能力做這種事的並不多，滿打滿算，也絕不會超過十家。」

楊過道：「可爲什麼是興越商行？」

沈傲呵呵一笑，拍了拍椅柄道：

「簡單，因爲興越商行的組織最是嚴密，所有的人選用的是越人，至少能保證沒有人敢亂嚼舌根子。若換作是其他的商行，人多嘴雜，難免會走漏消息。這是第一。第二，就是大越國王李公蘊，本王早在鴻臚寺的時候就聽說過此人，他也算是一代雄主，開國之君，四處征伐，非但侵佔了大理和真臘不少的國土，就是我大宋，據說也覬覦已久。本王要求南洋各國割讓土地，建立總督轄區，並以南洋水師保證各國王室做條件。

南洋各國的王室大多都是心甘情願，可是李公蘊這個人……」

沈傲語氣變得有些冷了，繼續道：「此人既然野心勃勃，難道會甘心將自己的國土拱手相讓，甘心對本王俯首貼耳？這樣的人，心中只想著建立自己的宏圖霸業，若不是因爲我南洋水師勢大，他李公蘊絕不會屈服。之所以一時忍讓，不過是在尋找合適的契機而已。」

沈傲用不容置疑的口吻道：「所以，興越商行的背後就是李公蘊，你看他們的生意，大多是與越國貿易，船塢裏生產的船隻，也都是讓商行的船隊訂購，他的船隊規模不小，水手、護衛都是越人，現在總明白了吧？李公蘊這是借機打造他們越國的水師。」

楊過不禁道：「可是李公蘊在泉州搗亂又爲了什麼？」

沈傲道：「這個簡單，大宋的海政的核心就是泉州，泉州若是興盛，那麼海政必然得以維持，可是一旦泉州混亂了呢？以大宋的舊例，到時候，朝廷裏必然是人牆倒眾人推了，大宋一旦放棄了海政的策略，整個南洋的海洋上便會出現權力真空，到時大越國取而代之，也並不是完全不可能的事。」

楊過越聽越覺得匪夷所思。

沈傲聳聳肩道：「其實這些也是本王的猜測，現在就是來取證物的，待會兒，所有的一切都可以水落石出。」

過不多時，後堂的校尉押著一串人來，沈傲從椅上站起來，掃視了這些越人一眼，慢吞吞的道：「本王知道你們懂漢話，說吧，誰是領頭的？」

十幾個越人失魂落魄的跪在地上不做聲。

沈傲淡淡的道：「不說？本王既然找上了門，你們還想矇混過去？」

越人們仍是閉口不言。

正說著，一個校尉從後堂出來，拿了一幅行書，道：「殿下，找到了這個。」

沈傲攤開來，見這行書墨跡未乾，上面寫著「寧靜致遠」四個字。沈傲原只是隨便看看，可是目光落在這行書上便放不下了。

行書的筆法很是精細，從佈局和著墨來看，寫這行書之人有一種用筆揮灑自然而不放縱的高雅格調；結字方面，字字筆劃輕重不同，出自天然；起筆落筆呼應，創造出多樣統一的字體。乍然一看，氣韻很是動人。

「蔡體字！」

沈傲眼眸中閃過一絲疑竇。蔡體字筆法也是雄健，這倒也罷了；問題是，大多數人都只是以臨摹爲主，並沒有得到蔡京的神韻，偏偏這幅字帖，既有蔡京的風韻，又有歐

陽詢的氣勢。

歐陽詢是大宋最知名的書法家，筆力以險峻著稱，而蔡京曾師從歐陽詢，融會貫通，才得以創造出蔡體字的格調。

沈傲立即可以斷定，這個行書之人，筆力至少浸淫了三十年以上，既能得到蔡京的氣韻，又能得到歐陽詢的險峻，除非此人得到這二人的指點，否則絕不可能有這番成就。

這個人，居然隱藏著越人的商行裏，絕不會是大越人，泉州也沒有這樣的人物，除非……

沈傲眼眸一亮，一切的疑惑都解釋通了，呼出一口氣道：

「原來是他？」

沈傲將行書放下，隨即目光如刀的掃視這些越人一眼，道：

「蔡攸在哪裡？」

越人們不敢吱聲，可是沈傲一口道出了蔡攸，其中幾個越人眼眸中閃過一絲駭然驚訝。

沈傲冷笑道：「來人，日夜拷打，不管用什麼法子，一定要把他們的口撬開！」

沈傲心裏蒙上了一層陰影，先是天一教，接著是李公蘊，最後才是蔡絛，但現在，蔡絛去了哪裡？

事情扯到了蔡絛頭上，沈傲反而害怕起來，還好自己當機立斷，否則後果不堪設想。不過……對方既然敢惹到他沈傲，沈傲也絕不會干休。

接著又有幾個校尉氣喘吁吁的過來稟告，船塢那邊已經控制住了，拿了幾十個越人，水師也調來了船隊出入海港的報備文書，沈傲翻出來看了看，興越商行的船隊早在半月之前出了海港，奇怪的是，沒有搭載任何的貨物，不過人家願意賠錢，水師也沒有過問的必要。

沈傲想了片刻，似乎已經抓到了某個東西，可是一時又不能用一根線將所有的事串聯起來，索性就不再想了，看看從這些越人口中能問出一點什麼再說。

正當沈傲準備打道回府的時候，外頭有人道：「大越國王駕到。」

沈傲不及多想，便從這前堂走出去，看到一個穿著簇新龙服，面色黝黑，身材魁梧的人笑吟吟的從轎子裏鑽出來。

那人看到沈傲，一雙椎可破囊的眸子先是微微一愕，或許是沒有想到沈傲竟這般年輕，隨即又堆起笑容，頗有幾分威嚴的聲音道：「平西王殿下好。」

沈傲也堆起笑容道：「越王殿下是什麼時候到泉州的？」

李公蘊臉色平淡，道：「比殿下早幾日而已，泉州是個好地方，本王頗有些樂不思蜀了。」

他笑吟吟的與沈傲寒暄，一雙眼眸卻時不時看向這興越商行，隨即道：「聽說殿下抓到了不少越人，我大越國大多都是良善百姓，偶爾會有幾個宵小之徒，犯了泉州的法令也是不得已的事。大越與大宋是君臣之國，本王對這種人定然不會姑息，殿下不如將這些人交給本王，讓本王嚴加懲戒如何？」

沈傲笑吟吟的道：「越王殿下客氣，這人嘛，需先審問了再說，到時自然給越王殿下一個交代。」

李公蘊皮笑肉不笑的與沈傲面對面的佇立，呵呵笑道：「怎麼能勞動殿下親自審問，就讓下國代勞即可。」

一個要留人，一個要交人，李公蘊聽到興越商行出了事，早就心急如焚，立即帶著人趕到，便是要把人領回去，他心裏琢磨著，自己畢竟是個藩王，平西王多少也要給幾分面子。

誰知沈傲這時冷冷一笑，手不自覺的搭在了劍柄上，道：「任何人觸犯了我大宋律法，自有我大宋有司處置，你算是什麼東西，這人是你這藩臣當問的嗎？」

李公蘊堆笑著的臉立即變得蒼白起來，他在大越國一言九鼎，哪裡有人敢這樣和他說話，再加上這姓沈的說變就變，方才還是如沐春風，此刻就一點都不客氣了。李公蘊冷笑道：「殿下這話是什麼意思？莫非當我大越國好欺負嗎？」

沈傲淡淡一笑：「本王說的話，你自己心裏清楚，大越國在本王眼裏屁都不算，滾開，不要阻攔本王公務。」

沈楞子發起楞來，莫說是一個大越王，便是完顏阿骨打站在他面前，他一樣敢說這種話。眼角連看都不看越王一眼，隨即淡淡的道：

「來人，這泉州城裏出現了賊子亂黨，從即日開始，封閉泉州口岸，任何船隻都要仔細搜檢，尤其是越人的商船，只許進不許出。」

李公蘊討了個沒趣，只好灰溜溜的鑽回轎子裏去。

待那轎子走了。楊過走到沈傲跟前道：「殿下，現在事情還沒有查明，何必要和越王起爭執？」

沈傲冷冷的道：「這不是你的事，南洋水師那邊做好準備吧。」

楊過道：「準備什麼？」

沈傲道：「平叛！」

一夜過去，不知多少人心焦的睡不著覺。

一大清早，沈傲便被人叫起，昏沉沉的到了前堂喝了口茶，便有個博士拿了數份口供出來，道：「問清楚了，越人已經招供。」

沈傲懶洋洋的道：「你說。」

博士道：「這與越商行，果然是與越國王室有干係，不止如此，還和欽犯蔡攸有關，他們之所以放出天一教的消息，確實是要做一件天大的事。」

沈傲淡淡道：「天大的事？」

博士道：「越國與大食人早有聯絡，暗通款曲，一面在泉州埋伏了不少人手，一面利用天一教將泉州的安防要點放在泉州城，而疏忽了港口；而後，占城那邊，偽裝成大越國商船的大食人戰船和越國戰船傾巢而出，一舉搗毀泉州。」

這所謂天下的事，連沈傲都聽得一頭冷汗，且不說大食人參與了這件事，這大越國的膽子未免也太大了一些，搗毀了泉州，大宋難道會與他干休？大食人遠在天邊，倒也罷了，他越國自信能抵受住大宋的報復。

博士像是早知道沈傲的想法似的，道：

「其實這是蔡攸獻給越王的計策，事後只要把責任全部推給大食人，大宋消息閉塞，也未必能分得清真假。再者說，泉州港被搗毀，海政必然荒廢，到了那時候，越國人便可趁機將泉州的地位取而代之，締造水師，與各國通商貿易。那越王一向野心勃勃，聽了蔡攸的話，頓時大悅，冊封蔡攸爲西路招討使，專門謀劃此事。」

沈傲道：「蔡攸的人呢？」

博士道：「開始還在商行，可是不知怎麼的，殿下帶著校尉過去，越人在後頭亂糟糟的，他的人就不見了，現在泉州已經按圖索驥，看看能不能拿住。」

沈傲淡淡道：「狡兔三窟，要拿住蔡攸並不容易。」

他坐在椅上，叫人換了新茶來，翹起二郎腿，開始慢慢消化博士的話。一個是野心勃勃的藩王，一個是與大宋競爭的大食人，還有一個是自己的舊仇。這三股人擰在了一起，居然要打起泉州的主意。現在該作出什麼選擇。

息事寧人？這是最好的辦法，現在消息已經封鎖，那越王碰了壁，必然會收斂起來，興越商行已經搗毀了，那些試圖襲擊泉州的艦船也未必敢來。

可是……沈傲的眼眸中閃過一絲怒意，平時別人不惹自己，自己也要找點麻煩，現在有人騎在自己頭上拉屎，豈能就這樣息事寧人。

現在拿住越王？沈傲又猶豫了，現在若是拿了越王並沒有好處，大越國還有王太子，拿了一個李公蘊，王太子在大越即位，對大宋還是一個麻煩。

沈傲情不自禁的端了茶抱在手上，突然像是下定了決心一樣，他森然一笑道：「事到如今，索性把事情說開來，趁著諸藩王都在，本王就來一個殺雞儆猴，來人！」

博士道：「在。」

沈傲口吻沉重的道：「去請馬應龍、吳文彩兩位大人，還有水師指揮楊過來。」

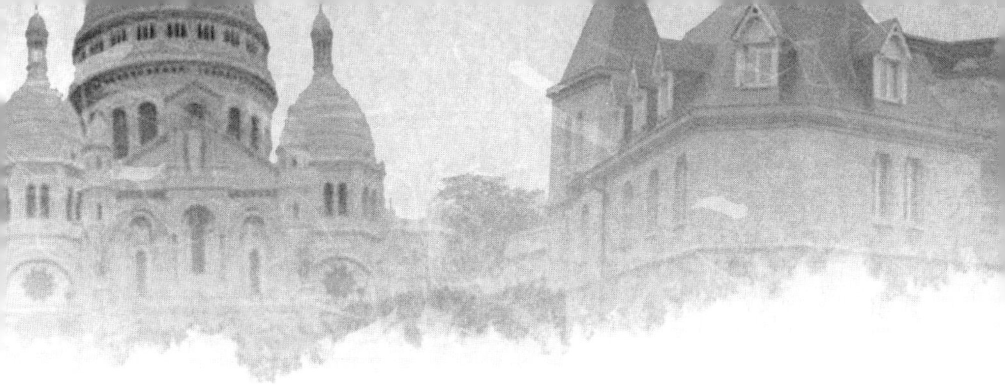

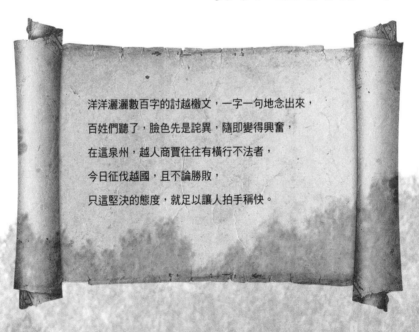

第一五七章 討越檄文

洋洋灑灑數百字的討越檄文，一字一句地念出來，

百姓們聽了，臉色先是詫異，隨即變得興奮，

在這泉州，越人商賈往往有橫行不法者，

今日征伐越國，且不論勝敗，

只這堅決的態度，就足以讓人拍手稱快。

廳堂裏共坐著三個人，吳文彩最先咳嗽一下，捋著頷下的鬍鬚道：「殿下請我們來，到底有什麼吩咐？」

沈傲什麼都沒說，而是將供狀直接送到吳文彩身前的几案上，吳文彩看過之後，目中露出駭然之色，接著又傳給楊過，楊過草草看過，又遞給馬應龍。

沈傲在廳中來回踱步，冷冷的道：「事到如今，諸位怎麼看？」

吳文彩還沒有想好，馬應龍自恃自己的身分低微，因此不敢輕率發言。楊過沉吟片刻，道：「殿下，既然有了人證，索性把那越王拿了。」

吳文彩搖頭道：「不可，拿了越王，大越必然與我大宋交惡，到時候還是大越王子即位，便是拿了一個越王有什麼用？」

楊過道：「總不能不聞不問，今日若是不嚴懲，難保不會有下一次。」

沈傲走了幾步，道：「吳大人說的對，拿了越王沒有用；楊指揮說的也沒有錯，今日若是不能嚴懲，我大宋還有什麼威嚴可存？到時候這件事傳出去，南洋各藩國還會有人肯向我大宋稱藩嗎？」

他當機立斷的道：「爲今之計，只有征伐大越，以最快速度拿下占城，搗毀他們的宗廟，押解他們的宗室來泉州治罪，以儆效尤。」

吳文彩和楊過眼中都閃過一絲駭然。吳文彩道：「殿下，盛會在即，這時候妄動刀兵，不說會引起各國猜忌，便是要拿下占城，只怕也不是這麼輕易，請殿下三思。」

吳文彩的擔憂並非是沒有道理，萬國展覽會即將開幕，甚至有傳言天子要親臨泉州，眼下各藩國都來了人，若是大動干戈，一方面會影響到藩國對大宋的看法，另一方面，也難免會疏忽了展覽會。現在展覽會籌措到這個地步，怎麼能突然征伐大越國？

楊過卻是一拍大腿，道：「吳大人的擔心並非沒有道理，不過，大越國既然敢圖謀我泉州，正如殿下所說，不給予懲戒，那我大宋何以立威？」

之前一直默默坐在一旁不吱聲的馬應龍突然道：

「若是陛下當真要來泉州，這盛會只怕還要拖延些時日，當務之急不是爭吵這個，下官倒是認爲，現在不少藩國見國內的白銀紛紛流入我大宋，已經有不少人滋生出怨言了，若是我大宋能借機殺雞儆猴，倒可以讓那些心存僥倖的俯首貼耳。與藩國們打交道，恩德是要的，可是不能一味施恩，該立威的時候還要立威。不過，下官有一句話斗膽要問楊指揮，水師能不能立即出動？要遠征，又要多少給養？若是太多，則只能請朝廷劃撥，這麼一來，天知道要耽誤多少時日。還有一樣，既然是立威，進展就要神速，若是戰局不利，或是久克不下，那就不是立威，是示弱於人了。」

楊過認真答道：「給養倒是好說，船隻入港總會從南洋帶來糧食，糧秣是足夠的，弓箭、弩炮和跑船上的火藥也都足夠，將士們操練了兩年，雖然沒有臨戰的經驗，卻都是虎狼，依我的估計，從泉州到占城也不過半個月光景，而後再率軍北上，若是順利的話，至多十天之內就可以圍住大越國都升龍……」

吳文彩認真地打斷楊過，道：「可要是十日之內到不了升龍城呢？」

楊過氣呼呼地道：「說是十日就是十日，本將願領軍令狀，絕不會出差池。」

吳文彩冷淡地道：「楊指揮未免太躊躇滿志了一些。」

眼看這泉州城中的一文一武要爭吵起來，沈傲終於發言，打斷他們道：「十天時間夠了，水師操練了這麼久，也該拿出來試一試，就算是敗，這干係就由本王來擔著。」

楊過心中激蕩起來，道：「有殿下這句話，水師上下欣然受命。」

馬應龍冷靜地道：「爲什麼要先從占城登陸？據下官所知，這占城距離升龍距離有三百里之遠，何不如另覓良港？」

這時沈傲也有些後悔，若是將大越國的總督轄區向大越國國都靠近一些，這場征伐也會輕鬆得多，只是當時一直考慮到經濟的因素，因此將總督轄區設在了後世的南越西貢一帶。

見楊過要發言，沈傲先替他答了，含笑道：「占城曾是占國的王都，後來李公蘊率軍三萬南下吞併占國，在占城屠殺國人數以萬計之多，所以先攻克這裏，城中的抵抗必然會減到最低，再以占城爲落腳點，北伐大越就容易得多了。」

馬應龍恍然大悟，不禁苦笑道：「下官居然不曾想到這個。」

沈傲沉默了一下，目光幽幽，道：「這件事就這麼定了，吳大人，你曾經在禮部公幹，戰表的事就由你來代勞，馬大人也要辛苦一下，泉州還要你看顧著。至於本王，三日之後便率水師出征，今次這一戰，是我大宋向各國揚威之戰；敗，則滿盤皆輸，海政之策毀於一旦；勝，則南洋歸心，各邦真心臣服。」

吳文彩道：「既然要遠征，何必要下戰表？何不如先封鎖了消息，先奇襲了占城再說。」

吳文彩確實是皮厚心黑的老官僚，方才一番話還大義凜然，苦口婆心，滿口的仁義道德。可是眼看戰爭不可避免，立即就恨不得耍弄陰謀詭計了。

沈傲淡淡一笑，道：「我十萬水師要破大越國，不過是用石頭去擊打累卵而已，何必要耍弄這樣的心機？今次就是要讓天下人看看，我水師的戰力如何！」

計議一番之後，三人紛紛起身告辭。

今日一番會談，倒是讓沈傲對馬應龍刮目相看，沈傲刻意將馬應龍留下，馬應龍側坐著看向沈傲，等待沈傲發話。

沈傲先喝了一口茶，含笑道：「馬知府是同進士出身？」

馬應龍道：「是，建中靖國四年的同進士。」

沈傲頷首點頭，感嘆道：「建中靖國四年，這麼多年過去，馬兄還是個知府，實在可嘆。」

若說馬應龍沒有政治野心，那是瞎話，進了官場，一向是逆水行舟，誰都想快人一馬，沈傲的一句嘆息，恰好說中了馬應龍的心事，馬應龍言不由衷地道：

「下官身無所長，能牧守一方，已是幸事了。」

沈傲搖頭，用教訓的口吻道：「你這話，本王聽了刺耳得很，男兒大丈夫，既然步入了仕途，就該節節高升，做人豈能自滿?不過話說回來，你也算是本王的人了，在朝廷裏，有大把的好位置本王可以給你舉薦，你可知道，本王爲何還留你在泉州嗎?」

馬應龍猜不透沈傲的心意，沉吟片刻道：「下官不知。」

沈傲正色道：「泉州眼下的局面是本王一手促成，便如本王自己的孩子一般，不容出現絲毫閃失，換作是別人來填補馬知府的空缺，本王不放心，所以本王留了私心，一直將馬知府留在這任上。」

沈傲的口氣，信任的意思十分明顯，馬應龍的屁股不自覺從椅上滑落下來，道：

「殿下如此信重，下官豈敢有什麼怨言?下官便是拼了性命，也要給殿下看好這個家，馬某在，泉州就在。」

沈傲有時候自己都覺得這樣去糊弄人很不道德，不過該做的還要做，只是沈傲做起這種事更誇張。他站起來，快步走到馬應龍跟前，雙手箍住馬應龍的雙肩，將馬應龍扶起來，接著拉住馬應龍的手，最後用很動情的口吻道：

「馬知府權且辛苦幾年，到時本王另有安排。」

馬應龍千恩萬謝，沈傲微微抬起下頷，直到覺得自己的眼睛有了很豐富的感情之後，才平視著馬應龍道：「諸事就託付馬大人了。」

泉州城已經開始高速運轉起來，在街面上的一隊隊水兵突然如潮水一般的褪去，頃刻之間銷聲匿跡。隨後數十個校尉出現在大越國王的行館奉命保護，大越國王李公蘊直接被軟禁起來，知府衙門也張貼出了文告，說是拿住了亂黨，要當眾公審。這一樁樁的事，將本是不平靜的泉州攪得更是水花四濺。

最忙碌的當然屬吳文彩，吳文彩好歹是禮部裏出來的人，對寫表文最是在行，連夜寫了一篇討越檄文送去給沈傲過目。沈傲看了，動筆改動了幾字，總算是大功告成。

不過真正的麻煩還不是這個，而是一群群來客。這些客人有藩國的藩王，有使節，聽說突然查封了興越商行，膽戰心驚的有，想打探具體細節的也有，還有一些是好事的，一個接一個走馬燈似的，吳文彩只能一遍一遍地說無可奉告，或者說大越國王的事

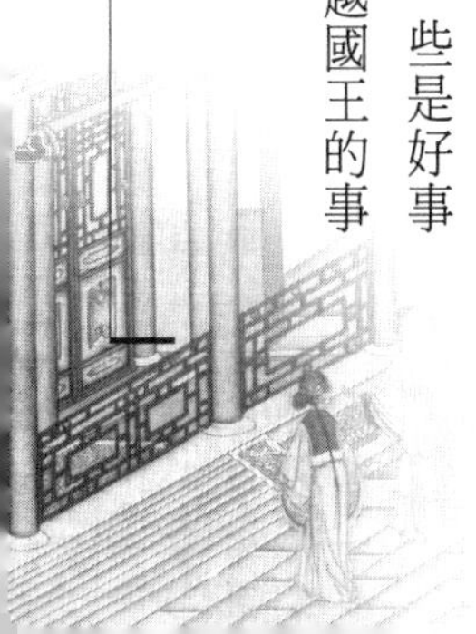

很快就可以昭示天下之類。

他的言辭自然不能讓人滿意，不過藩王們也不是不識趣的人，見吳文彩一副隱憂重重的樣子，也只好先告辭，不過私下已經有藩王發出不滿了。大宋曾向他們許諾，保證他們的安全，可是現在安全能不能保證還未必，他們倒是自己隨意拿人了，這如何讓人信服？再加上水師的動向也令人猜疑，據說沿岸三十多座水師水寨操練更急，一艘艘艦船停泊在水師碼頭，可以清楚的看到許多人在向艦船中裝載糧秣、淡水、草藥、甚至是成箱的箭矢、火藥。泉州的一舉一動，都昭示著要有大事發生。

街頭巷尾，也都議論著這許多不同尋常的舉動，直到知府衙門開審越人，事情才終於真相大白。

大越國王試圖襲擊泉州，若不是那些越人親口招供，只怕誰都認爲這種事和天方夜譚差不多，不過現在議論得較多的倒不是大越國王的膽魄，而是大宋打算如何應對，或是說平西王會作出什麼樣的選擇。

整個泉州都在安靜地等待，在汴京，陛下出巡的消息也已經確定，雖有人反對，阻力卻不甚大，群臣現在關心的是京察，楊真既然保持安靜，也沒人敢再來捅婁子。

這時候，八百里急報的消息飛快送入門下省，楊真得了沈傲的奏疏，馬不停蹄地又送去宮中。

「箭在弦上，不得不發，宋臣不臣，刀斧相加；藩臣不臣，當如宋臣例，請陛下聖裁。」這是沈傲的最後一句話，通俗易懂，到了如今這個地步，沈楞子要殺人了，大宋的臣子若是有不臣之心，抄家滅族，藩臣理所應當遵循宋臣的規矩，不肯臣服，意圖不軌的，亦當如此。

以這個罪名來征伐一個藩國，對大宋來說是第一次，自宋以來，因爲一直與西夏、契丹對峙，所以一向對藩國採取的是綏靖政策，藩臣不來朝見，或者口出狂言，更或是橫行不法，在漢朝的時候，早就殺得伏屍千里了。可是大宋卻往往是睜一隻眼閉一隻眼，儘量息事寧人。

譬如此前宋越之間發生的熙寧戰爭，越國人分兵兩路，水路並進進攻大宋。爲師出有名，越軍四處張榜稱中國做青苗、助役之法，窮困生民，今出兵欲相拯救。隨後越軍連破欽廉二州，殺八千餘人。最後又合圍邕州，屠殺了不少軍民。此後宋廷震怒，調兵反擊，與越人僵持不下，最後越人派出使者求和，宋廷居然表示同意，從此兩家講和，而欽廉二州從此劃歸越人，越人仍舊稱臣。

因此，大越國王李公蘊圖謀泉州，其實就是熙寧戰爭的心理在作祟，正因爲料定了大宋會息事寧人，所以才敢謀劃襲擊泉州，劫掠一番之後，再上表求和。

人的膽子本就是被人慫恿出來的，正是大宋不斷地採取綏靖政策，才讓越國人膽大包天，以彈丸之國的實力，將主意打到大宋身上。

趙佶默默地看了奏疏，知道了越人的圖謀，心中也是震怒，恨不能拍案而起，可是看到沈傲奏請派出舟師遠征越國，一時倒是遲疑了。

一是大宋沒有這個規矩，以內臣的辦法去對付藩王，這是大宋前所未有的事，這份奏疏，是要開大宋百年國策的先河了。

趙佶沉默了一下，對坐在下側的楊真道：「楊愛卿以爲如何？」

楊真還在打腹稿，對越人大動干戈，其實他本心上也是不同意的。楊真在外人看來是塊臭石頭，可要說他沒有一點政治智慧，那就是某些人臆想。京察在楊真心裏是頭等重要的事，自他上任，一心一意要推廣的也就是這樁事，可是楊真豈能不明白，若是京察沒有平西王的支持，是絕對不能繼續的。成敗在此一舉，到了這節骨眼上，楊真當然不能節外生枝。

現在平西王要征伐大越，若是他這首輔不支持，又憑什麼讓平西王支持他的京察？所以楊真心裏已經打定了主意，這件事他一定要表明自己的立場。

「陛下，老臣以爲，大越國的事與海政息息相關，平西王現在署理海政，倒不如按著他的意思去辦，大越國一向畏威而不懷德，熙寧年間就曾屢屢向我大宋挑釁，殺戮我邊鎮軍民，既然如此，這一次索性借著這件事，好好敲打敲打。也讓南洋諸國們知道，真心臣服的，我大宋待之如上賓，可要是心懷狼子野心，我大宋也決不姑息養奸。」

趙佶憂心忡忡地道：「話是這麼說，朕最怕的就是又重蹈熙寧之戰的覆轍。」

熙寧之戰掠殺軍民數萬，此後大宋遣軍報復，越國多山，瘴氣又重，因此戰爭並不順利，一直拖延了許久，耗費了無數的財力，官兵死傷不少，結果卻是徒勞無功。最後不得不接受越國的求和，表面上雖然體面地結束了戰爭，結果卻是有苦自知。

楊真最擔心的也是這個，雖然奏疏裏，沈傲一再保證速戰速決，可是這種事怎麼能作準？

楊真沉吟道：「陛下，戰爭打到什麼地步，是平西王和水師的事，開戰與否卻是陛下的事。」

楊真的一番奏對很是圓滑，趙佶不禁點頭，道：「你說的也有道理，既然如此，那便擬准了，門下省擬了旨意，快馬送去泉州，不得延誤。」他咂咂嘴繼續道：「朕過幾日也要動身了，一切從簡，這件事，楊愛卿也要安排一下。」

楊真道：「老臣已經吩咐下去了。」

趙佶欣賞地看了楊真一眼，心想，都說楊真脾氣壞，可是對朕卻從未忤逆過，看來外頭的傳言都不可信。其實他哪裡知道，楊真這老狐狸要推行京察，所以心裏頭早就打

了小算盤，只要不是涉及到京察，任何事都可以妥協，便是逢迎趙佶的喜好也在所不惜。

趙佶徐徐站起來，饒有興致地道：「朕聽說泉州熱鬧得緊，那邊的船隻足足有三十丈長，朕倒是想去坐坐海船。」

楊真道：「君子不立危牆，更何況是天命君主，海船還是不必坐了，到那碼頭處走走看看即是。」

趙佶聞言笑起來，道：「楊愛卿去忙自己的吧，朕只是隨口說說而已。」

打發走了楊真，趙佶興致勃勃地坐回御座，眼睛又落在沈傲的奏疏上。

這分奏疏用的是董其昌的書法，董其昌綜合了晉、唐、宋、元各家的書風，筆法自成一體，其書風飄逸空靈，風華自足。筆劃圓勁秀逸，平淡古樸，可謂是行書集大成的大家。趙佶看這後世所創的筆法，便是如趙佶這般的成就，也只有驚嘆的份了。

趙佶近來在用筆上借用了董其昌不少的餘韻，欣賞了一會兒，趙佶如鬥氣一樣，提起筆來，也用董其昌的筆法在奏疏下寫了一個「准」字。

待寫完了，趙佶細細打量自己的字，隨即又搖搖頭，總是覺得筆法之間還是少了飄逸之感，嘴角不禁掛上苦笑，朝身側的內侍道：「進丹。」

那內侍早有準備，端了個漆木托盤來，盤中有盂盆、溫水和一顆如嬰兒拳頭般大的丹藥，在燭光下閃耀著朱色的光輝。

趙佶輕車熟路地伸手捏起丹藥，掩入口中，隨即拿了溫水吞服下，良久之後，才漱了口。整個人霎時之間變得精神起來，一雙眸子閃動著光輝，便又提筆在奏疏下批註道：「藩國之事，皆託付於卿，卿自行裁處即可，不必奏問。」

墨跡未乾，這一行字的筆法居然比方才那一個准字要好得多，字體中融合了董其昌的飄逸風華，也融匯了趙佶那瘦挺爽利的神韻。

趙佶滿意地將筆放入筆筒，饒有興趣地欣賞了自己的行文，不禁莞爾笑道：「倒是看他還有沒有顏面來與朕挑釁。」

趙佶的臉頰已經變得燙紅，眼眸中閃露出亮出，寫完了行書，整個人又像是癱了一樣，頹然坐在椅上，整個人像是酥了。

海政衙門磨刀霍霍了這麼久，可還是沒有透露出一點消息，泉州上下議論紛紛，大越國王屢屢抗議，校尉雖然圍了大越國王的府邸，倒也沒奈何他什麼，只是不許人探視而已。不過現在議論得最凶的，還是海政衙門會不會討伐大越的事。

聽說可能要打仗，不少商人激動起來，打仗就要軍餉，得用軍餉去收購大量的物資，現在泉州不少商戶本就屯積了許多貨物，海政衙門也洽商訂購了不少糧食、傷藥，

更有人風聞，說是若真對大越動武，大越那邊肯定會有更多的商機。

不說別的，那越國遭了戰火，糧食肯定要減產，平素一樣是向大宋賣糧，現在說不定要大宋的海商從南洋各國收購糧食去越國販賣了。除了這個，越國本地的許多貨物也定然會減產，泉州便可趁機而入，一舉將大越國本地的商品擊潰，取而代之。

泉州開化已久，對生意的門道眼光最毒，這般一想，便立即覺得要有生意來了。

除此之外，還有不少商賈磨刀霍霍，若是拿下了大越國，大越國不少林木、礦產都是無主之物，這些東西從前當然不值錢，可是自從海政推廣之後，原木、鐵礦、黏土這些原料都緊缺得很，那些急紅了眼的商人這時候都瘋了，不少人還想著等展覽會去推銷掉自己的陳貨。可是現在瞧這光景，如是平西王當真討伐大越，說不準正是擺脫眼下困境的最好機會。因此不少人在海政衙門外頭轉悠，四處打探消息。

偶爾也會有海政衙門的人到永樂坊去收購物資，據說連製造弓箭的箭杆，就需要五萬捆，箭簇就更不必說，原本這些是由朝廷的織造局承製的，可是朝廷一時也顧不到水師這裏，真要等織造局造出來，還不知是什麼時候的事，誰若是能接到這幾十萬支箭簇的生意，便是三年不開張也不至於手頭周轉不開。

只可惜海政衙門那邊光聽到打雷，硬是不見下雨。許多跡象都表明了可能要開戰，可就是風聲大雨點小，始終沒有準信。

不少人在乾著急，也有一些人，比如那些番商，提及此事時都露出不屑之色，大宋向藩國開戰？這事可是不曾有過的，以宋人的性子，這仗肯定打不起來。

再者說，萬國展覽會召開在即，至多也不過是一個多月的時間，南洋水師便是有天大的本事，難道就這麼點時間想征服大越國？

要知道，大越在南洋自稱華國，以南洋正統自居，軍力強盛，這數十年來，先是南下擊敗了占國，向西侵蝕了真臘，向北打敗了大理，國勢強盛，在南洋之中宛若猛虎，大宋便是糾結三十萬大軍，水陸並進，只怕也未必能克下越國，只怕現在作出這個姿態，不過是想叫大越國人屈服，說穿了，無非是連唬帶嚇而已，這種手段並不鮮見。

其實海政衙門裏頭也滿是不確定，平西王是王八吃秤砣鐵了心，可是朝廷不准，那也沒轍，現在最緊要的是要看朝廷怎麼說。

沈傲這幾日都在海政衙門裏，一邊籌措遠征，一邊在等朝廷方面的消息。對這件事，他倒是有九成的把握，趙佶對自己的信任那是不必說的，楊真那兒也絕不會反對，不過沒有準信過來，沈傲心裏總覺得有點不太踏實，自己忙活了這麼久，造出這麼大的氣勢，要是他娘的把自己的奏疏否定了，這可就虧大了。

「殿下……殿下……」一名校尉急匆匆地朝沈傲的書房趕去。進了書房，作揖行禮道：「汴京的消息來了。」

沈傲從椅子坐起來，接過急報，大喜過望道：「東風來了。」

過了一會兒，泉州城的頭腦都來了，泉州文武官員分兩班立在兩側，沈傲目光逡巡了一下，隨即道：「接旨吧。」

眾人一起拜倒，沈傲起身展開聖旨，念畢，小心翼翼地將聖旨折好收起，朗聲道：「大越國圖謀不軌，事情既然敗露，陛下授予本王全權處置，既然朝廷無異議，那麼征伐大越之事已是刻不容緩，我大宋立國百年恩澤四方，大越國不思圖報，以怨報德，今日之後，再無大越！」

「今日之後，再無大越。」眾人轟然應諾。

沈傲按著尚方寶劍的劍柄，語氣沉重道：「召集將士，準備出發，留駐在泉州的大小官吏，也要盡心用命，不可造次，待本王凱旋而歸時，再論功行賞！」

沈傲交代了幾句，冷峻的目光落在吳文彩的身上，道：「吳大人，發出討伐檄文吧。」

吳文彩鄭重其事地道：「下官遵命。」

各處衙門，人群湧動，無數人屏住了呼吸，目視著臨時搭建起來的高臺，高臺上一名聲音洪亮的差役拿出一張檄文，目不斜視，深深地呼吸。

豔陽高照，海風習習，百姓們駐著足，交頭接耳的人此時也感覺到了這氣氛的不同，都噤了聲，這黑壓壓的人群，只聽到無數的呼吸。

泉州新城中央的廣場上占地百畝，中間有一座臺階形的建築，一名穿著絳紅服飾的官員莊重地目視著廣場上無數的人，這些人有商戶，有工匠，甚至還有藩王、藩臣，番商。所有人的目光中都帶著一絲不安和疑惑。

不止是在這裏，水師的各處水寨碼頭，那一名名穿著儒衫的博士也在無數的水兵注視下，準備妥當。

距離午時已經越來越近，整個泉州彷彿一下子安靜下來，有人激動，有人不安，有人心中在打鼓。海濤拍擊著海岸，嘩啦啦的發出隆隆的巨響，隨後，城中各處發出一陣陣的梆聲，彷彿將這海濤的潮汐聲都淹沒了下去。

無數個官員、差役在更多人的注目之下，頭頂著烈陽的餘暉，繃緊著臉，一字一句地開始朗聲念著同一段文字。

「今奉旨總督天下水師軍馬，檄告泉州文武官吏軍民人等知悉：

本王深叨大宋世爵，授專斷之權，興海政，通商貿，建水師，泉州之與大宋，如殿寢之門窗，鄰人出入，歡欣不能自勝，大宋德沐四方，從而萬國來朝，來往不斷。是以天下相安，南洋諸國只通貿易，而不知兵戈事。今有大越國，狼子野心，夜郎自大。其

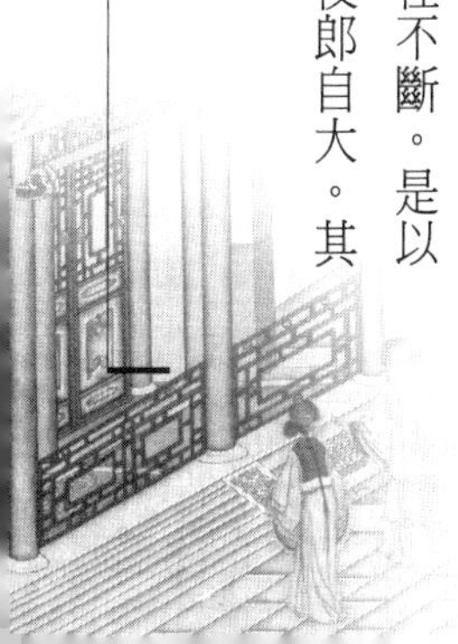

國王李氏，性非和順，地實寒微。昔充大越前朝下陳，更衣入侍，諂媚亂主，於是謀國篡位，自以爲得意，加以虺蜴爲心，豺狼成性，近狎邪僻，心中常懷不軌之圖，人神之所同嫉，天地之所不容。猶復包藏禍心，窺竊神器……

「總督天下水師軍馬，敕命專斷泉州事，駙馬都尉、鴻臚寺寺卿、武備學堂司業，平西王沈傲仰觀俯察，正當伐暴救民，順天應人之日也。今日昭告天下，共襄義舉，卜取甲寅年四月末日午時，檄示布聞，告廟興師，刻期進發。義旗一舉，回應萬方，大快臣民之心，共雪天人之憤。振我神武，剪彼氛，宏啓中興之略；踴躍風雷，建劃萬全之策，嘯歌雨露；倘能洞悉時宜，望風歸順，則草木不損，雞犬無驚；敢有背順從逆，戀目前之私恩，忘中原之故主，據險扼隘，抗我王師，即督水師，親征蹈巢覆穴，老稚不留，男女皆誅；若有生儒，精諳兵法，奮拔穀，不妨獻策軍前，以佐股肱，自當星材優擢，無靳高爵厚封，其治下官吏，果有潔己愛民、清廉素著者，仍單仕；所催徵糧穀，封貯倉庫，印信冊籍，賫解軍前。其有未盡事，宜另頒條約，各宜凜遵告誡，毋致血染刀頭，本鎮幸甚，天下幸甚！」

洋洋灑灑數百字的討越檄文，一字一句地念出來，百姓們聽了，臉色先是詫異，隨即變得興奮，越人與大宋早有瓜葛，熙寧之戰，屠戮宋人數萬之多，以至越人自滿；尤其是在這泉州，越人商賈往往有橫行不法者，口吐污穢之語，今日征伐越國，且不論勝敗，只這堅決的態度，就足以讓人拍手稱快。

藩王、藩臣、番商們，有的露出喜色，有的沉默不語，有的心中憂懼，大宋沐澤四方這一點沒錯，可是今日能征伐大越，明日就可以征伐其他諸國，先河一開，難免令人心中不安。不過大宋這時候的態度，也打消了不少藩王的輕視之心。

大宋的商賈們心中倒是頗爲歡欣鼓舞，仗打起來，哪裡都要錢，這些錢花在哪裡？還不是採購軍資。況且拿下了大越，百廢待興，也正是商人們抓住商機的時候，眼下迫在眉睫的困難，暫時至少可以緩解了。

各處水寨，一個個水兵們佇立不動，最先動的是那些校尉武官，他們只是略一沉吟，臉上露出堅決之色，隨即單膝跪倒，朗聲道：「謹遵王命，卑下願做先鋒，身先士卒，不死不休。」

無數的水兵嘩啦啦的持戈單膝跪下，一齊道：「王命所在，敢不盡心效力，上報國家，下誅藩賊。」

「萬歲！」

不知是誰率先喊了一聲，接著水寨上下炸開了鍋，無數人的聲音一浪高過一浪，鋪天蓋地，天地爲之變色，那聲音宛若怒濤，宛若驟雨，直入雲霄，聲震九天之上。

「萬歲！」

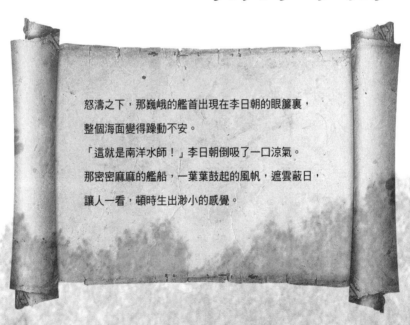

第一五八章 南洋水師

怒濤之下，那巍峨的艦首出現在李日朝的眼簾裏，

整個海面變得躁動不安。

「這就是南洋水師！」李日朝倒吸了一口涼氣。

那密密麻麻的艦船，一葉葉鼓起的風帆，遮雲蔽日，

讓人一看，頓時生出渺小的感覺。

水寨的動靜，立即傳入城中，無論是港口、各處衙門還是新城的廣場，無數人彼此大呼起來，整個泉州猶如死氣沉沉的溫水，這時候霎時沸騰，躁動不安起來。

望遠樓裏，沈傲負著手臨窗眺望，聽到這一浪浪的呼聲，面如止水，淡淡道：「看到了嗎？聽到了嗎？若是此戰不勝，我們有什麼面目去見他們？我大宋許久沒有這樣過了，那麼就不妨……」

沈傲手仍扶著高樓的欄杆，旋過身去看了身後的水師高級武官們一眼，狠狠地揮舞了拳頭，道：「就不妨逞一次匹夫之勇，忘掉自己的性命，忘掉泉州的牽掛，忘掉一切，到占城，到升龍，去狠狠的做一回呆子、做一回傻子，若是幸運，我們到老邁的時候，兒孫盤在膝下，我們至少可以拍著胸脯說：我曾做過一件事，一件有些令人不可思議，但是絕不蠢的事，我們會流血，死在異國他鄉，可是，今時後世的人會銘記我們，他們會說，看，這就是大宋的柱石，是他們的血澆注了我大宋的安樂！」

以楊過爲首的數十名水師將軍，其中已有過半都是從武備學堂調來的，既有教頭，也有一兩個二期的校尉，那兩個校尉十分年輕，卻擔負重任，他們一起激動的道：「寧做柱石，絕不苟且。」

沈傲頷首點頭，轉過身去，任憑海風吹拂，他心裏想，自己穿越到這裏，難道真是上天的安排？上天安排我來這裏，到底有什麼居心？難道是要斬妖除邪嗎？

沈傲心中閃過一個念頭，他突然道：「誰是妖？」

沈傲突然一問，讓所有的水師將軍一頭霧水，驚愕地看向沈傲。

沈傲朝著波光粼粼的海濤大喊：

「大小貪官污吏，亂漢夷族都是妖，在誅之列！亂極則治、暗極則光，天之道也！本王手持尚方寶劍，今日一個個斬了你們的頭，踐踏你們的屍首，掘開你們的祖墳，鞭撻你們的親眷，索性還這世界一個朗朗乾坤，還一個國泰民安。」

「……」

海風有一股鹹鹹的味道，習慣這種風的人，能感受到一股熟悉的颯爽，沈傲深深吸了口氣，旋過身，道：「進發！」

他帶著一干武官從望遠樓下來，望遠樓外，侍衛軍雲集，旌旗招展，馬嘶人動，沈傲一出現，無數的侍衛湧上去，在沈傲的左右兩翼和後隊集結，前隊的校尉在前開路，在這人山人海的軍港碼頭，無數人湧動，自動地給沈傲開闢出一條道路，耳畔時不時響起一個個聲音：「卑下見過陛下。」

沈傲目不斜視，按劍而行，到了一處碼頭的棧橋，在眾人的簇擁下過去，棧橋的盡頭，是一艘巨大的戰船，戰船足有四十丈長，是福船的變種，也是南洋水師的旗艦，從此處看向這靜靜停泊在棧橋盡頭的旗艦，龐大的身軀，足以令人自覺渺小。

沈傲登上了戰船，戰船上，不少水兵還在忙碌，各司其職，便是沈傲的出現也沒有讓他們出現混亂，沈傲獨自帶著幾名將佐走到了船舷邊，目光幽幽，俯瞰著碧波的大海那一葉葉待命的舟船。

眺望到漫天的艦船伏波汪洋，桅杆上懸掛著「南洋水師」旗幟，密密麻麻的艦船上琳琅滿目站著無數的人影，無數人吆喝著口號，升起了白帆，拉起了鐵錨，沈傲心情一時激蕩，突然朝身後的楊過道：

「誰擁有了海洋，誰就能擁有一切！」

嗚嗚的號角聲低沉的嘶吼起來，引水員站在棧橋上，拿著各色的旗幟，開始指揮艦船出海。

沈傲所坐的旗艦體積實在過於龐大，居然佔據了兩個水道，挪動起來速度並不快，甚至有幾分慢吞吞的樣子。這艘艦高大如樓，底尖上闊，首尾高昂，兩側還設有護板。全船分四層，下層裝土石壓艙，二層住兵士，三層是主要操作場所，上層是作戰場所，居高臨下，弓箭火炮向下發，往往能克敵制勝。

船首處頗爲高昂，又有堅強的衝擊裝置，乘風下壓能犁沉敵船，可以用船力取勝。吃水可以達到兩丈，在這個時代，絕對算是巨型母艦了。

站在四樓往下俯瞰，沈傲立即發現了這旗艦的劣勢，這艘艦船雖然裝載量極大，大型的海戰擁有極大的優勢，可是在航速上卻處於劣勢，因此，這樣的艦船在水師中只不過六十餘艘，大多數還是以偏小一些的船隻爲主。

除了這種船隻，速度最優異的自然是從另一處海灣中飛快駛出的炮艦了，炮艦雖然不過三十丈，船身狹小，殺傷力卻是極大，兩側都裝有護板，船體共三層，底層用土石壓艙，二層各設炮口三十餘門，雖然都是小炮，可要是一齊發射，也足以驚天動地，更驚人的是，這船足有三個桅杆，五面風帆，其航速至少在旗艦的兩倍以上。

這樣的炮艦，只有三十餘艘，都是根據沈傲的意思設計出來，大宋的造艦技術在這個時代本就是頂尖水準，天下無出其右，之所以從前不製造這種炮艦，無非是沒有需求而已，大宋的艦隊一向在海面上沒有敵手，有足夠的福船就已經足夠克敵，何必要糜費大量的時間和金錢去製造炮艦？況且福船還可以大量的裝載軍需和水兵，而炮艦只是單純的戰鬥用途，製造出來不划算不說，在這個時代也完全沒有必要。

而沈傲一聲令下，以南洋水師的名義收購這樣的艦船，才讓各個船塢立即絞盡腦汁起來，不斷設計和完善類似的艦船，期望南洋水師能夠大量採購，正因爲如此，只用了一年功夫，炮艦的雛形居然就已經出來了，只不過需要完善的地方還很多，這種船由於裝載了太多的火炮，受到火炮後座的衝擊力極大，因此用料與尋常的艦船不同，所用的

木料都是精挑細選，工匠打龍骨、鉚釘時，也絕不能出現一丁點的疏忽，往往一艘這樣的炮艦，比沈傲的旗艦還要貴了不少，至今不過製造出三十餘艘。

南洋水師裏，其實分爲了兩派，一派認定福船才是克敵的利器，另一派則認爲一艘炮艦足以與福船對敵。不過這樣的爭論，到了沈傲這邊全部啞了火，沈傲只用了一句話就平息了爭論：

「若我大宋獨強，用福船就足以馳騁天下；可我大宋若是在海中遇到勁敵，非炮艦不可以制勝。」

這句話意思很明白，若單純的去欺負南洋那些藩國，有福船就足夠了。可是要遇到了強敵，單純福船是不夠的，這時候才是發揮炮艦威力的時候。

出海在外的人，見識到了天地的廣闊，誰敢放言說大宋不會遇到強大的敵人，所以這句話，就讓否認炮艦的水師軍官啞口無言。

而現在，這三十餘艘炮艦，在沈傲的旗艦駛出海灣之後，便立即默契的放慢航速，隨扈在旗艦左右，整個洋面上浩浩蕩蕩，數十種艦船，上千船隻各自沿著水道朝廣闊無垠的大洋深處過去。

任何人看到這龐大的艦隊，都會忍不住發出感嘆，南洋水師的實力，第一次真正顯露出來。

雖說鑄造了三洋水師，可是南洋水師在大宋最爲強大，這自然得益於天下第一大港的優勢，也得益於南洋與泉州的貿易，畢竟北洋水師注定了只能在空蕩蕩的海中逡巡，而東洋水師至多也不過壓制倭國不服，大宋海政真正的核心仍然是在南洋。

而南洋水師在沈傲的支持之下，一方面朝廷撥出費用，一方面泉州本地商戶的募捐，還有沈傲拿出來的分子，如今規模已經達到了空前，便是放在後世，鄭和下西洋也未必如此威勢。

這支艦隊糜費了不少錢財，也正是因爲錢財，才締造了這曠古絕世的水師，而對於沈傲來說，投資就要有收益，現在正是挖第一桶金的時刻。

「要是這時候有望遠鏡就好了。」沈傲目力所及之處模糊一片，心裏遺憾的想，只是造望遠鏡這玩意，他實在水準有限，只能心裏感慨一番。

沈傲的臥艙是在旗艦的三樓，一處方圓百丈的豪華起居艙，艙中擺著司南以及南洋地圖，四角各有宮燈，不知哪個缺心眼的傢伙，不曉得是附庸風雅，還是以爲沈傲喜歡這道道，居然還擺了不少瓷瓶。

沈傲覺得這瓷瓶的擺放有些不對，曾走過去拿在手裏把玩了一下，發覺居然還是古物。

可是很快，沈傲就全然沒有興致了，古物倒是古物，不過也不知是哪個塔裏的贗

品，仿古的痕跡實在是粗陋無比，在沈傲這種大行家眼裏，簡直就是汙了自己的眼睛。好不容易擺了個瓷瓶居然還是假的，沈傲的心情可想而知。

「不過……既然帶來了，砸了也可惜，想必大越國的朋友們總會喜歡，到時候轉手到大越國，看看有沒有人願意買。」沈傲心裏這樣一想，一股怒火立即化爲了烏有。

至於有沒有人買，就不在沈傲考慮範圍之列了，本王不遠萬里，千里迢迢，帶著十萬王師，一路舟馬勞頓，來給你們大越國弔民伐罪、剷除昏君，你們連本王一個瓷瓶都不敢買？簡直就是豈有此理，太欺負人了。

占城，是越國第一大城，毗鄰大宋南海，與泉州隔海相望，這裏早在十幾年前雖然遭受兵火的摧殘，可是如今也漸漸繁華起來，人口多達五萬戶，在這南洋，絕對不容小覷。

占城的軍力比之大越王都升龍府更加嚴密，這裏曾是占國的王都，南越占族在此曾盤踞數百年，如今雖然成了越王的囊中之物，可是這裏畢竟占人居多，因此爲了防止生變，占城大將軍李日朝率越軍一萬在此駐紮。

占城大將軍府便是占城的舊王宮，占地不小，金碧輝煌，不過此時，平素這裏的歌舞表演突然不見了，那大宴賓客的喧囂也沒了動靜。

在一處大廳裏，穿著類似大宋官袍的李日朝正打量著來客。這個客人雖有越人的黝黑，可是眉宇卻與漢人無異，正是從泉州那邊剛剛逃回的蔡攸。

蔡攸實在想不通，沈傲居然會發現自己的行蹤，好在那一日他聽到動靜不對，立即翻了後牆逃走，趁著泉州還沒有四處緝拿，裝扮一番，飛快前往碼頭，尋了條出海的商船出海，輾轉之後才到了占城。

李日朝對蔡攸的印象並不好，淡淡的道：「蔡先生不是去了泉州？爲何這個時候又回了占城？」

蔡攸含笑道：「大越國危在旦夕之間，蔡某豈能冷眼旁觀，實話和你說了吧……」他把泉州的事說了一遍，李日朝聽得暗暗皺眉，沉默良久道：「那麼越王殿下豈不是……」

蔡攸冷冷道：「越王殿下能否平安歸國，就看即將要來的戰事了。」

李日朝似是不信，道：「就算是如此，大宋也不敢輕易挑起戰端。」

蔡攸道：「大宋不會輕易挑起戰端，可是有一個一定會，平西王沈傲一向睚眥必報，這一次大越圖謀泉州，他會無動於衷？此人乃是大宋第一寵臣，只要他下定了決心，宋廷必然大力支持，屆時平西王提南洋水師，只怕不日就要到這占城來，將軍，眼下當務之急，是加強戒備，隨時準備應戰，只要宋軍不能攻克占城，時間一久，南洋水

師必然不能持久，到時再與宋人議和，迎回越王就指日可待了。」

李日朝聽得半信半疑，宋朝的那個平西王，他倒是知道一些，這人的名氣極大，且喜好炫耀武力，蔡攸既然言之鑿鑿，他也不得不信。

沉吟片刻，李日朝道：「就算是宋人要征伐我大越，只怕也未必會來占城，須知這占城距離升龍相隔數百里，爲何放著其他較近的城鎮不去攻奪，反而來占城，你們宋人有句話叫捨近求遠，難道他們會不知道這個道理？」

蔡攸喝了一口茶，慢吞吞的道：「換作是別人，將軍說的話也有道理。可是沈傲最是奸猾，若是他督軍遠征，率先攻打占城，一來可以出其不意，二來嘛……」

蔡攸頓了頓，繼續道：「蔡某說句不客氣的話，這占城中的百姓一向與大越國離心離德，若是爲占國復仇的幌子拿下占城，則宋軍水師可以後顧無憂，全力以赴北伐升龍，豈不是更爲划算？」

越人桀驁不馴，若是拿其他幾處港口作爲立足點，宋軍難免會遭受越人的襲擊，可是以占城爲基地就不同了，蔡攸眼睛毒的很，立即就看出了這其中的奧妙所在，所以才一口咬定，沈傲若是率軍攻伐大越，突破點絕對不會是距離升龍較近的港口，一定是占城。

李日朝不得不警惕起來，蔡攸的話並不是沒有道理，他沉吟一下，道：「若是大宋征伐大越，大致在什麼時候可以抵達占城？」

蔡攸道：「多則一個月，少則半個月就差不多了，將軍，占城若是失守，大越國的門戶就會洞開，若是不及早作出安排，到時後悔不及。」

李日朝從椅上站起來，負著手在廳中漫步，道：「城中守軍不過萬餘，港口處雖有幾艘水船，只怕於事無補。倒是有一支水軍可以調用。」

李日朝所說的水軍，便是一支遠道而來的大食人船隊，船隊中暗暗設了弩炮，儲備了弓箭，更有七千餘名大食水軍，這支水師早在半年前就從大食出發抵達大越國，等待時機。

大食國海貿發達，其實大宋的海政對大食的打擊最大，原本大食船隊是開赴到南洋來向各國耀武揚威，意圖增強大食的影響，這支艦隊到了南洋，立即與越國人同流合污，如今駐紮在占城附近的海域。

此外，還有一支船隊可以利用，那便是興越商行的船隊，這支船隊上上下下都是越人打理，人數也足有五千。

這兩股力量合而爲一，可以達到萬人之多，擁有艦船上百，只是和南洋水師比起來，實在差得太遠。

蔡攸道：「何不如立即上書升龍府，令大越國各地抽調軍馬馳援占城？」

李日朝不禁搖頭，道：「蔡先生足智多謀，可是兵家的事卻未必能看得清，我大越國雖有雄兵十萬，可是海岸也是極長，港口無數，處處都要拱衛、防守，若是抽調大軍到這占城來，那其他的港口豈不是沒有了防備？宋軍若是分兵取了其他幾處港口，轉而攻打升龍府，又該怎麼辦？」

李日朝的擔心不是沒有道理，海戰不比陸戰，在陸戰，每一個關隘和據點都可以成為敵人不能越過的雄關，緊守一處，就可以像魚刺一樣梗住敵人的喉頭。可是海戰完全不同，只要是港口城鎮，大宋的水師都有可能在那裏出現，處處都是宋軍水師的攻擊目標，久攻占城不下，隨時可能在其他港口登岸，到了那時，聚在占城的大量越軍立即會處於被動的地位。

蔡攸一時也是默然，他的身家性命已經和大越國連在了一起，若是宋軍攻破了大越，天下哪裡還有他的容身之處？

李日朝攥緊拳頭，道：「那就死守，本將倒要看看，宋人到底有什麼能耐。」

大戰迫在眉睫，過不了幾天，果然從泉州那邊傳出了消息，說是泉州已經頒發了討越檄文，整個大越國立即亂成了一團，大越國王還在泉州，生死未卜，大越國群龍無首，現在宋軍水師不日即到，現在這個亂哄哄的局面，也是舉國譁然。

對大宋，大越人輕蔑之心有之，可是面對這龐然大物，也有人生出畏懼。因此大越國的百官，立即推舉王太子爲王，議定抵抗宋軍。此後大越國頒佈應戰書，書中道：「華國雖千乘，斷不懼萬乘之國。」隨即又頒佈趙佶十大罪狀，徵召全國軍馬，試圖負隅頑抗。

靠近西貢的總督轄區，這座新興的港口城市，因爲貿易和大量漢商的聚集而逐漸的繁榮。在這座城中，人口已經超過了五萬，漢人占了九成以上，只是在今日，整個城市立即變得緊張起來。宋越之戰已經不可避免，附近的越軍也都已經下了最後通牒，要求漢人立即滾出總督轄區，從此之後，這裏仍舊歸屬大越統轄。

總督轄區內，只有總督衙門下屬的五百名差役，用以維護治安之用，雖然港口外停泊著一艘南洋水師的兵船，也屯駐了一隊的水兵，可是人數不過百餘人，只是用以緝私之用。這麼一點人手，若是越人真的要入境收回總督轄區，怎麼抵擋？再加上轄區內貨棧林立，不知囤積了多少貨物，商戶們肯定是不願走的，人一走，固然是保住命了，可是損失實在太大。

因此總督衙門已經是焦頭爛額，當地商會的幾個大商賈和本地一些有名望的士紳正在總督爭吵不休。

總督叫劉明祥，隸屬海政衙門，他這總督看上去威風凜凜，其實只是正八品的小

官，海政衙門的系統，用的並不是朝廷的官員，說實在話，真要是科舉入仕的，人家也未必肯跑去藩國做個總督。讀書人對未知的世界總有一種恐懼心理，去外藩做官，比去交州、瓊州這天涯海角玩泥巴還要教人心驚膽顫。

進士舉人們不肯來，吏部乾脆又不管，宮裏頭不聞不問，連三省都遺忘了這總督轄區的存在，於是平西王乾脆一不做二不休，自己點選官員。

所謂的總督，其實都是從水師裏退下來的老軍伍。這些人對外藩頗爲熟稔，又對航海有些知識，再加上畢竟是武人，多少能有幾分果斷。因此，只要參加了點選的應試，考試通過之後，就直接授予官職，按八品官的薪俸供養。

劉明祥原先供職於興化水軍，後來在南洋水師待了一段時日，此後調撥到大越國總督轄區府擔任總督，是正宗的「西選官」。

其實在這總督轄區裏做總督，日子過得倒是愜意得很，平素不過是督促下頭的差役監督港口的商船進港停靠，收取稅金，再就是整肅治安。事情其實並不多，在這靠岸的大宋船隊，也都有自己的行規，自我約束，一向不會出什麼事。

可是今日，劉明祥的臉色實在不太好看了，當著這麼多商賈、士紳的面，穿著一身醬色官服的他拍著桌子咆哮：

「殿下的命令就是這個意思，爲了以免越人報復，不必顧及財物，全部撤走，先讓婦孺們上船，本鎮和諸位押後，這些財物，今日便是交給了越人，早晚有一日，咱們要十倍百倍地拿回來，性命都沒有了，還計較這個做什麼？」

劉明祥是個脾氣急躁的人，不斷地拍著桌子，繼續道：「西貢城的越軍有六千人，本官並非是畏敵……」

一個商賈道：「總督轄區裏，咱們漢人有五萬人，越人敢來，又怕他做什麼？」

這些平素畏首畏尾的商人，這時候居然膽大包天，其實所謂的血性和膽子潛伏在任何人的心底，只是看有沒有激發而已，就比如這些商人，身家性命都在這轄區裏，這麼多貨物，怎麼肯說放手就放手？爲了爭取利潤，他們可以鋌而走險，現在要保護自己的財物，拼一拼又有何妨？

劉明祥火氣正旺，怒道：「就爲了保住你們的家財，要搭進去這麼多性命？五萬人？哼哼，五萬人有什麼用！」

「總督大人，小人倒是有個主意，倒不如讓一部分船隻先行載著婦孺回泉州去，將青壯留下，武器什麼的轄區裏都有，這裏水手最多，都是好勇鬥狠的，只要據守，怕他個什麼？」

這個提議，劉明祥倒是可以接受，從名聲上，他也不想灰溜溜地逃走，畢竟是從水師裏出來的，如今又是總督，守土有責，灰溜溜地回去，難免遭人恥笑。

他沉默了一下，道：「要打，就不能亂哄哄的，所有人聽本鎮調度，總督轄區在，也可牽制一部分越軍，只是既然要守衛轄區，死人流血是肯定的，今日商議好了，到時有了死傷，諸位可不要腿軟。」

商賈們紛紛道：「與轄區共存亡！」

劉明祥一拍桌子，狠狠地道：「張貼文榜，迎越賊！」

送走了商賈，劉明祥立即手書一封書信叫人用快船送出去，又督促婦孺撤走的事宜，對西貢的越軍不予理會。

曙光初現，遮雲蔽日的船隊漫天航行，海鷗盤旋在桅杆上，發出陣陣鷗鳴，水師上千艦船兵分四路，朝著一個目標前進。

偶爾，會有幾個朝向泉州方向的商船與這龐大的艦隊相遇，商船先是驚懼，隨即看到南洋水師的旗幟，終於放大了膽子，與艦船擦身而過的時候，甲板上傳出一陣陣呼聲。

在海中已經航行了足足半個月，半個月的時間，對水兵的身心都是一種煎熬。越是如此，沈傲反倒下達命令，操練仍舊進行，除了必要的水手、舵手，水兵每日仍要在甲板上操練，不得歇息。

青銅膚色的水兵曝曬在烈日之下，迎著腥味的海風，行動已經有些麻木，可是這樣的操練，也讓他們在孤寂的同時憋足了一口氣。正如一個精力無處發洩的漢子，只要時機一到，他們就會成爲洪水猛獸，撕碎一切。

沈傲手中拿著的，是快船送來的奏報，總督轄區居然自作主張，準備負隅頑抗，與轄區共存亡，沈傲雙眉一挑，略帶黝黑的皮膚露出一絲不悅之色，薄唇微微抿著，眼眸中帶著怒氣。

「混帳！擅做主張，虧他劉明祥還是水師裏出去的！」將奏報看完之後，沈傲將紙片撕成碎屑，忍不住大發牢騷，戰爭迫在眉睫，總督轄區也成了眾矢之的，及早撤出倒也罷了，現在人還在大越，誰知道會發生什麼事。

楊過坐在沈傲臥艙的長椅上，道：「殿下，劉明祥是武官，衝動一些也是難免……」

沈傲打斷他道：「你不必爲他求情，出了事，這干係就由他擔著。」沈傲停頓了一下，又道：「要擔他也擔不起，楊指揮，現在距離占城還有多少時間，三天之內能夠抵達嗎？」

楊過屏息道：「全速前進，大致可以到了。」

沈傲的眼中閃過一絲躍躍欲試：「那第四天曙光初露的時候，本王要在占城休整，

吩咐下去，全力備戰！」

沈傲的急躁其實可以理解，儘快拿下占城，整個大越國必然驚動，到時候誰會顧及得到總督轄區？只怕紛紛帶兵勤王才是當務之急，水師進展得越是神速，總督轄區的漢人就越是安全。

他狠狠地一拳砸在桌几上，道：

「越國人口出狂言，既然要以卵擊石，那本王就告訴他，什麼叫萬乘之國伐千乘之國，一個月不能滅亡越國，本王自己脫了衣冠赴京去請罪。」

當一艘南洋水師哨船出現在占城海域的時候，整個占城立即沸騰開來。

宋軍終於來了，目標也果然是占城，雖然還看不到艦隊，可是他們的先隊已經抵達了這裏，露出了猙獰的獠牙。

其實早在宋軍抵達之前，占城將軍李日朝就已經做好了應對措施，首先，他命人鑿沉了數十艘大船，封堵住了港口，除此之外，一萬越軍分爲兩隊，日夜警戒，並且大量囤積了箭矢等物，一旦港口失守，便立即退回城中，負隅頑抗。

另外，還有一支船隊潛伏在距離這裏數十海里的地方，隨時待命，一旦南洋水師出現攻打占城，便立即從腹背襲擊宋軍。

這些措施並不高明，可是做到這個地步，李日朝心裏盤算，占城至少也可以堅守十天半月，這個時間，足夠升龍府做足準備了。更何況宋軍遠來，糧草未必充足，一旦宋軍糧草短缺，這大越國的危局便能緩解。

當港口處的哨兵連滾帶爬地前來通報的時候，李日朝霍然而起，急匆匆地帶著人趕去港口。而這時，南洋水師也漸漸接近。

海平面上，一個個黑點出現，連天空都變得陰霾起來，怒濤之下，那巍峨的艦首出現在李日朝的眼簾裏，乘風破浪，整個海面變得躁動不安。

一艘……兩艘……似是看不到盡頭。

「這就是南洋水師！」

李日朝倒吸了一口涼氣，他曾幻想過許多次南洋水師出現在占城的場景，可是直到今日，他才發現從前的想像是何等的可笑，那密密麻麻的艦船，一葉葉鼓起的風帆，遮雲蔽日，讓人一看，頓時生出渺小的感覺。

港口處的越軍，眼眸中也閃露出了恐懼之色，仰視那靠近海灣的艦首，足有十丈高的樓宇，一隊隊密密麻麻的宋軍出現在樓宇之下，那眼神，越軍們看不到，可是任誰都可以想像得出，對方的眼睛裏應該是漠視和輕蔑的。

李日朝喉結滾動，好不容易招來幾個部將，道：「不必出戰，龜縮在港口據守，升起狼煙，知會大食人馳援。」

李日朝的手不禁有些顫抖，哆哆嗦嗦地抽出腰間的刀，發出一聲大吼：「宋人軟弱，不要被他們嚇倒，守住占城！」

水師的旗艦被簇擁在後隊，天空浮雲萬里，腳下是急湍的怒濤，甲板上升起了沈傲的帥旗，沈傲坐在甲板上的椅子上，扇著一柄白扇，眼睛越過前方無數的艦船，落在了海岸方向。

「天氣真熱。」沈傲咕噥一聲，接著繼續道：「這樣的天氣，除了殺雞屠狗，實在沒有什麼好幹的了。」

身後的校尉屏息不動，沈傲才嘆了口氣，道：「人哪，總是要見到了棺材，才肯後悔。傳令下去，請越國人進棺材吧。」

身後的一個校尉摸著腦袋，大惑不解地道：「進棺材是什麼玄虛？」

沈傲白扇一攏，微微聳肩，才吁了口氣道：「進攻！」

旗艦上開始打出旗語，各艦也紛紛發出嗚嗚的號角聲，百艘福船脫離隊形，朝著海灣處游弋而去。

岸上的越軍，這時候也是一頭霧水，他們已經鑿沉了船隻堵塞了航道，這樣的大船，駛進海灣，豈不是自找死路？

很快，百艘巨艦就告訴了越軍答案，居高臨下的宋軍在一聲聲號令之下，接著傳出一陣陣巨大的轟鳴，距離在海灣處的南洋巨艦，噴吐出火舌，無數的弩炮、火炮一時鋪天蓋地朝著港口狂轟亂炸。

要知道，其實這艘巨艦靠那港口有不小的距離，足足五百丈，不管是弩炮還是火炮的有效範圍遠遠地夠不上，可是居高臨下，再加上南洋艦隊根本就不考慮有效範圍這個字眼，只是一味宣洩，大多數弩炮的巨箭和火炮的鐵蛋雖然都落入海中，卻往往有一些砸入軍港。

軍港本就是木製的結構，並不牢固，這般鋪天蓋地的火炮齊鳴，弩炮亂射，數十個靠得近的越兵立即被砸城了肉泥，慘呼連連。

尤其是那火炮發出來的驚天震響，將軍港處的越軍嚇得面如土色，莫說是他們，便是李日朝，也是第一次見識到火炮的威力，原以爲是天上炸雷，等到發現硝煙瀰漫，才知道了怎麼回事。

火炮的威力並不只是巨大的殺傷，況且在這種射程之下根本談不上殺傷力，憑的都是運氣，可是對越軍的士氣影響卻是巨大的，火炮的巨響隆隆不絕，已經有不少越軍開始向後退了。

旗艦上，沈傲卻彷彿在欣賞著最優美的交響樂，手裏抱著茶，翹著二郎腿地坐在甲

板上設立的椅子上，手裏還在隨那火炮的巨響打著節拍。

身後倒是有一名水師校尉看不下去了，彎下腰來在沈傲的耳畔道：「殿下，這般打下去，豈不是浪費火藥？」

沈傲俯身喝了口茶，一點心痛的樣子都沒有，氣定神閒地道：「心疼什麼，我們的大越朋友會爲我們付火藥錢的，本王送了他們炮彈，他們還敢不付錢？」

校尉露出怪異之色，乖乖地立到一邊去了。

第一五九章 驚人大捷

黯淡的天色之下，破城而入的宋軍一路殺過去，

順著四面八方的街道，清理任何一個敢於頑抗的越軍，

鮮血彙聚成了小溪，屍體堆積如山，

大量的越軍被驅散，整個攻城戰鬥，

居然只用了半個時辰。

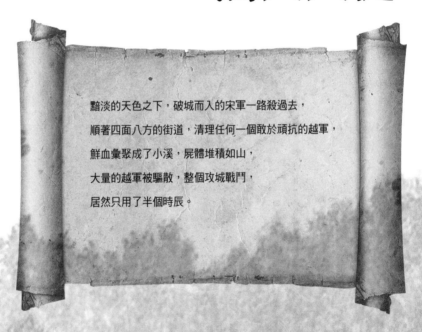

弩炮、火炮轟鳴了足足一炷香，硝煙瀰漫之後，整個海域才安靜下來，隨後，又是一陣嗚嗚的號角，兩百餘艘沙船開始越眾而出，沙船上，密密麻麻的水兵已經準備妥當，一雙雙死灰的眼眸遙視著海岸。

船首上的校尉隊官拔出了儒刀，一字一句地在風帆下對著船中密密麻麻的部眾道：「上岸之後，不要急著衝殺，暫時先集結起來，列隊前行，阻攔的，格殺勿論，可是有賊軍逃竄，可以不必理會，先斬殺負隅頑抗的越軍。」

校尉們的儒刀光可鑑人，在陽光下閃爍著滲人的寒芒，他們的額頭、下頜、鼻尖上已經滴淌出濕漉漉的汗液，鎧甲上也黏了一層腥臭，那儒刀不禁朝上空前刺，發出大吼：「王旗就在我們的身後，殿下親自督戰，本校尉願與諸君同死，諸位可願與我同去流血嗎？」

「有何不敢！」一艘艘的沙船中爆發出這樣的聲音。

「那麼，今日我等生死榮辱與共，本校尉打頭，都隨我來，越人性若豺狼，辱我妻女，殺我袍澤，報仇雪恥，就在今日！」

水兵們已經憋了一口氣，他們不比尋常的禁軍、廂軍，都是千挑萬選出來的精壯，日夜操練，精力何其旺盛。今日這一肚子的憋屈，被校尉們一番話勾出來，眼睛都紅了。

沙船輕而易舉的穿過了沉船區域，所謂沙船，就是一種遇到石礁、沙灘、甚至是沉船障礙物不易擱淺的大型平底帆船。

這種船在淤沙較多的複雜海域十分流行，沙船的結構獨特。方頭方尾，甲板面寬敞，船舷較低；採用大梁拱的龍骨，使甲板能迅速排浪；有專門的「出艄」便於安裝升降舵，有「虛艄」便於操縱艄篷。船上裝有多桅多帆，航速很快，因爲是平底，所以不畏海中的障礙物。南洋水師興建之後，大量採購的就是這種船隻，以適應登陸作戰。

坐在沙船上的水兵足足有兩萬之多，這樣的登陸作戰，他們不知操練了多少次，因此當這數百艘沙船輕快地靠近海岸時，沒有人交談，沒有人哄笑，所有人的臉上都是平靜，偶爾只能聽到校尉的聲音。

岸上的李日朝已經感覺到不對勁了，他如何也料不到，自己堵塞海灣的鑿船居然輕易地被宋軍破除，這時候不禁方寸大亂，只好胡亂吩咐道：

「射箭，射箭，不許宋狗登岸。」

數百越軍步弓手引弓搭箭，只是這時士氣已經降到了最低點，哪裡還有反擊的士氣？按部就班地射了幾輪，效果都不甚好，大多數箭矢落入海中，偶爾那沙船中爆發出一聲低呼，有人中箭，也被立即安排入船艙中救治。

水兵們還在沉默，幾輪窸窸窣窣的箭雨，反倒讓他們變得更加殺機騰騰起來，當第

一艘船狠狠的撞擊入沙灘，那平底的船底與泥沙摩擦發出吱吱聲響，船首的校尉已經拔起了刀，高吼一聲：「下船。」

第一艘船上，黑壓壓的水兵扶著船舷跳下沙灘，冒著矢石，紛紛聚攏在校尉身側。

越來越多的沙船衝入沙灘，一隊隊水兵陳列在沙灘上，隨後，連綿數里長的沙灘上，驟然爆發出一聲聲巨大的聲浪。

「殺！」

沙灘上，烏壓壓的人群，宛若那拍擊海灘的潮水，隨著這短促的聲音，在一獵獵旌旗之下，所有人發出大吼，朝港口發出衝擊。

越軍的強項是在崇山峻嶺中作戰，他們熟知地形，有較強的忍耐力，不懼蚊蟲，身手矯健，可是這般大規模的登陸戰，他們卻是從未嘗試，看到鋪天蓋地的宋軍衝殺過來，在李日朝的催促下，不得不舉起手中武器，迎擊這看上去不可戰勝的敵人。

第一隊水兵衝入一處簡易的障礙物之後，數十個越軍從障礙物後竄出來，這些個頭矮小的越軍，原本想將對方衝散，誰知甫一接觸，就嘗試到了宋軍的厲害。

爲首當先的，是一個衣飾與水兵不同的武官，戴著鐵殼范陽帽，舉著駭人的儒刀，居然是身先士卒，毫不猶豫地衝入這股越軍之中。

越軍先是抵抗，可是衝上岸的宋軍越來越多，身材矮小的越軍終於失去了最後的勇氣，開始崩潰。

從接觸到崩潰，其實只是瞬間發生的事，越軍在南洋耀武揚威，不可一世，可是真正遇到了專業化的軍馬，單純的好勇鬥狠反而成了累贅。

南洋水兵作戰講究的是一個團體，以團體而鬥一人，其結果一目瞭然，每一個水兵都緊緊環繞在校尉周圍，校尉前進，他們前進，遭遇到了敵軍，誰來掩護，誰來攻殺，誰做護翼，分工明細，各司其職，使得每一個隊都如一人。

更何況，水師之中，大量的校尉出現在基層，而這些職業、且帶有幾分狂熱的武官成爲了整個水師的骨幹，以校尉爲基礎，水兵作戰極爲頑強。

南洋水師脫胎換骨，在組織能力方面，足以媲美後世的近代化軍隊，相對這落後組織起來的越國軍隊來說，完全是摧枯拉朽。

組織力是戰鬥的關鍵，尤其是在這短兵相接的時代，一支意志力強大、時刻能保持隊形的軍隊，在這個時代絕對是不敗的。正如後世的近代軍隊可以相互排隊槍斃一樣，士兵們需要勇氣、需要良好的紀律，還必須擁有團隊精神。

越軍則相較落後的多，士氣起伏不定，隨時會受到偶然因素影響，將軍控制士兵的手段，無非是拉攏一批家丁，給予他們良好的待遇，再令他們去約束其他的壯丁，操練更是一塌糊塗，勝了倒還好，亂七八糟地掩殺過去可以士氣如虹。可是一旦遇到難啃的

骨頭，遭遇堅強的敵人，潰敗就成了遲早的事。

李日朝帶著一部分潰軍向城中逃竄，緊緊關閉了城門，剩餘的越軍無處可去，紛紛繳械投降，港口處已是千瘡百孔，哀嚎陣陣，水兵們並不急於追擊，其實他們自己都沒有想到，越軍居然如此不堪，一觸即潰。

沙船開始清理海灣處沉船的殘骸，一艘艘巨艦停靠入港，整個水師開始忙碌起來，搬運物資、卸下火炮、弩炮，一隊隊宋軍開始登岸，沈傲從旗艦上下來，對於這一次的勝利，他並不十分吃驚，反而覺得理所應當，水師從招募、操練，再到校尉的安插，都是沈傲一手操辦，這些人，理所應當戰無不勝。

簡單的造飯之後，沈傲騎著馬，帶著將領在占城附近逡巡一番，隨即下達了攻城的命令。

隨後，上百門從艦船上裝卸下來的火炮一齊轟鳴，一時之間，宛若雷聲陣陣，噴吐出火舌的火炮射出一個個鐵彈，朝占城城牆轟去。

「不必吝嗇火藥、鐵彈，先隨便轟一兩個時辰。」這是沈傲的命令，沒有商量的餘地。

百門火炮分秒不歇，一邊有人給通紅的炮管澆水，一邊發出陣陣悶吼，這陣勢，對這個時代來說，絕對是神兵利器，城中的越軍士氣已經跌落到了谷底。

李日朝呆滯了，一旁的親兵呼喚他，他也恍若未覺，李日朝的父親曾是熙寧之戰的老將，對宋軍的不堪一擊，李日朝早已聽得耳朵起了繭子，現在他才意識到，此時的宋軍已非彼時的宋軍，至少這一支水師，便是沒有火炮、巨弩，其戰力也絕不是越軍可以並論。

如今占城已經圍定，火炮四面轟擊，幾處城關已經豁開了口子，破城只在旦夕之間，宋軍入城之後會發生什麼，只怕也唯有天知道。

到了傍晚時，李日朝甚至滿心希望，宋軍或許會歇息一晚，明日繼續攻城，這樣一來，就可以讓他緩一口氣，作出突圍抑或是堅守的決定。

可是城外的宋軍顯然沒有興致拖延時間，天色雖然已經黯淡，可是一陣陣的號角聲從四面嗚嗚發出，蕭索的號聲刺破人的耳膜，一支支做好準備的步兵列成了隊伍，沈傲打馬在三百多丈密密麻麻的隊伍前來回走動，放馬所過之處，隊前的校尉佇立不動，水兵握緊了武器，一雙眼眸朝平西王的旌旗注目。

沈傲揚鞭，朝向占城，用輕蔑的口吻道：「越賊圖謀中國，以卵石之軍，竟敢抗拒天兵王師！」沈傲下巴微微抬起，校尉不自禁的抬起頭顱，胸脯挺直，露出傲色。

沈傲冷笑：「賊子安敢？來，踏平占城！」

沈傲的話音剛落，鼓聲如雷，轟轟……轟轟……轟轟……校尉的血氣已經沸騰了，

抽出了腰間的儒刀。待鼓聲越來越急促，頻率也開始變化，無數的小隊彙聚成洪流，朝占城的城關豁口處發起了猛攻。

黯淡的天色之下，四面都是喊殺，破城而入的宋軍一路殺過去，順著四面八方的街道，清理任何一個敢於頑抗的越軍，鮮血彙聚成了小溪。屍體堆積如山，大量的越軍被驅散，整個攻城戰鬥，居然只用了半個時辰。

鼓聲湮滅，喊殺微弱。後隊的水兵入城時，戰鬥已經完全停止。

月色之下，沈傲打馬入城，所過之處，一片狼藉。

在將軍府裏，燃起了數盞油燈，戰果也立即呈報上來，不少水師的武官，面上都帶著激動之色，越軍實在不堪一擊，不費吹灰之力，萬餘越軍就灰飛湮滅，這樣的結果，實在令他們沒有想到。

沈傲坐在案後抿著嘴，在油燈之下倒是顯得很是鎮定，過了片刻，便有校尉押著李日朝上來，喝令李日朝跪下。

李日朝這時已經魂不附體，膽戰心驚地看著沈傲，肝膽俱裂地求饒道：

「小將該死，衝撞了王師，請殿下饒命！」

越國一直以華國自居，文字在這個時代也是漢文，士紳貴族通行漢語，雖然李日朝的口音極重，帶有一股很濃的大越味，他的話，沈傲總算還聽得懂。

沈傲冷冷地看著李日朝，不發一語。

李日朝知道，面對這樣的敵人，大越國覆亡只剩下時間問題，這個時候若是再不識相，只怕要給大越陪葬了，他拜服在地，道：

「下國卑將願做殿下馬前卒，收攏降軍，供殿下驅使。」

沈傲淡漠道：「就你也配做本王的馬前卒？」

李日朝先是愣了一下，聽到沈傲話音中的不屑，不由地萬念俱焚，期期艾艾地道：

「我……殿下……」

沈傲打斷他，厲聲道：「來人，將這賊將押下去斬首示眾，越軍上下的武官也都給本王挑出來，全部斬首，他們的家眷也要甄別，全部誅殺殆盡。討越檄文中是怎麼說的？望風歸順，則草木不損，雞犬無驚；敢有背順從逆，戀目前之私恩，忘中原之故主，據險扼隘，抗我王師，即督水師，親征蹈巢覆穴，老稚不留，男女皆誅！」

李日朝聽了，嚇得癱了下去，校尉們將他押下，過不多時，李日朝的首級獻了上來，沈傲捏了鼻子不去看，擺手道：「懸在城門處，本王不必驗了。」

坐在下首的楊過方才沒有說話，這時道：「殿下，既然願意歸降，何必還要殺他？卑下以為，這賊將出降該是真心實意，倒不如留下他的性命，供我們驅使。」

沈傲喝了口茶，道：「本王就是要讓越人知道，敢負隅頑抗的，一併誅殺，絕沒有僥倖，否則這個例子一開，那些越人都先做抵抗，到了窮途末路時才肯歸順？世上從來沒有兩全其美的事，他們既然敢抵抗，本王就要他們滿門的腦袋。」

楊過聽了沈傲的話，也覺得有些道理，便不再勸了。

沈傲繼續道：「立即張貼榜文，勒令軍馬安營，不得擾民，再派出軍法司的人上街巡視，但凡有隨意搶掠的，都立即拿下法辦，既是王師，燒殺搶掠的事不能做。」

楊過應命去了，當日夜裏，進城的宋軍秋毫無犯，倒是有一隊隊校尉出來，將那些越軍武官的親眷一併拿了去，街市口難免傳出一陣陣哀叫，占城的武官和親眷一併梟首示眾。

到第二日天剛拂曉時，有些大膽的越人發現，整個占城已經變了一個模樣，街面上到處是一隊隊的宋軍巡邏，只是那街市口，卻懸滿了頭顱，足足上千之多，看得讓人鬆了口氣的同時，又變得膽戰心驚起來。

五萬宋軍已經入城，其餘的，仍然在港口之處休整，整個占城瞬間變得寧靜起來，倒是那大將軍府裏，一個個武官、校尉進出頻繁，行路匆匆。

沈傲長睡了幾個時辰，起來的時候，便打起精神書寫報捷奏疏，叫人拿來筆墨，筆下千言，吹乾了墨跡，立即叫人送去泉州。

戰爭迫在眉睫的功夫，天子出巡也提上日程，這一次出巡，並沒有太多的鋪張，宮中只準備了御用之物，三千殿前衛隨行，一路坐漕船南下，趙佶只在蘇杭逗留片刻，便一路南下，乘海船抵達泉州。

這時，各地的奏疏也傳過來，無非是想陛下走陸路，多少安全一些。可是官家出了汴京，一意孤行，誰也攔不住，結果少不得有人捶胸頓足，嗚呼哀哉一番。

不過在泉州，迎駕的事雖然繁瑣，可是上到海政衙門下到尋常百姓，都是滿心的喜悅。天子駕臨泉州，在趙佶看來只是走走看看，一時生出貪玩之心。可是對泉州人來說，政治意味就大大不同了。

泉州的海政雖然有平西王力推，可是遭人詬病的地方著實不少，非議不斷，以古論今的有之，旁敲側擊的有之，拿了祖制來做幌子的也有。總之說來說去，就是海政遺禍，非要將這泉州封閉，才肯善罷甘休。

這種言論，都被平西王死死的壓著，可是泉州上下又有誰不擔心，朝令夕改的事在大宋多了去了，現在泉州這一番局面，誰知道會不會戛然而止。可是現在不同了，陛下哪兒都不去，就來泉州，這難道不是對泉州的肯定？證明陛下支持泉州海政？

宮裏有任何的風吹草動，外頭的人都可以猜出無數個政治意味來，更何況今日這麼

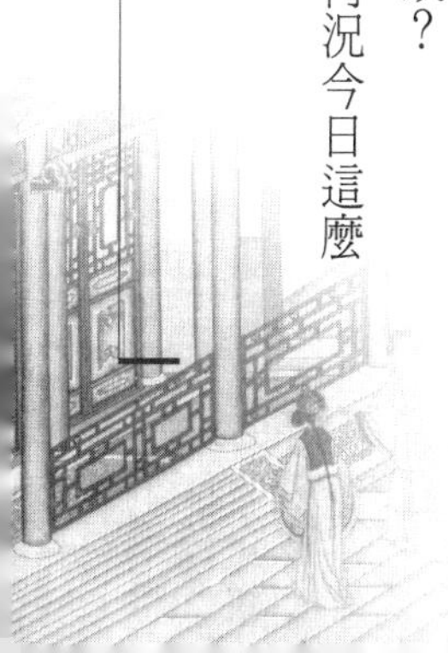

大的陣仗。

當趙佶的御船抵達泉州港，碼頭處已是人山人海，無數人蜂擁而至，倒是苦了差役和一部分留駐的水兵，不得不連打帶嚇，把一些擠得太過分的人打回去。

來的不止是官員百姓，還有數十國的藩王、使臣，當趙佶到了港口的時候，藩王們五體投地，行了大禮，一起頌道：「下臣見過天朝上國大皇帝。」

這禮儀其實是早已排練好的，海政衙門擬定出來的章程，藩王也沒有反對，雖然奴顏了一些，可是今時不同往日，從前大家來朝見，無非是想混一點賞賜，態度低調一些，賞賜就越豐厚，成全了大宋的面子，自己也得了實惠，可謂雙贏。

不過如今不同了，越國人得罪了平西王，平西王十萬天兵操了傢伙就殺了過去，這越國還是南洋之虎，一向是驕橫慣了的，尋常藩國見了他們都得退讓幾分。可就是這南洋之虎，人家眉頭都不皺一下，直接操了傢伙就動手，一點迴旋的餘地都沒有。換作是其他的藩國，誰敢和十萬水師作對？

所以藩王面對平西王的頂頭上司，哪個敢表現出一點不恭？

趙佶見了藩王們畢恭畢敬的樣子，旅途帶來的一絲疲倦霎時一掃而空，他的性子最喜的就是好大喜功，萬國來朝倒也罷了，這數十個藩國用臣禮相見，語氣恭順到了極點，讓他龍顏頓悅，不禁含笑道：「諸卿請起。」

藩王們乖乖的起身，一個個躬身站著，大氣不敢出。

趙佶陡然想起從前那桀驁不馴的泥婆羅王子，一雙眼眸在人群中穿梭，微微笑道：

「朕聽說連泥婆羅王也來了？」

一個藩王膽戰心驚的越眾而出，雙膝跪下，頭顱觸地，道：

「下臣便是泥婆羅王。」

趙佶淡淡一笑，一口渾濁之氣狠狠的長吐出來，哈哈一笑，道：

「平身，平身……」

趙佶心裏突然想，當年太宗皇帝被各國呼之爲天可汗的時候，也未必有朕今日的風光，說罷負著手，疲倦的道：「先擺駕，朕要歇一歇。」

吳文彩等人哪裡敢怠慢，車駕都已經準備好了，就停在最新修葺了一番的泥路口，趙佶看了這泥路，不禁笑起來：「這路倒是稀罕，咦，怎麼這路邊都供奉著一柄劍？」

趙佶目力所及，看到路基處雕塑了一柄用花崗石塑成的長劍，不禁朝身後的吳文彩問道。

吳文彩含笑道：「這是陛下賜予平西王殿下的尙方寶劍，泥路剛剛興建的時候，因爲所取的是壽物，尋常的百姓犯忌諱，所以平西王便拿了陛下賜予的尙方寶劍，說這是天子御賜之物，斬妖除邪，有這尙方寶劍鎮守，可保無恙。因此各個路基處，都設了御

劍亭，取其鎮邪之意。」

這話的意思換了口吻來說，就是證明了趙佶真龍天子的身分，只有真龍天子所賜的御劍才能鎮邪，趙佶聽了，更是放聲大笑，道：

「朕賜平西王尙方寶劍，以示優渥，誰知他竟拿劍來做這等事。」

口裏雖然頗有埋怨的意思，其實心裏早就樂開了花，正是因爲百姓們吃這一套，所以御劍鎮邪才會使人深信不疑，換句話說，「受命於天，既壽永昌」八個字絕對不是虛妄之詞。趙佶心想：上一次御審的時候，書生放出狂言，說朕是昏君，任用奸臣，百姓衣不蔽體，食不果腹。今日看來，簡直就是胡話，朕今日親自出巡，才知道百姓的擁護，若是得國不正，抑或是昏聵，誰還認朕這真命天子的身分。

心裏這麼一想，更加愉悅了，只覺得這一趟來泉州，實在不虛此行。龍顏大悅之下，對吳文彩道：「朕再賜一柄尙方劍給泉州，以此鎮邪除惡。」

吳文彩哪裡敢怠慢，立即道：「陛下所賜，泉州上下定然歡欣鼓舞，到時微臣發動泉州士商，捐募一座劍祠來，以此供奉御賜寶劍。」

趙佶坐在車駕，兩道旁的百姓都急欲看這天子的風采，黑壓壓的人潮湧動著，看到趙佶的車駕過來，於是爆發出一陣陣歡呼：「萬歲！」

趙佶坐在車裏，兩頰生出了紅暈，整日待在宮中，只聽到有人阿諛諂媚，也聽到義正言辭的諍言，如今真正的感受這熱烈的氣氛，心情不由激動起來，他靠在軟墊上，突然想，朕的管仲不知現在如何了，紫蘅為何不來迎駕？

心裏生出幾分期待，也掩飾不住有幾分擔心，大越國畢竟山長水遠，勞師遠征，任何事情都有可能發生，沈傲遠征在外，但願傳來的是好消息吧。

趙佶到了行宮。所謂的行宮，就是海政衙門的後宅，稍微修葺了一下，增添幾分堂皇，就請趙佶入住了。趙佶倒沒有什麼埋怨，這一次他出來，發旨一切從簡，再加上宮裏住久了，住在這院落裏，反而覺得有幾分新鮮。

他剛剛在廳中坐定，喝了一口正宗的武夷茶，口齒間還留著茶香，抖擻精神，看了坐下的吳文彩、馬應龍一眼，呵呵笑道：「朕這一趟來，便是拋開一切，好好在這泉州走一走看一看，到時少不得兩位卿家作陪了。」

能陪天子走走玩玩，這不知是多少人夢寐以求的事，吳文彩、馬應龍哪裡能說個不字。二人陪侍在左右，一個道：「陛下，泉州沒有什麼名山大川，多是些工房熱鬧之處，陛下若是去，只怕多有不便。」另一個道：「倒是有個海灘可以玩玩，陛下若是想去，及早說一聲，微臣先派差役驅走遊人，以策安全。」

趙佶板起臉道：「驅走遊人做什麼，朕不妨與民同樂，到時多帶護衛，穿了便裝去就是。」之後才問：「平西王那邊可有消息傳回來嗎？」

吳文彩道：「水師已經出航了月餘，四月初去的，現在眼看就要到五月中旬，多半也就是這幾日就能傳回消息。」

趙佶深知坐海船的苦處，不禁道：「倒是辛苦了他。」

正說著，外頭鬧哄哄的，有人大叫：「大捷，大捷！占城大捷！」

廳裏的君臣一下子坐不住了，吳文彩心裏雖然激動，可是想到外頭人這麼沒規矩，衝撞了聖駕，心裏有點兒七上八下，只好吩咐一旁侍立的人道：「去，看看怎麼回事。」

過不多時，便有一名校尉踱步進來，朝趙佶行了大禮，無比莊重的道：「卑下見過恩師。」

趙佶虛抬起手，道：「平身。」

校尉起身道：「大越國的報捷奏疏送到，請恩師過目。」說罷拿了一份大紅的奏疏，呈到御案，躬身退到一邊。

趙佶連忙放下茶盞，便看到奏疏中寫道：

「臣面北而叩，是日，永和四年四月十七，水師抵越國重鎮占城，水師三軍當日破占城港，隨即破城，殲敵八千，越人死傷以萬計，自越將以上，悉數伏誅……」

看到這裏，趙佶忍不住拍案大笑：「好！這才是王師的樣子。」

吳文彩眼見趙佶龍顏大悅，心知定是大捷了，心裏篤定，道：「陛下，莫非是水師已經拿下了占城？」

趙佶眼睛還落在捷報上，頷首點頭道：「正是，四月十七，現在是五月十二，或許這個時候，水師就要凱旋回朝了。」

吳文彩、馬應龍一起道賀道：「恭喜陛下，賀喜陛下。」

趙佶的臉上卻浮出寥寥之色，淡淡道：「何喜之有，若是捷報中說水師三日克城，朕或許還信幾分，可是一日克城，殲敵萬人，朕卻是不信的；想必這是浮誇之詞，藉以穩定民心之用。這傢伙一向滑頭的很，他那點小心思，朕難道會不明白？」

吳文彩、馬應龍二人其實也覺得一日克城實在有點誇張，只是不好說罷了，這時聽趙佶這般說，也都訕訕。

趙佶嘆了口氣：「這份捷報，十之八九是假的，朕曾看過熙寧之戰的奏報，越人雖是蠻夷，戰力卻是不俗，我大宋禁軍征伐，屢屢不克，多有死傷，水師就算是勝，多半也是慘勝。」

趙佶心裏已經認定了沈傲是假報，心情逆轉，好心情一掃而空，沉默了片刻，才繼續道：「下旨意，去申飭一下，告訴沈傲，朕不是傻子呆子，叫他好好用命，能打就

打，不能打也不必勉強，朕不會怪罪他，可是要再傳假報，朕非治他的罪不可。」

一旁的楊戩低聲道：「是。」

吳文彩心裏苦笑，這平西王也是，就算是報喜不報憂，也不必報的如此誇張，隨口說一句三五日破城，殲敵三五千，自損八百也就是了，偏偏連弄虛作假都不會，報捷有這麼報的嗎？還勞師遠道立即攻城，一日而下，殲敵萬人，照這麼個打法，十天半個月之內，這大越國豈不是就要完了？

馬應龍臉上也是尷尬，原以爲一份捷報能引來陛下龍顏大悅，誰知吹噓的太厲害了，反而搬了石頭砸自己的腳，心裏唏噓一番。

趙佶打了個哈哈，方才的喜悅一掃而空，隨手將捷報擱置在桌上，打了個哈哈：「大越的事暫且放下吧，朕乏了，你們告退。」

吳文彩道：「陛下，這報捷的奏疏，是隱匿起來，還是傳出去？」

趙佶淡漠的道：「隱匿起來，誰也不要透露，報喜不報憂有什麼用，現在教人欣喜若狂，過了幾日還不是要教人大失所望，這捷報休要再提了。」

吳文彩只好唯唯諾諾的應道：「是，微臣明白了。」

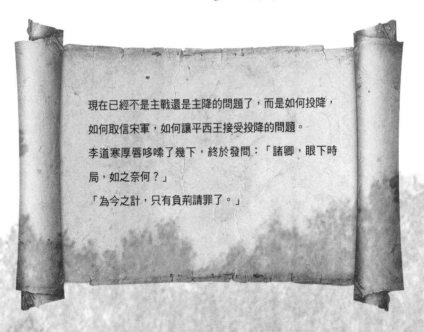

第一六〇章 負荊請罪

現在已經不是主戰還是主降的問題了，而是如何投降，如何取信宋軍，如何讓平西王接受投降的問題。

李道寒厚唇哆嗦了幾下，終於發問：「諸卿，眼下時局，如之奈何？」

「為今之計，只有負荊請罪了。」

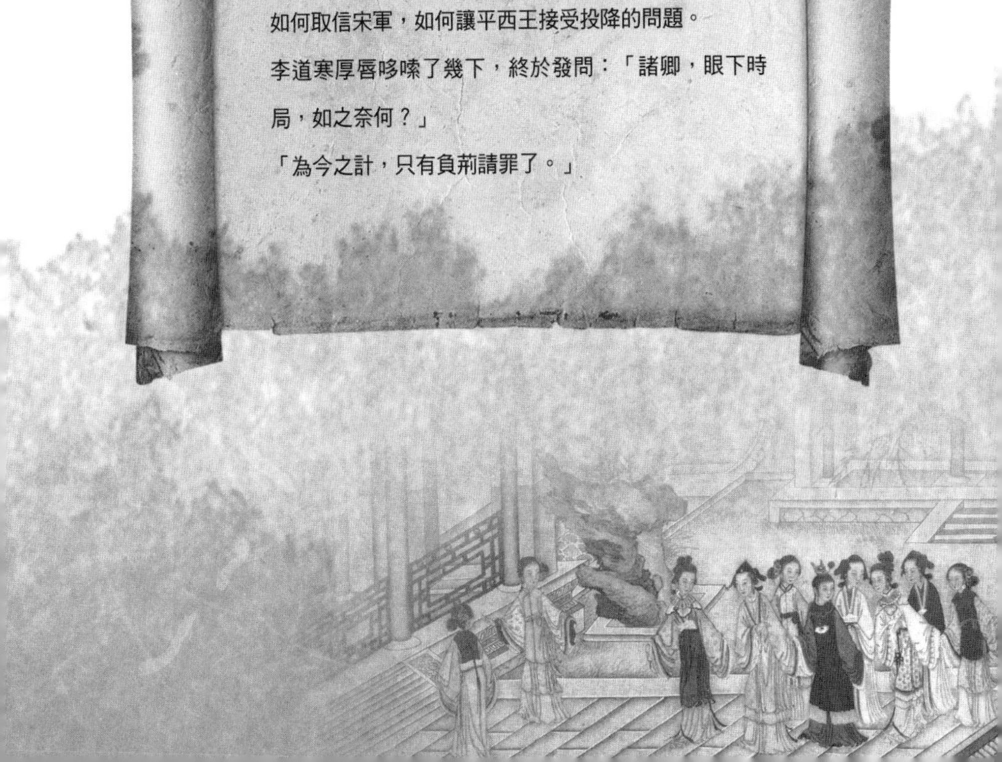

大越國的天氣說變就變，方才還是烈日當空，轉眼就是磅礴大雨，且四處都是山林，瘴氣又重，不少水兵病倒了。好在水師準備充足，護理校尉們帶著護理隊熬製了躲避瘴氣的湯藥，又沒日沒夜的救治，總算將這疫症控制在一定範圍。

除了一部分軍馬留駐占城，五萬水軍兵分三路，朝著蜿蜒的密林進發。

熙寧之戰的時候，宋軍就曾被這密林攪得吃不消，如今換作了南洋水師，倒是一路勢如破竹，這時候，水兵日夜操練的優勢就完全體現出來，不管是從體力和耐力上，都與此前的宋軍不可同日而語。

沿途所過的關隘，要嘛越人聞風而降，要嘛就是負隅頑抗，不過在火炮面前，任何雄關都成了擺設，倒也沒有造成多大的麻煩。

此時正值夏日，空氣炎熱潮濕，水軍終於抵達了升龍城下。

升龍是大越國的國都，位於越國北部平原，四處都有險峻高山阻隔，又有一條湍急的河流作爲屏障，在城外，糾集起來的數萬勤王越軍枕戈以待，城中亦有兩萬越軍做好了頑抗的準備。

水軍並不急於進攻，連日的跋涉，令他們筋疲力盡，身體並不是鐵打的，因此安營紮寨之後，整個水軍便陷入了沉靜。越軍此時也不敢貿然出擊，表現的極爲克制。

而在升龍，越廷已經炸開了鍋。如今國主李公蘊被扣押在泉州，生死未卜，新主李道寒驚慌失措，完全沒有了主張。水軍一日破占城的戰績，已經讓越人驚慌失措，現在這支雄軍出現在城外，大越國國破只在今日，面對這種情況，一向不可一世的越人慌了手腳，朝廷中分爲兩派，一派主議和，一派主戰。

議和派顯然占了上風，畢竟大宋的實力擺在這裏，王都危在旦夕，這場仗若是能勝倒也罷了，可是一旦潰敗，就有亡國之虞。而主戰派一味強調熙寧之戰宋軍的軟弱，認爲大越國傾國而出，必然能大獲全勝，迎回國主。

新主李道寒這時猶豫不定，一時想議和，但聽到那主戰派的鼓噪，又忍不住想打一打再說。就這樣拖延了幾日的時間，水軍終於發起了攻擊。

城外號角連連，率先出陣的，是一隊爲數不多的騎軍，雖是水師，可是南洋水師的編制混雜，既有海中作戰的水兵，也有登陸搶灘的步卒，除此之外，炮兵、騎軍、護理隊、輜重軍都配備不少。

這一隊騎軍，人數並不多，只有三千騎，可是從城樓上看過去，氣勢卻是不弱，轟隆隆的馬蹄聲響起，塵土飛揚，在城外越軍的營盤附近來回奔走，發出挑釁。

接著就是大量的步卒湧出來，旗甲鮮明，號令如一。弩炮、火炮、石炮也紛紛架設，鼓聲激蕩之下，炮隊率先朝城外越軍的營盤開始轟擊。

天上呼嘯而過的鐵彈、巨石、弩箭漫天，龜縮不出的勤王越軍損失極大，不得不狼

奔而出，而這個時候，騎軍從天而降，從側翼不斷的衝殺出營的越軍。越人反擊，騎軍立即避走，隨後又在越軍的薄弱處發起更大的攻勢。

這場一面倒的戰鬥，幾乎毫無懸念，處處被動挨打的越軍，這時候已經疲於奔命了，好不容易集結起來，抵住了水師騎軍，在他們的正面，連綿數里，列成一字長蛇的宋軍烏壓壓的開始掩殺過來。

無數的呼喝聲中，城中的越人看到的是，勤王越軍在與宋軍接觸的一剎那，很快便被摧枯拉朽的打破許多缺口，兩翼和後隊不斷受到騎軍的衝擊，立即潰不成軍，水軍大勝，窮追數里，好不容易緩過勁來的越軍，又被一陣衝殺繼續潰退，水軍繼續窮追。

此情此景，教人看得心底生出寒意，雖說勤王的越軍統屬不明，良莠不齊，可是宋軍的實力，今日算是讓他們見識到了。

自古狹路相逢勇者勝，宋軍就是這樣的勇者，他們無所畏懼，永不退縮，而越軍一出現傷亡，士氣立即驟降，一旦發現宋軍的頑強，先是局部出現潰退，接著這個局面瀰漫了整個越軍，最後全軍崩潰，絞殺在一起的越軍沒命奔逃。

六七萬大軍大敗，降者無數，潰逃的更是難以計數，所謂的南洋之虎，一但遭遇到更加強大的軍隊，只有被動挨打的分。

越國王庭緊急召開軍事會議，主戰派這時候沒有了聲音，而議和派此時明顯占了上風，新主李道寒魂不附體，到現在還沒有緩過神來。

現在已經不是主戰還是主降的問題了，而是如何投降，如何取信宋軍，如何讓平西王接受投降的問題。

李道寒原本膚色紅潤，可是今日卻顯得蒼白如紙，他年約三十餘歲，厚唇哆嗦了幾下，終於發問：「諸卿，眼下時局，如之奈何？」

李道寒與父親不同，他更像是一名飽讀詩書的儒生，四書五經早已讀得熟稔，甚至說話時，居然還帶著幾分汴京味的漢話。

「為今之計，只有負荊請罪了。」

李道寒沉默了一下：「可若是宋人不肯呢？」

「據說平西王與蔡攸有仇，現在蔡攸從占城逃回升龍，何不如綁了他去做投名狀？」

李道寒大喜過望，心知到了這個時候，十個蔡攸也算不得什麼，立即下了罪己詔書，又陳表請降，綁了蔡攸，叫了使臣連夜送出去。

星夜之下，沈傲的大帳裏燈火如豆，近幾日實在太疲倦，因此讓他養成了早睡的習慣，好不容易睡下半個時辰，便被人叫醒了，聽說越國王都來了使臣，沈傲罵罵咧咧一

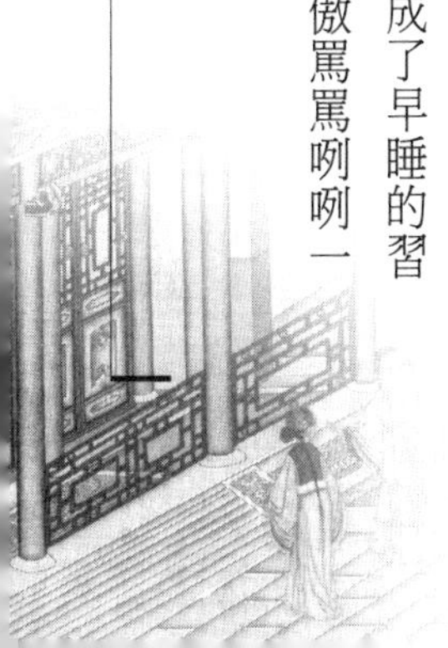

通，心不在焉的胡亂套了衣衫，在大帳中召見。

率先入帳的是被人押來的蔡攸，蔡攸面如死灰，萬念俱焚，見了沈傲不禁嘆了口氣，隨即羞愧的低下頭去。

沈傲認出了蔡攸，立即來了幾分精神，含笑道：「蔡兄別來無恙？」

蔡攸倒是有幾分硬氣，道：「事到如今，還有什麼可說的，要殺要剮，悉聽尊便，恨只恨蔡某所托非人，誤交匪類。」

這句話是轉著彎的罵越人了，那隨來的越國使臣尷尬的咳嗽一聲，隨即拜倒：「下臣見過殿下，下臣奉國主之命，特來與殿下交涉。我大越國受蔡攸蒙蔽，衝撞了上邦，如今已是幡然悔悟，敝國國主願袒胸露乳，出城請降，負荊請罪，請殿下……」

沈傲不理會這使臣，只是朝校尉道：「來，把欽犯蔡攸押下去，訴說他的罪狀，明正典刑！」說罷才道：「請降？」

「是……是來請降，還望殿下恕罪。」

沈傲沉默了一下，靠在椅上，慢悠悠的道：

「請降？請的哪門子降，本王申訴越國，發佈討越檄文時未見你們請降，攻佔占城、北征升龍時未見你們請降，到了這時候，你們反倒來請降了？熙寧年間的時候，你們侵略我大宋的疆土，直到我大宋發天兵反擊，你們才議和請降，可是本王要問，那些被你們殺戮的軍民，難道就白死了，本王帶來的將士，有人死在占城，有人客死在深山密林，耗費了彈藥無數，今日你們才來請降，你們當本王是呆子、是傻子？」

沈傲喝了口茶，說了這麼多，喉嚨有些發乾，繼續道：「告訴你們，本王是楞子，楞子是什麼，你們知道嗎？」

「不……不知……」大越使臣冷汗直流，不知這平西王到底是拒絕，還是藉口要漫天要價。

沈傲冷笑道：「楞子就是，本王說過要殺姓李的全家，那麼這城中姓李的，一個都不會留。就是本王說過天下再無大越，這大越國的一切事情從此只能見諸於史冊。就是讓你們社稷無存，宗廟搗毀，這就是楞子！回去告訴你們國主，沈楞子來了，千里迢迢的過來，就是要兌現本王的諾言！」

「殿下……」使臣聽得冷汗流地，來不及擦拭，一肚子的腹稿全部忘得一乾二淨，還想再說什麼，沈傲已經霍然而起，按住腰間的劍柄，冷視著他，一字一句道：「休要多言，回去告訴欽犯李道寒，城破之日，就是李氏覆亡之時，還不快滾！」

沈傲一副要拔劍的樣子，嚇得那使臣屁滾尿流，連滾帶爬著逃之夭夭。

沈傲才吐了口氣坐下，雙手撫在案上，道：「來人。」

幾個武官走進來，沈傲敲著桌子，道：「方才的話你們聽到了嗎？」

武官紛紛拱手，肅然道：「回殿下的話，記住了。」

沈傲突然道：「你們有沒有記日記的習慣？」

武官們一頭霧水。

沈傲搖搖頭，苦頭婆心道：「記日記對修身很重要，從今日開始，你們就要做筆記，白日裏看到了什麼，聽到了什麼，都要記下來，唔，本王方才那一番痛斥越國國使的話也一併記進去。好啦，都下去，本王要去記日記了。」

沈傲的回答，讓越宮中的李道寒目瞪口呆，他一邊躁動不安的聽著使臣的回話，一邊玩弄著手上的鎮紙，良久，他抬起眸，道：「大越國要完了嗎？」

使臣沉默了一下，伏在地上，道：「絕無僥倖，殿下，下臣盡力了。」

李道寒站起來，不由冷笑，道：「那麼，就玉石俱焚吧。傳達本王的詔令……」

正在這個時候，宮殿外傳出凌亂的腳步，彷彿有萬千人朝宮殿過來，聽這聲音，便知道這是越國軍中軍靴。

李道寒臉色一冷，怒道：「是什麼人，深夜惶惶，居然敢闖入宮禁？」

「殿下……」率先進殿的幾十個越軍軍將漠然的跨進來，他們的身後是一片黑暗，卻可以明顯感覺到無數胸膛裏心臟的跳動，急促的呼吸。

當先一名將軍單膝跪下，道：「十年前，先王征大理，末將爲先鋒，受創十餘處，率先擊垮大理軍，先王當時摸著末將的肩膀說，阮卿家勞苦功高，宗室決不辜負。」

這姓阮的將軍面不改色，繼續道：「末將今日來，便是請殿下念在末將勞苦功高的份上，救末將一家老小，請殿下成全……」說罷，眼中迸出淚水，狠狠的用頭頓地。

李道寒又驚又怒，大叫：「來人，來人，夜闖宮禁，你們可知道犯了什麼罪。」

另一名將軍雙膝拜倒，道：「殿下活命之恩，末將感激不盡，請殿下救末將全家老小！」

第三個、第四個將軍一齊跪下，外頭也有無數軍卒一同拜倒，一浪接一浪的聲音道：「請殿下活命！」

李道寒的臉色變得無比陰冷，森森然的笑道：「你們就是這樣效忠本王的？」

姓阮的將軍抬起頭來，擦了眼角的淚花，漠然道：「事急從權，殿下一人可以救末將百餘條人命，李氏一宗可以拯救大越一族百姓，君王死社稷，這句話殿下難道沒有聽說過？請殿下開恩。」

無數人又是叩頭：「請殿下開恩。」

那跪在地上的使臣這時也忍不住道：「殿下，橫豎是死，何必要落人笑柄？」

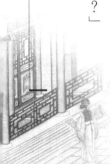

李道寒臉色蒼白，森然道：「本王若是不願死呢？」

姓阮的將軍眼眸中閃過一絲寒芒，從地上站了起來。他的身後，無數的軍將紛紛站起，冷冷的看著李道寒。

李道寒不禁後退一步，嘴唇哆嗦起來：「難……難道就沒有一個忠貞之士嗎？我大越國……」

「來不及了！」姓阮的將軍大吼一聲，打斷李道寒的話，手指著李道寒道：「殿下既然不願死，那麼大家就幫一幫殿下。」

拂曉。

城外的宋軍大營濕漉漉的，昨夜下了一場小雨，雨水如毛尖一樣揮灑下來，偏偏這大越的夜晚居然又悶又熱，完全沒有雨過之後的清新。

到了卯時，連綿的大營就沸騰了，到處都在埋鍋造飯，操練的口令聲驟響不絕，炊煙燃起，帶著一股飯香。

沈傲清早只吃了一點粥，就沒有了興致，叫人將碗碟撤下去，將楊過叫來。

楊過早在大帳之外等候，踏步進去，便問：「殿下，昨夜下雨，一些火藥受了潮，只怕是不能用了，這裏天氣濕氣重，再不攻城，只怕火炮打不響。」

其實楊過的意思，就是來請示平西王今日是否攻城的，畢竟各營那邊都急著打，將佐們耐不住。這些人當然不敢來找平西王，只好去磨楊過，楊過吃不消，隔三岔五的有人捲了簾子來請戰，換作是誰都覺得麻煩，所以每隔一個時辰，就裝模作樣的來說幾句話，都是拐彎抹角，其實就是催促沈傲下令。

沈傲氣定神閒，教人端了一杯茶來，茶水剛剛煮開，燙得很，所以沈傲並不急著喝，而是將茶蓋輕輕掀開，低頭吹開茶沫。

茶盞裏，隨著沈傲的輕吹泛起漣漪，水紋蕩漾，泡開的茶葉尖散發著陣陣的濃香，沈傲只聞其味，精神就來了，呵呵笑道：「不急，不急，也就是這一兩日，越人就要歸降了。」

楊過愕然，道：「不是說殿下不准降的嗎？」

沈傲呵呵一笑，道：「本王是不許那李氏來降而已，姓李的觸怒了天威，自然是要抄家滅族的，可是本王有好生之德，難道能把大越人都殺了？這叫只究首犯，其餘不問。」

楊過聽到沈傲有板有眼的吹噓好生之德，忍俊不禁，想笑又不敢笑，繃著個臉，實在有點吃不消。

沈傲見他臉色異樣，眼睛一瞪：「你想笑就笑出來。」

楊過嚇了一跳，立即道：「卑下是在想，像殿下這般善良的人已經不多了，俗語說的好，慈不掌兵，殿下心存善念，又能掌握兵事，真真是曠古未有的才子。」

沈傲淡淡一笑，心裏罵道：老子玩口是心非這套把戲的時候，你還嫩著呢，還想糊弄本王？

楊過見沈傲不追究，便道：「殿下的意思是……」

話說到一半，一名校尉徑直進來稟告，道：「殿下，升龍城城門大開，不知爲何。」

沈傲精神抖擻，道：「再探！」

校尉去了，過了一炷香功夫，去而復返道：「城中出來許多手無寸鐵的越國官員，跪於城外道旁，已經有人送來了降表。」

又過了片刻，一名越人官員進來，抱著一方匣子，並奉上降表來，盒子中裝的是李道搴的頭顱，這越人官員要請沈傲查驗，沈傲捏了鼻子，道：「拿出去餵狗，抱著這東西難道是想來恐嚇本王嗎？拿走，拿走！」

接了降表來看，毫不意外的是，這份降表將所有的罪責，全部推到了李氏父子身上，說的再明白些，就是大家都是純潔清白的，最壞的就是這一對父子了，大家受了他們的裹挾，不得已之下，只好抵禦天兵，如今李道搴伏誅，請平西王恕罪云云。

沈傲將降表拍在桌上，從嘴縫中迸出兩個字：

「進城。」

水師入城，道旁的升龍軍民跪著迎接，先是過去一支馬隊，隨後沈傲勒馬進城，待到了城下的時候，昂首看到那城門上的升龍二字，忍不住駐馬，朝身後的楊過道：

「升龍，升龍，這李氏父子看來早就野心勃勃了，居然敢取城名爲升龍，這是要置今上於何地?不過是兩條蟲罷了，也敢夜郎自大，來人，把這名兒改了，叫順化。」

楊過興致勃勃的道：「順化這名兒好。」

沈傲不理會道旁的越國百官，繼續打馬，直接到了越國王宮，水師蜂擁入城，開始拿捕越國王族，搗毀李氏王寢陵墓，隨後，越國百官一個個膽戰心驚，在王宮勤政殿等候。

當沈傲到的時候，百官紛紛跪拜。

沈傲冷冷的看了他們一眼，道：「李氏是元凶，你們就是脅從，雖然歸降，可是死罪可免，活罪難逃！」

第一句話開門見山，先聽到脅從二字，這殿中的百官嚇了一跳，後來聽說死罪可免，心情又不禁放鬆了一下，於是一起道：「請平西王降罪。」

沈傲抿抿嘴，冷笑道：「降罪？你們吃罪的起嗎？」他淡淡一笑，又道：「不過話說回來，本王也不是個不通情理的人，來，來，都起來吧。」

那姓阮的將軍站在右首的位置，心情不禁一鬆，勉強帶著笑容站出來道：「殿下，大越國不服王化，今日天兵從天而降，下國自此併入宋土，下官們心中感激不勝，從此之後，便是宋人了。」

他這句話很有討好之意，其實大越國從前也曾是中原王朝的疆土，若說是重新收復，倒也說得過去。

沈傲大咧咧的坐上銀殿，卻不吃姓阮的這一套，冷冷道：「誰說本王要將你們併入宋土？」

越人官員不禁訕訕然起來，誰知道這馬屁居然拍在了馬腿上。

沈傲板著臉道：「大宋沐澤四方，你們這蠻荒之地，真當有人瞧得上嗎？不知道的，還真當我大宋稀罕你們，是要開疆拓土才征伐你們。實話和你們說了吧，我大宋雖然滅了大越國，可是仍然奉行以越治越的手段，從此之後，在越國設立安南都護府，除委任都護府都督之外，越國的法令一切照舊。」

沈傲才不是傻子，越國戶籍人口不少，又多山，真要將他們置入大宋的疆土，這麼多人，誰去養？與其如此，倒不如讓越人治越人，只要委派都督，割讓土地，勒令賠償也就是了。

越人們開始咀嚼起沈傲的話，心裏便大致明白了沈傲的意思，越國還是越國，只不過設立了安南都護府，這就意味著安南都護府將是越國最大的機構，在這都護府之下，會是什麼局面，還得這平西王發話。

話又說回來，這麼做，也沒什麼不好，越人治越，治越的除了在這殿中的百官，還能有誰？說來說去，他們只不過換了一個新的主子，其他的一切如常而已。

搗毀升龍，從遠征到現在，已經過去了兩個月。誰也不曾想到，事情居然會如此戲劇性，莫說是越國，便是水師自己，也覺得不可思議。

只過了幾日，各地請降的降書便傳遞過來，大越上下，畢竟識相的多，眼下李氏都完了，誰還願意和姓李的一條道走到黑？

沈傲倒也爽利，對歸降的，都好言勸慰，居然一下子從屠夫變成了菩薩，各地的官員全部留任，各鎮的將軍也都令他們原地鎮守。

隨即，安撫詔令頒佈出來，無非是只追究惡首，其餘不問之類，令各府、各縣、各鎮謹遵職守，不得有誤。

這份詔令猶如大赦，讓所有人鬆了口氣；大越國的局勢頃刻之間便緩和下來。而南

洋水師只駐紮占城、順化，倒也相安無事。

沈傲在順化王宮中住下，順化王宮規模不小，如今成了南洋水師的中樞，時不時有軍將進出，到了十五這天，天濛濛亮，沈傲剛剛換了衣衫，精神正好，聽到外頭傳來聲音：「有聖旨。」

沈傲急促促地帶著將軍們跪接，傳旨意的是個老太監，和沈傲並不相熟，他一路過來，風塵僕僕，起先是想到占城，後來才知道南洋水師已經拿下了順化。順化城是什麼，他懵然不知，後來一打聽，才知道升龍已經改了名，意味順從歸化的意思。

好不容易表明了身分，到了宮城，看到平西王帶著各部軍將設好了香爐，老太監的臉色有些不太好看了，先小心翼翼地看了沈傲一眼，才無奈地展開聖旨，道：

「制曰：平西王沈傲身負皇命所托，率軍遠征大越，其志可嘉，甚爲勞苦，朕心甚慰。」

眾軍將聽了，心裏都想，原來陛下這聖旨是來犒勞三軍的，心裏甚是歡喜。

可是沈傲心裏卻覺得不是滋味，他是接聖旨的老油條，這幾年接的聖旨沒有一百也有八十，趙佶那性子，最喜歡的就是先揚後抑或是先抑後揚，往往開先誇你幾句，後頭就少不得破口大罵，若是前頭罵你，後頭說不定話鋒一轉，又說你的好處了。

聽到這裏，沈傲心裏便想，這聖旨的後頭，肯定不會有什麼好話。

果不其然，老太監的臉上略帶尷尬的表情，道：

「朕順應天命，繼承大統，文武百官，欺上瞞下者有之，貪功吹噓者有之……」

沈傲越聽越不是味道，等到這聖旨念完了，才恍然大悟，原來是說自己弄虛作假了，他站起來，身後的將佐一個個擠眉弄眼，那老太監很是慚愧地過來，道：「殿下……」

沈傲道：「你不必勸慰，罵了就罵了，你看看，今上總共也沒有發出幾份罵人的聖旨，物以稀爲貴嘛，千百年之後，說不準這聖旨價值連城呢，這是我沈家的傳家寶，將來是要傳諸萬世的。」

老太監訕訕地笑了笑，沈傲吩咐人給他幾兩銀子，打發他先去歇了。過不多時，便有校尉過來，道：「殿下，越國百官已經在勤政殿等候了，請殿下主持廷議。」

今日的廷議，是沈傲刻意的安排，他頷首點點頭，道：「走，去看看。」

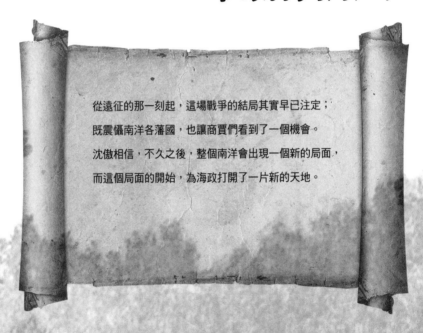

第一六一章 開創新局

從遠征的那一刻起，這場戰爭的結局其實早已注定；
既震懾南洋各藩國，也讓商賈們看到了一個機會。
沈傲相信，不久之後，整個南洋會出現一個新的局面，
而這個局面的開始，為海政打開了一片新的天地。

勤政殿其實並不大，這麼多人分爲兩班站著，顯得有些擁擠，沈傲出現的時候，越國人紛紛拜倒，一起道：「殿下千歲。」

沈傲負著手，徑直上了銀殿，坐下後，叫人斟茶上來，慢吞吞地道：「李氏伏誅，本王代爲監國，你們有什麼要說的，一併說出來。」

當下，便有一名越臣道：「殿下，李氏既然伏誅，越國群龍無首，大宋天朝上邦，下臣們心甚仰慕，因此下臣人等一同上疏，請殿下代爲奏陳大宋皇帝陛下，請陛下設安南都護府，重設郡縣，代爲管轄。」

接著許多越臣一起道：「請殿下代爲奏陳，以遂下國。」

沈傲之前就透露出設立安南都護府的意思，今日的廷議，不過是把這件事擺上臺面罷了。這件事，沈傲不能明目張膽地提，要提，也是越國人自己提。

沈傲板起臉來，面帶微怒地道：

「這是什麼意思？李氏無法無天，殘害百姓，窮兵黷武，因此本王奉欽命率王師而來，如今既然爲大越除了李氏之禍，怎麼事到如今，你們越人自己不推舉出賢明的君主，休養生息，卻反倒讓大宋派遣官員管理？這麼做，非但我大宋要遭人非議，便是越國之中也有人不服。此事休要再提，本王是斷然不許的。」

沈傲說得義正言辭，越人們聽了，哪裡不明白？於是大家再三懇求。

沈傲怒了，拍案而起，道：「這是什麼話？大宋派駐官員，設立都護府，每年要糜費多少銀子？我大宋自顧不暇，哪裡有功夫管你們越人的內務？」

一名越人道：「都護府可收取稅賦……」

沈傲又是搖頭，打斷他道：「這就更不成了，不知道的，還當我大宋剝皮敲骨，此事不必再議。」

沈傲的態度很是堅決，越人們偏偏就是不肯，你一言我一句地懇求了幾句，沈傲逼得急了，怒道：「不成就是不成，便是你們越人送本王五百萬白銀的好處也萬萬不成，不容商量，你們當本王是什麼人？本王是來弔民伐罪的，你們越人的事，自然由你們越人自行處置。」

五百萬兩銀子，恰恰好是越國國庫的數目，一個子兒不多，一個子兒不少，下頭的越人心裏大罵沈傲貪得無厭，一下子不吱聲了。

沈傲一看，怎麼一下子就冷場了！心裏大叫了不得，這戲是不是演過頭了？還是這群傢伙捨不得割肉？看來越人終究還是有點廉恥的，還知道五百萬兩白銀的要價高了一些。

沈傲拼命咳嗽幾下，見大家都沒動靜，都是一臉無語地看著自己，大有一副老子不陪你玩的姿態，若是這麼下去，這「勸進」的把戲就演不下去了。

好在沈傲的臉皮厚，於是厚顏無恥地道：「其實……本王並不是這個意思，就是你們送本王四百萬兩白銀的好處，本王……本王也是萬萬不幹的。」

太無恥了，沈傲心裏這樣想，老臉都不禁紅得發紫。

下頭的越人這才有了動靜，終於有人吱聲了，道：「殿下，下國寧願解銀相送，也請殿下代爲奏陳，好讓天朝派下都督，統管大越。」

話說到這個份上，沈傲只好「勉強」同意。

從殿中出來的時候，沈傲深吸口氣，心裏想，搞政治果然是一件很痛苦的事，還是真槍實刀的實在。

安南都護府的架構，其實沈傲早有了安排，這安南都護府，職權與太上王差不多，具體的政務是不管的，可是有一項權力，就是否決。也就是說，越國人自己設立三省，可以自行委派官員，可是都護府的權力也簡單，就是可以讓委任的官員滾蛋。除此之外，再設立安南軍，控制一部分越國軍權，擁有越國各口岸自行調整關稅的權力。

雖然權力少，可是每一樣權力都緊緊抓住了要害，否決權在相當程度上控制了越國的政局，軍權保障了通商的利益，關稅成爲大宋進一步擴大商貿的重要手段。至於其他的權力，當然是越國人自己去折騰，這就使得越國就算矛盾激發，越人的矛頭也會指向越人的官僚的機構，大宋雖然會受波及，卻總是可以置身事外，所謂只反貪官不反皇帝，都護府就是皇帝，越人自己的三省六部就是貪官，若是越國激起了民變，那也不是都護府的事，也是越軍自己鎮壓，這就使得都護府更像是越人的裁決者。

至於安南軍的職責，口頭上是說防止外敵入侵，其實真正的目的不過是轄制越軍而已。說得難聽一些，就是好處讓都護府占著，髒水壞事什麼的和都護府沒干係，冤有頭債有主，你們自己鬧騰去。

都護府的人選，還需上呈朝廷再做決定，不過沈傲認爲，朝廷多半的選擇就是相互推諉，最後又把皮球踢回海政衙門。三省六部一向是不太熱衷海政的，再加上讓人到蠻邦去做官，這不是充軍發配？畢竟是個都督，按道理，至少也該四品以上的官員充任，可是你任命誰去，人家少不得要記恨你一下。

做官，講究的是四平八穩，所謂中庸便是如此，你坑人一把，人家難道就沒有黨羽，到時候少不得要和你拼命的。最後的結果，極有可能把這燙手山芋送到海政衙門，其實就是讓沈傲自己看著辦。

把這都督的任免送到沈傲手裏也好。朝廷裏的袞袞諸公既然不想管，沈傲卻知道，都護府的干係很大，幾乎控制著一個藩國的民生，說得再難聽點，誰能控制安南都護府的人事任免，就是沒有王冠的安南之王，落在別人手裏，倒不如落在沈傲手裏更實在。

安南的掌控，使得海政衙門對南洋的控制力增強，這就意味著，南洋諸國的生死榮

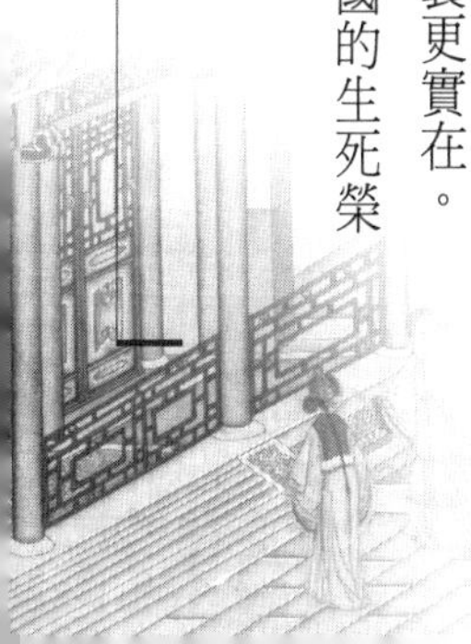

辱，都在海政衙門的控制之下。

不過，一個消息也落到了沈傲的案頭上，一支大食人的艦隊在安南沿海徘徊，他們原本要馳援占城，只是不曾想占城的陷落居然如此之快，不得已，立即龜縮了回去，現在這支艦隊遇到了最尷尬的局面，由於安南全面倒向大宋，使得他們失去了補給的口岸，一支千里迢迢趕到安南的艦隊失去了補給，結果只怕早就注定了。

占城那邊，炮艦組成的南洋第一艦隊已經出擊，尾銜在這支艦隊之後，發起了攻擊，大食人的艦船技術並不差，可是遇到炮艦立即便占了下風，幾次海戰都鎩羽而歸，窮途末路之下，只好選擇了投降。

俘虜還在占城，經過拷問之後，這支艦隊的背景已經清晰了。這支艦隊並非是大食人國主派出的，而是當地一個極有背景的總督組織的冒險行動。

沈傲現在必須作出選擇，要嘛就是重新與大食人談判，要嘛就是徹底與大食人反目，若是談判，或許可以得到好處，可是對長遠來說，在南洋多了一個競爭者，對沈傲的海政是不利的，沈傲沉吟了片刻，終於下達了命令：「治罪。」

遠征大越國，幾乎是以強者的身分欺凌弱小，雖然在此之前，所有人都看不清南洋水師的實力，也料不到越人居然如此不堪。可是在沈傲心裏，從遠征的那一刻起，這場戰爭的結局其實早已注定，這麼做，既是敲山震虎，震懾南洋各藩國，另一方面，也讓商賈們看到了一個機會，暴力有些時候，也是一筆買賣，且收益極大。

沈傲相信，不久之後，整個南洋會出現一個新的局面，而這個局面的開始，爲海政打開了一片新的天地。

整個水師都已經做好了撤離的準備，除了少部分水師仍然駐紮順化、占城，其餘的全部撤出。

一名水師將軍被招到了順化王宮，將軍很年輕，乍眼一看，不過是二十多歲，水師的武官年輕的多，一方面是一些老將直接裁撤了下去，另一方面，水師的專職人才又少，不得已，只好從校尉中提拔。

將軍摘下了范陽帽，夾在腋下，安南的天氣潮濕得很，戴著帽子，頭髮都覺得黏黏的，很不舒服。他坐在靠近勤政殿外的一處空置閣樓裏，裏頭已經有不少忙碌的博士，大多數人都坐在公案後，或是整理帳冊，或是提筆寫著什麼，並沒有理會他。

偶爾會有校尉進來看這將軍一眼，見將軍桌几上的茶水喝盡了，便去換了新茶來。

將軍筆挺地坐著，一絲不苟，在他的胸前，一枚儒章和勳章在閣樓裏的油燈照耀下頗爲耀眼，給他換茶的校尉忍不住道：「將軍是水師二期出來的？」

將軍含笑搖頭，道：「一期出來的。」

校尉道：「那就不是水師校尉了。」

一期並沒有分爲水師、騎兵科，所以一期出來的校尉多半都是步兵校尉，不過話說回來，南洋水師也不止是水師校尉，畢竟水師的架子太大，既需要登陸的水師步兵，還需要少量的騎兵。

校尉忍不住看了將軍胸前的勳章一眼，肅然起敬地道：「京畿北路叛亂的時候，將軍所立的功勳不小。」

將軍下巴微微抬起，露出矜持的微笑，喝了口茶，正要說話，閣樓裏走進一個博士來，拿著一個單子，問：「水師第三艦隊步兵營營官吳勇到了嗎？」

將軍立即站起來，道：「卑下在。」

博士的臉上宛若冰山融化，微微笑道：「殿下在勤政殿等候，隨我來。」

領著吳勇出了閣樓，到了勤政殿門口，吳勇連忙將范陽帽戴上，小心翼翼地繫好了頷下的帽繩，整了戎裝，才步入殿中。

勤政殿裏已經糟蹋得不成樣子了，殿中設了一方大桌案，點了燈，有幾名將軍侍立在沈傲身側，沈傲負著手，眼睛落在桌上的安南地圖上，雖說現在安南都護府設立已經成了定局，可是在設立都護府的同時，這重新設立郡縣的事還需要勞神一下。

說的再直白一些，這安南需要分而治之，比如占人在南部比較多，越人在北部比較多，沈傲就將這越國分爲兩個轄區出來，將安南一分爲二，只有這樣，才能讓這兩路相互制衡，誰也治不服誰，如此，才能保證安南內部的矛盾在激化的同時，不得不懇請都護府的裁決。

這就是均勢治理的辦法，兩個省各自的利益不同，矛盾自然就凸出了，兩省誰也壓制不住誰，在這種情況之下，都護府的態度就成了焦點。

換句話說，哪個省做了出頭鳥，都護府就可以聯合另一省將他們打壓下去。而郡縣的設置，也突出了各族的分佈重新部署。

沈傲一邊看著地圖，一邊說了些：「這裏是哪裡？哪邊的族人更多？」又或者說：「可以在這裏設一個郡縣……」

領著吳勇來的博士走到沈傲身側，在沈傲的耳畔低語了幾句，沈傲抬起頭，眼睛落在吳勇頭上，笑容可掬地道：「你就是吳勇？」

吳勇挺胸道：「卑下就是吳勇。」

沈傲朝他走過去，笑道：「京畿北路平叛的時候，你還是個小隊官，在先鋒營裏殺敵十三人的就是你？本王記得當時還給你授過勳章，是不是？」

吳勇的聲音略帶幾分顫抖，激動地道：「是，卑下還記得，那時候殿下還問，問卑下是否願意再立新功。」吳勇略帶慚愧地道：「只是這一次安南之戰，卑下率部殿

後……」

沈傲將手擱在桌上，道：「所以本王給你一次機會。」

吳勇面露喜色，挺胸道：「請殿下示下，卑下敢不盡力。」

沈傲淡笑道：「從明日起，你從水師步兵裏挑出五百個人來，留駐在安南，設立安南軍，這個月之內，朝廷就會下委任，從此你便是安南軍指揮使了。安南軍的職責是以外防爲主，平素的操練不要荒廢，安南的內務也不用你過問，便是出了叛亂，除非叛軍針對大宋，你也可以不予理會，由海政衙門下文處置。」

吳勇大驚，道：「殿下，卑下不想留在安南，寧願在水師裏做營官。」

沈傲板起臉，道：「校尉的第一條守則是什麼？」

吳勇只好道：「服從軍令！」

沈傲用不容置疑的口吻道：「這就是軍令，沒有討價還價的餘地。」說罷，又道：「安南軍招募的事由你全權處置，具體的細節等到都護府都督走馬上任時，你與他協商擬定。不過本王也有幾個規矩，你必須記得，第一，安南軍的營盤設到荒山野嶺去，糧草由都護府供應，軍卒不得隨意外出。其二就是所招募的青壯，不許有越人和占人，至於其他的族人都可以招募，這一條最是要緊，你要謹記了。至於第三，就是凡事都要聽從都督的節制，遇到大事要請示海政衙門；擅自調動軍馬，這是大忌。」

沈傲一口氣說出三條，其實最緊要的反而是第二條，這一條才是沈傲統治安南的重點，那就是以夷制夷。安南這邊越人、占人的人口最多，招募了越人、占人進去，這些人難免會生出異心。相反的，若是只招募那些小族的青壯，這些族人平素都受越人、占人的排擠，如今借著招募，等於是提高了他們在安南的地位，一旦有越人、占人發生直指大宋的叛亂，安南軍就可以直接派上用場，這些人只有依靠大宋才能取得相應的地位，大宋在安南的力量減弱，對他們也是沉重的打擊。

這就是利益捆綁，以少數人來統治多數人。

吳勇只好道：「卑下記住了。」

沈傲語氣一鬆，道：「本王知道，誰也不想背井離鄉，可是有些事一定要有人來做，拿出點校尉的樣子出來，不要給武備學堂摸黑。」

吳勇才中氣十足地道：「是，卑下明白。」

「很好！」沈傲輕輕敲了敲桌子，笑道：「你下去做好準備吧。水師會在三天之後撤走，這裏就交給你了。」

吳勇行了個禮，才退了出去。

沈傲略帶幾分疲倦，旁邊一名將軍道：「殿下，要不要先送一份捷報到泉州去？」

沈傲搖頭道：「不必了，送了也遭人疑竇，還是等我們凱旋而歸的時候，押著李氏

宗族的人出現在泉州再說。」沈傲繼續道：「給本王換盞新茶來。」

一名校尉端了熱茶來，沈傲抱在手裏，坐在椅上，望著四周的人道：

「撤走的時間已經敲定了，不過走的時候，也要弄出點王師的樣子來，找個人去知會那些越人，和他們說，叫他們送一點萬民傘之類的東西，越多越好，到時候再抓些壯丁，讓他們歡送一下，這個過場還是要走的。」

楊過托著下巴在一旁看著地圖發呆，聽到沈傲這麼說，眼中閃過疑竇，側過臉來道：「殿下，要這些虛套做什麼？反正這些越人又不是出自真心實意。」

沈傲淡淡笑道：「所以說你只是個武夫，有些東西，該做的還是要做，我大宋和其他地方不一樣，這官場裏有三種人，第一種，是務實又務虛的，這種人能做事，也能做表面功夫，這是能臣。第二種叫務虛，就是不能做事，只能做表面功夫的，這叫混臣。最後一種叫務實，就是肯做事，不肯做表面功夫的，這叫罪臣。」

楊過驚愕地道：「爲什麼第三種是罪臣？」

沈傲哂然笑道：「只能做事，卻不肯做表面功夫，升官沒你的份，有黑鍋八成就是這種人來背，這不是罪臣是什麼？這種人莫說能升遷，就是想原地踏步，只怕也未必能得償所願，十有八九，都要栽在大理寺裏頭。」

沈傲俯身喝了口茶，顯得興致勃勃地道：

「本王呢，要做就做能臣，能做事，還要會做表面功夫。方才本王吩咐的就是表面功夫，你真以爲叫越人送了萬民傘，叫人歡送一下是做給本王看的？錯了，這是本王做給朝廷裏的袞袞諸公們看的，做給皇上看的。你想想，咱們雖然是奉旨征伐，可是我們大宋的祖制是什麼？是恩澤四方，與鄰爲善，如今卻滅了越國，搗毀了李氏的宗廟，這與我大宋的祖制相符嗎？不相符！就因爲不相符，難免會遭人詬病，所以要讓人挑不出毛病來，就要作出一副弔民伐罪的樣子，讓他們知道，本王滅的不是越國，滅的是暴君，除掉的不是越國國主，而是夏桀商紂，只有這樣，大家才會滿意。」

沈傲換了個坐姿，繼續道：「這就是表面功夫，雖然大家都知道你是在糊弄，可是誰也挑不出錯，皆大歡喜，就像人穿衣服一樣，出門在外，爲什麼要穿衣？無非是遮醜而已，大家都知道衣服之後是赤身裸體，偏偏只要穿了衣，就沒人說你有礙觀瞻。」

楊過不禁苦笑，道：「原來這背後還有這麼大的道理，卑下以前還真是一點不知道。」

沈傲朝他翻白眼，道：「你若是知道，早就做平南王了，一山不容二虎，本王非要代表月亮剪除你不可。」

殿裏的將軍們聽了哄堂大笑。

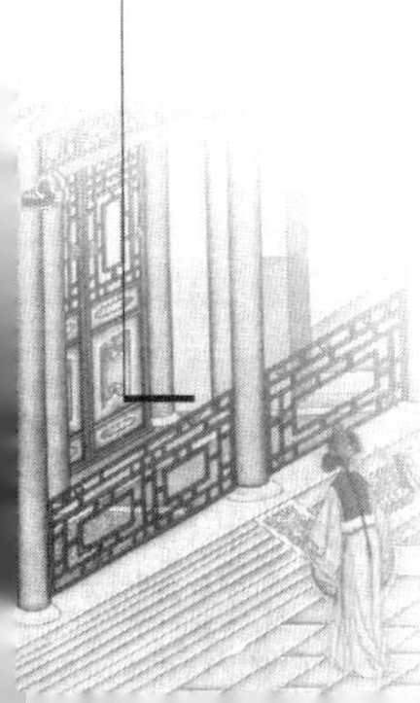

泉州的天氣說變就變，前幾日還是豔陽高照，之後又是一陣陰霾，眼看著暴雨就要落下，所以港口一下子清淨下來，出海捕魚的船隻全部靠了岸，商船也都撤幡下錨躲在港灣中。

趙佶想到沈傲謊報軍情，心裏鬱悶了幾天，在行宮待了幾日閉門不出，終於還是拗不過對新鮮事物的好奇，叫人去請了吳文彩，讓他做先導，引著自己四處走走。

趙佶微服出巡，不過侍衛卻是不少，明裏暗裏的都有，就是如此，也讓吳文彩擔心了好一陣子，好在沒有出什麼事故，讓他白擔心了一場。

今日恰好是五月十七，天氣不好，趙佶的心情也跌到谷底，瞧見這雨就是不下，索性不叫上吳文彩，帶著侍衛要出行宮。

那行宮的侍衛勸說了幾句，連楊戩也跟著來勸，道：「陛下，這裏不比汴京，這樣的天氣出去，若是遇到了暴雨，可不是玩的，夏日的雨來得快去得也快，倒不如天氣放晴了，奴才再陪陛下去走走。」

趙佶卻道：「百姓能出門，這個時候也要做工，朕爲什麼就不能出門？放心，不會有事，朕聽說工坊區很是熱鬧，去去就是，若當真遭了大雨，索性尋個地方避一避也無妨。」

楊戩勸不住，只好多備了遮雨之物，又點選了許多侍衛，陪著趙佶出去。

這時天空陰沉沉的，連臨近海灘的海鷗都銷聲匿跡，空氣中帶著腥鹹潮熱的氣味，車駕已經準備好了，停在外頭的歪脖子下頭，侍衛們警戒在各處，等趙佶上了車，車夫駕了車便往工坊區過去。

這工坊區從前只是城郊工坊的聚集區，不知有多少工坊日夜生產，只是到了後來，因爲工匠們不願大老遠從城區到這裏來做工，所以都在附近蓋了房屋住下，有了人，自然就有了門面，因此各色的酒肆、茶樓拔地而起，除此之外，成衣鋪也是從這裏最先推廣出去的。

原本大宋綢布店倒是不少，各家要穿新衣服，都是從布店裏買了布匹，自家裁剪做衣衫。可是如今就不同了，現在成衣鋪在泉州很是流行，原因無他，這裏大多數都是外來的工匠，未必都會帶著家眷過來，沒有家眷，總不成買了布匹一個大男人自己裁剪；再者說，就算真有這本事也未必有這功夫，男人都是要出去做工的。於是就有商賈抓住了商機，直接設了成衣坊，請來女工作出各種式樣的成衣出來，擺到貨架裏去賣。

畢竟是大規模生產，所以成衣的式樣也是千奇百怪，足夠吸引人的眼球，尋常自家裁剪做出來的衣衫，總是沒有成衣鋪子裏做出來的時新，漸漸的，這種成衣鋪就越來越流行，而布店最後只能淪爲成衣坊提供原料的營生了。

這泉州的成衣鋪也很有意思，因爲要滿足各色人等的需求，所以設計各有不同，比

如賣給士子讀書人的衣衫，雖然式樣上接近儒衫，可是爲了吸引客人的目光，總會描些金絲線在袖口、衣襟沿上，讓人眼前一亮。至於工匠穿的短裝，爲了滿足他們做工時方便快捷，所以刻意將袖子製得窄一些，令他們穿著更方便。

其實泉州海貿的興盛，讓無數人的生活習慣驟然改變，生活上的改變，也讓無數的新鮮事物冒出來，成衣不過是這浩蕩潮流中的一個罷了。

趙佶坐在馬車上，一路到了工坊區，恰好是下工的時間，所以人流如織，心裏不禁感嘆，這工坊區聲名不顯，其規模卻也不小，至少容納了數十萬人之多，其繁華程度比之西京都不遑多讓，只是比汴京少了幾分花團錦簇，活力卻不在汴京之下。

趙佶下車後，混跡在人流中，將楊戩和侍衛們嚇得心驚肉跳，連忙追上去，刻意的將他保護起來。

趙佶邊走邊看，在一處成衣鋪子外頭突然駐了足，吸引趙佶目光的是這成衣鋪的門面，這門面很是奇特，居然裝點了五光十色的琉璃，便饒有興趣的對楊戩道：「成衣鋪，這倒是新鮮的名兒，走，隨朕……我進去看看。」

趙佶踏入成衣鋪後，更覺得奇特，以往的布店，因爲客人只需挑選哪種料子和顏色即可，所有往往鋪子裏會有個櫃檯，櫃檯後是貨架，一匹匹布擺在貨架上，客人則是站在櫃檯外選擇商品。成衣就不同了，若是折疊起來放在貨架上，離得又遠，客人連款式都看不清晰，哪裡能說掏銀子就掏銀子，所以這衣衫都在懸掛在牆壁上，層層疊疊過去，讓客人自選。

趙佶踱步進去的時候，放眼一看，立即覺得眼睛都要花了，用眼睛掠過去，越發覺得興致盎然。

這時，店裏的夥計看到來了主顧，立即迎上來，笑吟吟的道：「客官可是要買成衣，我們順昌成衣鋪是遠近馳名的鋪子，款式新穎，做工也是極好。」

趙佶不擅長這樣和人搭訕，臉色微微泛出一點紅光，只好微微點頭。

這夥計眼睛一亮，立即道：「小人一見客官便貴不可言，是大吉大貴的相貌，客人要穿的衣衫，當然要與眾不同才好。」

趙佶聽了，忍不住多看了這夥計一眼，心想，貴不可言四個字倒是和朕頗為貼切，這夥計很有眼色。

他沒有表露出自己的身分，這夥計居然都能看出自己的身分不同，趙佶的心裏一下子樂開了花。其實他哪裡知道，這種店夥計口舌如花，見了誰都說這種話的，再加上自己身旁站著這麼多隨從，便是瞎了眼睛都知道來的不是巨賈就是個官人，貴不可言四個字說出來總是貼切。

趙佶果真覺得自己非同凡響，便興致勃勃的隨那夥計給自己挑了一件「非同凡響」

的直領員外衣，據說用的是金絲綢緞，足足花了三十貫。

趙佶笑吟吟很是滿意的出去，這衣衫時新倒是沒錯，可是價錢也確實過於昂貴，連楊戩在一旁都不禁皺眉頭。

從鋪子裏出來，趙佶還誇獎了那夥計幾句，楊戩本想說東西買貴了，見趙佶興致勃勃，也就忍住沒說。

趙佶在工坊區轉悠了一天，才體會到這裏與汴京不同的樂趣，這裏的商業明顯更發達，汴京雖然熱鬧，可是賣的東西卻是不多，這裏卻不同，各種店鋪都有當下最時新的東西，有些東西，趙佶根本連聽都未聽說過，這一路逛下來，買的東西當真不少，足足花去了七百多貫，也虧得是他，換作尋常人早就吃不消了。

天空響起悶雷，楊戩便勸趙佶回去，趙佶聽了，只好回到馬車，打道回城。

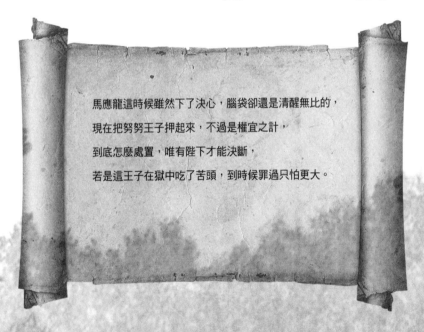

第一六二章 權宜之計

馬應龍這時候雖然下了決心，腦袋卻還是清醒無比的，
現在把努努王子押起來，不過是權宜之計，
到底怎麼處置，唯有陛下才能決斷，
若是這王子在獄中吃了苦頭，到時候罪過只怕更大。

走到半途時，天空炸雷陣陣，接著便是瓢潑大雨，風聲嗚嗚作響，甚是駭人。

侍衛們簇擁著馬車，一路快行，到了海政衙門時，這些侍衛已經淋成了落湯雞，連楊戩都不能例外。

趙佶從馬車中出來，立即有人給他撐了華蓋，不過這兒風大，不少雨絲飄到趙佶的身上。趙佶快步進了衙門，焦灼等待多時的吳文彩眼睛一亮，立即迎過去，道：

「陛下怎麼出去也不知會微臣一聲，嚇了微臣一跳。」

趙佶呵呵一笑，道：「朕只是隨便走走。」

吳文彩立即小跑著跟在趙佶身邊，道：「陛下要注意龍體才是，這麼大的雨，說不準還有颱風，出了事可不是好玩的，微臣擔待不起。」說罷，嘆了口氣道：「陛下，大越國那邊有消息來了。」

趙佶挑挑眉，道：「哦?什麼消息?」

吳文彩隨趙佶到了一處會客廳，趙佶坐下，楊戩衣衫都沒換，沏了一壺茶來，趙佶想必也覺得有點冷了，抱著茶暖手，一面道：「你繼續說。」

吳文彩道：「據說水師已經拿下了升龍，改升龍為順化，大赦越國，並拿了越國宗室，現在正在返航途中。」

趙佶聽了，臉上顯得震驚，隨即撇撇嘴：「消息確切嗎?」

吳文彩想了想，搖頭道：「是從商賈那邊傳來的消息，微臣不敢確定。」

趙佶淡淡一笑，俯身喝茶，才抬起眸道：「你算算看，遠征才兩個月不到，水師過去便要糜費近一個月功夫，除非沈傲那小子當真一日拿下占城，十日抵達升龍城下，三日破升龍，否則進展哪裡會有這般神速，朕雖然久居深宮，這筆賬還是會算的，這種流言不必理會。再者說，若是水師當真捷報連連，爲何沒有奏疏來？只有一份稀里糊塗的捷報說占了占城，後來朕一申飭，就沒了消息。」

吳文彩見趙佶不信，其實他自己心裏也不信，訕訕笑道：「陛下明察，倒是微臣孟浪了，居然聽信了這些市井之詞，讓陛下見笑。」

趙佶換了個坐姿，臉色平靜的道：「不怪你，怪只怪沈傲那小子，這小子最愛吹噓，倒不是說他不肯盡心做事，只是往往做了三分，他總要吹成九分，他勞師遠征是辛苦，可是朕就看不慣他這個樣子。」

吳文彩聽了趙佶對沈傲的評價，心裏也不知是該哭還是該笑，他是名副其實的「西選官」，是平西王旗下的得力助手，心裏肯定是向著平西王的。

陛下說話的口氣，說埋怨也不算埋怨，可總是不把沈傲往好裏想。吳文彩心裏想，莫不是這才是聖眷？

趙佶又喝了口茶，露出幾分憂心忡忡的樣子，徐徐道：「朕現在算是想明白了，難

怪那些藩王此前對朕這般這般奴顏，原來是水師遠征大越，才令他們害怕了。」

趙佶緩了口氣，又道：「可是話說回來，吳文彩，近來這些藩王，態度卻爲什麼冷淡了？」

藩王們最近幾日確實冷淡了，一開始，還日日來覲見討好的，可是一個多月過去之後，來的人越來越少，這裏頭並非沒有緣故，水師去了大越這麼久，傳回來了個捷報，也是趙佶下令封鎖了消息，現在大越那邊一點音信都沒有，藩王們心裏早就起疑了。只怕認爲水師在大越國吃了敗仗也不一定。

若是真的吃了敗仗，那麼就可以料定這大宋其實就是個空架子，明面上看上去孔武有力，魁梧非凡，可是連越國都啃不下，誰還肯來巴結討好？

藩王們的心思其實很簡單，他們都是小國，趨炎附勢是他們長久奉行的國策，誰強大，就討好誰。大宋動輒對越國征伐，確實是嚇了他們一跳，原以爲大宋有必勝的把握，可是打了這麼久，若是真有捷報早就該傳開了，現在沒有動靜，那就是遭遇了挫折。這大越國雄兵二十萬，也不是好欺負的，這樣一想，許多藩王又變得蛇鼠兩端了，對趙佶也冷淡下來。

趙佶開始還沉浸在萬國來朝的喜悅裏，現在回過味來，就覺得不對勁，因而心裏也有點怒氣。

吳文彩小心翼翼的道：「藩王們想必……想必也在準備萬國展覽的事……」

趙佶冷冷一笑，道：「朕看未必，展覽會是我大宋的事，哪裡還要他們準備什麼？依朕看，他們是怕我大宋從大越鎩羽而歸，到時候得罪了越人，畢竟越人是他們的鄰居，那才是心腹大患，朕平時待這些藩國不薄，想不到這恩澤四方，原來也不濟什麼事。」

吳文彩訕訕笑道：「陛下言重了。」

趙佶不無擔憂的道：「朕還聽說，海政衙門下令各藩國與大食人斷絕關係是不是？本來呢，平西王要與大食人交惡，朕是不情願的，可是朕聽說，那些藩國還在觀望，仍然與大食人暗通款曲對不對？這一次若是征越失利，只怕他們更加膽大妄爲了，哎……」

趙佶嘆了口氣，似乎也在爲海政的事擔心，他擔心的當然不是海政能不能維持的問題，而是他的面子能不能保住，若是宋軍真的在大越國失利，到時候萬國展覽會多半會變成萬國展醜會，他這個皇帝的臉往哪裡擱。

吳文彩安慰道：「陛下不必多心，平西王做事一向穩重，這一次又帶了南洋水師出征，斷不會出現差錯的。」

「他穩重？」趙佶先是忍不住反問一句，隨即搖頭道：「朕在泉州，也聽說過越國

的事，越國人在南洋以強國自居，有雄兵二十萬，虎視大理、真臘，國力頗爲不俗，南洋水師未必能取得勝利，再者我大宋是勞師遠征，泉州離越國相隔千里，糧秣周轉糜費巨大，若是不能速戰，一旦陷入了僵局，非但要空耗國力，軍心士氣也要受其影響。這般打下去，非我大宋之福啊。」

趙佶這一次倒是看的十分精準，越人絕不是好惹的，這一點，其實吳文彩也是這般認爲，因此戰前他也曾反對過，只是沈傲一意要征越，吳文彩只能順著沈傲的心思來。

趙佶見吳文彩不言，一張臉拉了下來，道：「吳愛卿爲什麼不說話？」

吳文彩艱難的道：「陛下，戰事既然已經開了，多說無益，此戰對我大宋至關緊要，勝，則天下歸心，四海昇平，敗……」

趙佶打斷他，噓唏道：「敗則貽笑大方，成爲藩國的笑柄是不是？事關著大宋的顏面，這一仗，非勝不可了。」

對趙佶來說，關係到面子的事是很緊要的，他不禁站起來，負著手，來回踱步，良久才抬起眸道：「你莫看朕成日遊手好閒……」

趙佶說到這裏的時候，吳文彩連忙道：「微臣不敢。」

趙佶繼續道：「可是朕心裏，一直爲這件事發愁。十萬水師，看上去固然不可一世，可是在異國作戰，真正上陸與越國人決戰的，至多不過七八萬人，越人若是傾國而出，至少可以抽調十萬人，要以少勝多，何其難也，再者說越國多瘴氣，大山連綿，關隘重重，一下不慎，就是全軍覆沒。這一仗，大宋輸不起。朕猶豫再三，爲了穩妥起見，索性就傾國而出，與越人一決雌雄吧。」

吳文彩聽了露出駭然之色，原來陛下和自己說了這麼多，居然打的是這個主意。

趙佶繼續道：「現在北邊的邊事還算安寧，三邊那邊暫時不必擔心西夏爲禍，所以朕的主意，就是調三邊的軍馬，會同禁軍五萬，再從各地抽調廂軍二十萬，發兵四十萬，從廣南西路進發，征伐越國，朕就不信，水師與我大宋四十萬精銳水陸並進，就不能奈何一個越國。吳愛卿以爲如何呢？」

吳文彩一時無語，良久才道：「陛下，爲了一個越國鬧出這麼大的動靜，只怕朝廷肯定又要鬧起來，還是穩妥爲上。」

趙佶沈吟了一會兒，其實他的內心也在掙扎，左右權衡之下，仍舊拿不定主意，只好頹然坐回椅上，不禁苦笑道：「左又不是，右又不是，早知如此，朕就不該批了沈傲的奏疏，否則何至於鬧到這騎虎難下的地步？」

他手撫在几案上，道：「再等等看，等沈傲的奏疏來，若是當真到了山窮水盡的地步，朕只好下旨了。」

吳文彩頷首點頭，道：「陛下說的對，眼下時局不明，且先等一等再說。」

二人商議定了，吳文彩告退出去，回到海政衙門的前堂，剛剛坐穩，知府馬應龍便來了，馬應龍臉色有點鐵青，只朝吳文彩作了個揖，隨即道：「出事了。」

吳文彩眉頭一皺，道：「又出了什麼事？」

馬應龍道：「三佛齊國王子在街市上當街打死了一個貨郎，說是那貨郎衝撞了他，知府衙門倒是把肇事的幾個凶徒拿了……」

吳文彩臉色驟變：「把王子也拿了？」

馬應龍道：「那王子倒是沒拿，雖說唆使的是他，可是打人的卻是他帶來的一些侍衛，這麼大的事，下官只能叫差役先把那幾個侍衛鎖拿回去，好好審問。」

吳文彩吁了口氣：「這個當口怎麼又出了這種事。」他繼續道：「既然死了人，也不能退讓，王子倒也罷了，那幾個侍衛自然是要重判的，否則如何向人交代？此例一開，又不知會平添出多少事來。」

馬應龍面若冷霜道：「下官也是這麼說，那王子可以不論，可是他們既然他們殺了人，怎麼也要狠狠懲戒一下那王子的侍衛。壞就壞在這裏，三佛齊人居然這時候來向知府衙門要人，說他們是三佛齊人，與大宋無關，現在那王子還在鬧呢，說是若知府衙門不把人交出來，他們便立即回國，從此之後與大宋互不往來。還大肆在各藩國之中說我大宋欺凌番邦。大人，事情到了這個地步，就不是下官一個知府能做得了主的了，大人怎麼看？」

吳文彩凝起眉，拍案道：「真是豈有此理，好生生的請他們來，以上賓之禮款待，居然還敢搗亂，殺人償命，咱們沒有拿了那王子就不錯，現在居然還得寸進尺了。」

馬應龍苦笑道：「萬國展覽在即，若是三佛齊國的王子和使節都負氣出走，只怕又要橫生枝節。」

吳文彩的眼眸此時卻是闔起來，淡淡道：「老夫擔心的倒不是這個，而是三佛齊國的態度，平西王征越的時候，三佛齊國是何等的小心，怎麼到了現在，態度突然又變得如此強橫，這事兒，莫不會和越國有關？」

馬應龍道：「越國與三佛齊國距離不遠，據說當時征越的時候，三佛齊國是鼎力支持的。」

吳文彩臉色陰冷，恍然大悟道：「老夫知道了，此前他們鼎立支持，現在見水師到現在還沒有一點消息，便知道我大宋征越一定是凶多吉少，到時候大宋與越國媾和是早晚的事，爲了防止越國報復，所以這時候刻意要鬧出一點事來，向越國表示善意。」

馬應龍不由愣了一下：「若是如此，那就更棘手了，要不要請示一下陛下？」

吳文彩搖頭：「方才陛下也在擔心征越的事，征越……征越……一個征越攪得整個

泉州都不太平了。現在平西王還遠在越國，水師勝負未知，你我二人是平西王殿下的左右手，所以無論如何，泉州這邊一定要穩住，否則如何向平西王交代？」

馬應龍的額頭上滲出細密的冷汗來，不斷點頭道：「對，對。」

吳文彩繼續道：「所以這三佛齊國鬧，咱們處置起來就更要小心謹慎，南洋的藩王們都張大眼睛在看著呢，若是我們處置的輕了，難免縱容藩國，讓他們以爲我大宋好欺；可要是重了，又難免會讓人認爲我大宋仗勢欺人，尤其是在這風口浪尖上，是一絲差錯都不能出，陛下已經到了泉州，如果許多藩王和使節在這時候回國，陛下的臉面何存？」

馬應龍越發覺得吳文彩說的有道理，便道：「吳大人，既然輕了不成，重了也不成，那麼又該怎生是好？」

吳文彩沉默了一下：「一切照舊，重判那幾個侍衛，至於三佛齊王子那兒，老夫去安撫，大不了給他點甜頭就是，不管怎麼說，總要作出一副強硬的樣子。」

馬應龍應聲道：「好，就這麼辦，那下官明日就開審，無論如何，總要給死人一個交代。」他繼續道：「吳大人，你給個實話，水師真的敗了？」

吳文彩也是拿捏不定，苦笑道：「老夫哪裡知道，若是知道就好了。可是這麼久不通消息，依著平西王的性子可能嗎？唯一的可能就是進展不順利，要嘛攻城不克，要嘛就是軍中流行了瘟疫，平西王也是好大喜功的人，若是真有大捷，自然是巴不得立即送過來，現在看，多半是羞於啓齒，鎩羽又不能歸了。」

馬應龍吁了口氣，嘆道：「但願不是如此吧，吳大人，下官告退了。」

馬應龍急匆匆的走了。吳文彩還坐在這椅子上，整個人陷入了沉思。

馬應龍趕回知府衙門，外頭已經亂哄哄的鬧開了，沿途的百姓紛紛駐足，將這衙門圍攏，黑壓壓的人看不到盡頭。

馬應龍坐著官轎，前頭幾個差役撥開一條路來，附近剛剛下了工的工匠、百姓呼啦啦的讓出一條道路，有人大叫：「知府大人來了……」

這時雨還未停，不少人披著蓑衣，馬應龍下來的時候，差役立即給馬應龍打了傘，馬應龍皺起眉，不知發生了什麼事，不禁加快腳步往衙門裏頭去。

這泉州知府衙門是新建的，泉州新城人口越來越多，因此許多衙門爲了辦公方便都搬到了這裏，所以這衙門和尋常的衙門不同，門面很大，從中門到衙堂也沒有影壁遮擋，從外頭就可以看到裏頭的場景。

馬應龍到了中門，便看到那衙堂裏鬧哄哄的，有人用半生的漢話大叫道：

「我的奴才也敢拿？你們知府算什麼？我是王子，便是你們的平西王見了我，也要

客客氣氣。不知死活的東西，快把人交出來，不交，可莫怪本王子不給你們留情面。」

馬應龍聽了，心知來的是三佛齊國的王子，不禁大怒，快步過去。

等他跨進衙堂的時候，三佛齊王子看到他，臉上露出冷笑：「噢，原來是馬知府來了。」

這王子生得五大六粗，唇邊是兩撇鬍鬚，一雙眼睛頗爲駭人，宛若銅鈴。他穿著最時新的圓領金絲袖口衣，腳下踩著靴子，許是來這泉州沾染了不少漢風，所以連說話都有幾分泉州味。

「努努王子怎麼又來了？本官不是說了嗎，你的護衛打死了人，按我大宋律法，當然要從重嚴懲。這件事不容商量，殿下請回吧。」

努努王子卻是冷笑，道：「可是按我三佛齊的律法，國人在外犯了法，那也是我三佛齊自行處置，不容外人插手。馬大人，我們遠來是客，這就是你們大宋的待客之道？」

馬應龍見努努存心要挑事，板起臉來：「知府衙門做事就是這個規矩，老夫哪管你哪國的國法，在我大宋的地面上殺了人，就要有人來償命，王子要談敝國國法，大可以去海政衙門談，老夫只管刑獄，不管邦交。」

連馬應龍這老實人都被惹毛了。也難怪他說出這種失體面的話，外頭這麼多百姓冒雨觀看，衙門裏還有這麼多公人注目著，努努王子如此不客氣，馬應龍哪裡忍得下這口氣。反正吳大人已經放了話，自己只管重懲那幾個侍衛，至於這王子，當然是海政衙門去管，就算海政衙門管不了，也有陛下去管，容不得他操心。

努努王子聽了，森然笑起來。他的臉本就有些圓，森然一笑，卻像是擠著眉哭一樣：「本王子還不能走，方才大人說殺人償命是不是？」

馬應龍冷聲道：「沒錯，就是殺人償命！」

馬應龍的樣子確實駭人的很，平素他總是溫溫和和的，從來沒有發起這麼大的火，所以馬應龍這一句低吼發出來，這衙門裏的幾個押司和差役都嚇了一跳。

努努王子笑得更冷：「馬大人既然這麼說，本王子就實話說了吧，那貨郎和本王子的侍衛沒有干係，人……」

努努王子的臉色變得值得玩味起來，繼續道：「人其實是本王子授意打死的，和這些侍衛一點干係都沒有，大人說殺人償命，要償命，那也是本王子償命是不是？與那些侍衛有什麼關係？」

馬應龍的臉色脹得通紅，手指著努努王子道：「你……你……」

原本這件事是想大事化小，馬應龍哪裡不知道是努努王子授意的，只不過努努王子的身分特殊，這時候若是拿他治罪，必然引起藩王更大的惶恐和反感，現在本來征越的

事就焦頭爛額，藩王們起了疑心，若是再拿了努努王子，這些藩王借機挑起事來，這萬國展覽會還要不要繼續辦下去？海政還要不要維持？陛下如今駕臨泉州，皇家的面子又往哪裡擱？

可是另一方面，努努王子在這公堂上當場「自首」，自己若是再拿了那些護衛，就是說只拿從犯，不誅首惡。可要是放了護衛讓努努王子帶走，就更是讓這些殺人的惡徒逍遙法外，苦主肯甘休？這麼多看熱鬧的百姓如何安撫？說的再難聽一些，就是朝廷的御史聽到了此事，多半也要風聞彈劾，自己這知府就裏外不是人了。

馬應龍的臉色變得鐵青，怒視著努努王子，咬著牙關，心裏不斷的在權衡，狠狠攥起拳頭，道：「殿下可莫要欺人太甚，真以爲我大宋不敢拘禁殿下嗎？」

努努王子得意的笑起來：「拿不拿本王子，這是大人的事，爲什麼反倒問起本王子來？不過那些護衛，大人卻非放不可。」

馬應龍臉黑了下去，腦子嗡嗡作響，正在遲疑難斷的時候，外頭的百姓一齊喊：

「他既是供認，衙門爲何不拿他，就因爲是藩王，就可以逍遙法外嗎？」

「丁貨郎被人打死，據說妻子都投海了，若不是救治及時，又是一條人命，大人，拿了這禍首，爲小民們做主！」

「……」

外頭七嘴八舌的大叫，差役們不得不懶洋洋的提了水火棍去趕人，只是這些差役也是感同深受，雖然呼喝了幾句，卻沒有動棍子。這般一來，外頭的呼喝聲越大了，雖然外頭雷鳴閃閃，大雨傾盆，卻阻不住這一浪高過一浪的喊聲。

馬應龍咬了咬牙，看到努努王子一副輕蔑的樣子看著自己，狠狠道：「來，把這案犯努努拿了，押下去！」

差役們聽了，精神一振，立即就要撲上去拿人。

努努王子卻是不以爲意，不禁哈哈笑起來，在他看來，所謂的拿人就是笑話，今日拿了自己，明日就要乖乖的將自己請出去，便含笑道：「悉聽尊便。」居然一點也不做抵抗。

馬應龍這時候心裏卻是叫苦，把這麼一尊菩薩供在獄中，委實是一樁隨時要掉烏紗的事。他坐到公案，不得不打起精神，心裏想，索性這烏紗帽不要了便罷。

待那努努王子被差役押了下去，馬應龍叫來一個押司，對這押司道：

「去，告訴差役，不許動那王子一根手指頭，也不要虧待了他，出了一點差錯，本官決不輕饒。」

馬應龍這時候雖然下了決心，腦袋卻還是清醒無比的，現在把努努王子押起來，不過是權宜之計，到底怎麼處置，唯有陛下才能決斷，若是這王子在獄中吃了苦頭，到時

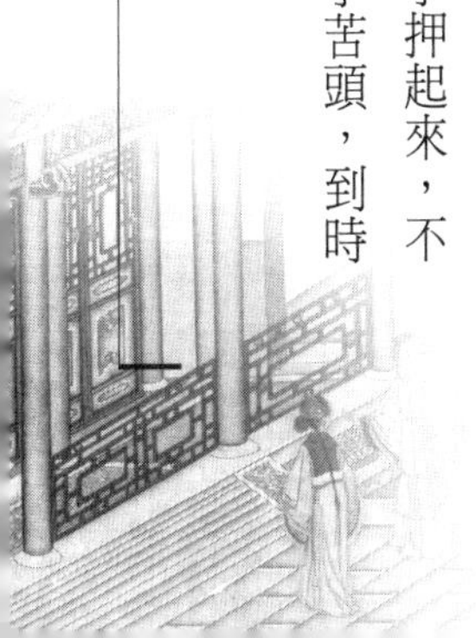

候罪過只怕更大。

押司自然明白馬應龍的心機，頷首點頭，道：「大人放心，小人親自在獄中坐鎮，給大人好好看著，絕不會出差錯。」

馬應龍欣慰的看了這押司一眼，道：「那就有勞了。」說罷，又吩咐差役立即去給海政衙門傳消息，陛下也在海政衙門，這件事當然要以最快的速度傳到陛下耳中才行。

他朝那差役交代一番，最後道：「無論如何，一定要請吳大人立即奏陳天聽，否則老夫只能請辭回鄉去了。」

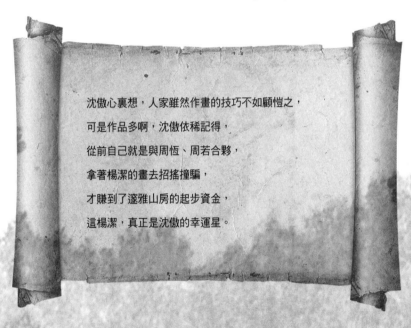

第一六三章 幸運星

沈傲心裏想，人家雖然作畫的技巧不如顧愷之，
可是作品多啊，沈傲依稀記得，
從前自己就是與周恆、周若合夥，
拿著楊潔的畫去招搖撞騙，
才賺到了邃雅山房的起步資金，
這楊潔，真正是沈傲的幸運星。

泉州城的驟雨剛剛歇下，到了子夜時分，天色又漸漸深沉下來，烏雲低低的垂壓著，悶雷聲在天空中滾過。

海政衙門，暴雨前的大風刮得嗚嗚作響，鬼哭狼嚎。衙內一片黑暗，只有無數草屑捲起，紛紛揚揚。不遠處的港口外，海水捲起了波濤，在黑暗中反覆拍打著棧橋，發出嘩嘩的聲音。

隨著雷聲嗡嗡響起，一道閃電劃下，瞬間的驟亮，照亮了海政衙門後堂一張陰沉可怕的臉。

這是一個獨門的小廳，大雨淅瀝瀝的從屋簷上滴淌而下，宛若水簾，廳子裏只點了一盞油燈，兩個人跪在廳中，大氣不敢出，就在閃電照亮的那一剎，跪在當中的楊戩微微抬起頭，瞥了坐在廳上的趙佶一眼，又立即垂下頭去。

跪在楊戩身邊的是吳文彩，吳文彩面如死灰，頭重重磕在地上一動不動，天威正如這雷鳴閃電難以揣測，此時陛下正在盛怒之際，他一個小小的海政總督又哪裡敢去勸慰，椅上的趙佶後腦靠在椅墊上，臉色蒼白，幽幽的燈火之下，一雙闔起的眼睛露出，瞇成一條縫隙，從這些許的縫隙中，明顯可以窺見他的怒火。

此刻，趙佶真的怒了，這種一種飽嘗叛離的怒火，一種發自內心最深處的厭惡。他徐徐啓口，一字一句的道：「他……在……找……死。」

吳文彩作爲臣子的本能，舔了舔唇，覺得自己應該說些什麼，跪伏於地，艱難的道：「陛下息怒，此事關係海政大局……」

趙佶突然站起來，拿起桌几上的茶盞，狠狠的摔下去，茶盞叮的一聲，摔成了數瓣，瓷片紛飛，濺到了吳文彩的額頭上，殷紅的血流了下來，染紅了吳文彩頷下的地面。

趙佶怒道：「海政……海政……正是因爲海政，才鬧出這麼多事，現在一個小小藩國王子，居然敢無視我大宋，居然無視朕，這海政不要也罷！」

吳文彩重重的磕下頭去：「臣該死！」

趙佶的手在顫抖，他自認對藩國仁至義盡，從來都是安撫至上，極盡優渥，可是一個藩國王子居然敢這般挑釁。這件事說起來，還是大宋步步退讓，那藩王子打死了人，只拿護衛，誰知藩國王子不知體察大宋的苦心，不心存感激，反而變本加厲，趙佶若是不在泉州倒也罷了，可是大宋天子駕臨，那藩王子這麼做，豈不是擺明了要給他這大宋皇帝難堪。

趙佶繼續怒吼道：「他要死，那就成全他，來人，去告訴馬應龍，三佛齊國王子當街殺人，觸動我大宋律法，立即審判，不可延誤，更不可網開一面。」

吳文彩這時候反倒急了，那王子他也深深痛恨，可是處在海政總督的地位，他明

白，若是任由事態如此發展，努努王子被殺，再結合眼下各藩王心懷鬼胎的局面，這萬國展覽會要辦下去比登天還難，到時候三佛齊國藉故要收回總督轄區，有他們起了頭，海政的局面將會繼續糜爛。

若是以往，誰敢起這個頭，大不了讓南洋水師彈壓就是，可是現在南洋水師凶多吉少，許多事就不是這麼好應對的了。他大起膽子道：

「陛下，萬萬不可，此事還需從容再議，至不濟，也等平西王傳回捷報再說。」

趙佶惡狠狠的道：「怎麼，你在爲那王子求情？」

吳文彩一時無言，急切之下也不知該如何說是好。倒是那楊戩機靈，心知吳文彩也是爲了海政，而這海政更是與平西王息息相關，便道：

「陛下，一個藩國王子算什麼東西，這等上不得臺面的蠻人，若是陛下親自與他計較，反倒失了皇家的威儀，這件事，還是讓下頭的人來處置，南洋藩國的事，不是一向都由海政衙門統管嗎？奴才以爲，陛下不必出面，只需讓吳大人裁處也就是了。」

楊戩的話讓趙佶的臉色霎時緩和過來。他陪侍在趙佶左右已有幾十年光景，趙佶的脾氣他會摸不透？說來說去，無非還是面子，而楊戩專門撿著面子的事來說，自然比吳文彩這種昏頭昏腦一味勸說的效果要好的多。

趙佶深深吸了口氣，語氣溫和了些，道：「你說的對，朕以九族至尊，何至於與一個小小的藩國王子置氣。可是此人著實可恨的很。哼，也罷，朕不管了，你們自己處置吧。」他拂了袖子，快步走了。

廳裏只剩下額頭滲著血的吳文彩和楊戩兩個，楊戩將吳文彩扶起來，笑道：「吳大人辛苦。」說罷拿出手巾要給吳文彩擦拭額頭。

吳文彩忙不迭的道：「下官來就是，下官來就是。」接過了手巾，咬牙切齒的擦了血跡，才苦嘆道：「多謝楊公公美言了。」

楊戩笑吟吟道：「應當的，咱家不過舉手之勞，吳大人不必言謝。不過話說回來，現在陛下正在氣頭上，吳大人，那什麼王子再壓一壓可以，可是等下次陛下還要過問，咱家就愛莫能助了。」

吳文彩嘆了口氣，道：「是啊，可是平西王那裡一點消息都沒有，若是平西王回來了，下官倒是能鬆一口氣。」他咬牙道：「可是不管如何，平西王不回來，這海政的大局，下官便是拼了性命也要周旋到底，殿下臨行時將泉州託付給下官，下官只能捨了這前程任命了。」

楊戩深望了吳文彩一眼，心想，那姓沈的到底用了什麼法子，讓這吳文彩這麼死心塌地？說起來，這吳文彩好歹也曾是禮部主事，主事是正五品，如今做了這海政總督其實也算不上什麼大官，這倒是奇了。

他哪裡知道，海政如今不止是沈傲一人的事業，也成了無數像吳文彩這樣人的事業，他們身處不同的地位，盡心的呵護著這棵幼苗長成參天大樹，要他們割捨下這項事業，真比奪了他們親身骨肉還要叫人不捨。

雷雨過後，港口清新無比，連海風的腥鹹味道也減去了一些。棧橋下浪花還在撲打著棧橋，一波波潮水升上來，又如一條曲線一樣泛著白花花的浪花翻滾著退下去。

燈塔裡有十幾個引水員，這樣的天氣不太適合出航，所以出航的船隻寥寥無幾，偶爾會有些回航的商船出現，他們立即趕赴各號碼頭，引導商船靠岸。

這些引水員多是輪班的，所以也都是剛剛換崗，精神倒是夠足，他們在這兒做活，其實消息最是靈通，南洋各國有什麼時新的消息，各家船隊近來又出了什麼事，誰家誰家憂都猜得出個大概來。

泉州最熱門的消息，眼下再不能比三佛齊國王子更驚人了，引水員在燈塔無所事事，少不得要扯到這個。

「聽說行宮也震怒了，本來呢，我大宋想息事寧人，畢竟是王子，可是現在這個光景，那王子自己承認了是他授意指使，事情還有迴旋的餘地嗎？」

「這也是難保的事，行宮雖然震怒，可是事涉藩國，一個不慎，也是要出大事的，昨天夜裏下著雨，你們聽說了嗎？不少藩國的使節都去探望那三佛齊國王子呢，爲的是什麼？還不是要一起向我大宋施壓。」

「這麼說，連陛下也奈何不了那王子了。」

「眼下其實就是等平西王回來，平西王一回來，事情就好辦。」

有人說到平西王，不少引水員都是點頭，泉州對沈傲有一種發自內心的狂熱。

「不過聽說平西王在大越國也是出師不利，這麼久沒傳消息，肯定是征越受挫了。」

說到這個，許多人露出惋惜之色，有人道：「但願殿下能平安回來。」

正說著，一個引水員朝十五層的燈塔上看到海岸附近一艘艦船漸漸駛入海灣，這人笑道：「來船了，我去七號碼頭二號棧橋那邊指引，有人隨我一道兒去嗎？」

其他人也看過去，一個人欣喜的道：「是南洋水師的船，你看，是炮艦，足足有三艘，莫不是水師回來了。」

所有人立即激動起來，有人卻皺起眉，道：「怎麼才回來三艘，炮艦不是一直護翼左右兩翼的嗎？難道真的出了事？」

聽了這人的話，許多引水員心沉了下去，所有人都披了蓑衣，戴了斗笠，提著馬燈下去，想看看到底出了什麼事。

港口處薄霧皚皚，瀰漫著一股陰沉的氣息。

駛入港灣的是三艘炮艦，在引水員的指引下，巨大的艦身划出水紋，停靠在幾處棧橋，接著，一隊隊校尉搭上舢板與棧橋連接，許多人披著蓑衣下來。

暴雨中行船，未必會有什麼危險，不過顛簸是肯定的，引水員透過薄霧，一雙眼睛直勾勾盯住上棧橋的人，終於看到了一個熟悉的人影。

沈傲披著蓑衣，左右有人護著他上了棧橋，一步步走出來，他顯得心情有些不好，不過步履還算輕快，一直到了碼頭，便叫人去備好車馬。

因爲回來的突然，所以並沒有人來迎接，車馬是在碼頭處借得，沈傲鑽進去，重重的吁了口氣，坐在馬車裏，忍不住想：「本王又回來了！」

「海政衙門。」沈傲坐在車上對車夫道。

泉州被一場雨洗滌個乾淨，沈傲輕輕掀開車簾，看著倒退的街景，不多時，車馬停下，沈傲從車中鑽出，步行的校尉立即小心翼翼到車轅邊要攙扶他下來，沈傲搖搖頭，從車轅上跳下，道：「不必扶。」

海政衙門門口，幾個胥吏正沒精打采的跨刀而立，藩王們不來，今日也沒什麼公務，今日天空又是陰沉沉的，多半也不會有什麼大事。所以他們都是一副懶洋洋的模樣，這樣的清早，實在打不起什麼精神。

沈傲出現時，差役們不禁揉了揉眼睛，其中一個如見了鬼一樣，指著沈傲啊啊的說不出話，另一個醒悟過來，大叫：「通報。」連給沈傲行禮都忘了，飛快折身進去。過不多時，吳文彩就快步出來，因爲走得急，差點兒被腳下的東西絆了一下，一旁的差役扶住他，才沒有摔倒。

沈傲踱步過去，吳文彩靠近沈傲時，幾乎是拉住了沈傲的手，道：「殿下，回來便好！」

他看了沈傲身後一群風塵僕僕的校尉，想必是預料到了什麼，道：「走，先裏面坐。」一路與沈傲並肩而行，道：「陛下已經駕臨泉州，也是住在海政衙門，不過殿下也不必急著去覲見，這個時候，陛下未必能早起。」

沈傲笑呵呵的道：「陛下也來了，這倒是好極了。」

吳文彩道：「水師遠征，爲何連軍情都沒有傳回來，莫非是出了什麼事故？」

沈傲道：「本王就是事先回來傳消息的，水師還在歸程上，本王便坐了炮艦先回來稟告軍情了。」

等到沈傲與吳文彩都進了廳裏，吳文彩臉色一變，道：「越國戰事如何了？」

沈傲正色道：「先是拿了占城，此後一路北上，取下升龍，越國宗室三百餘人已經

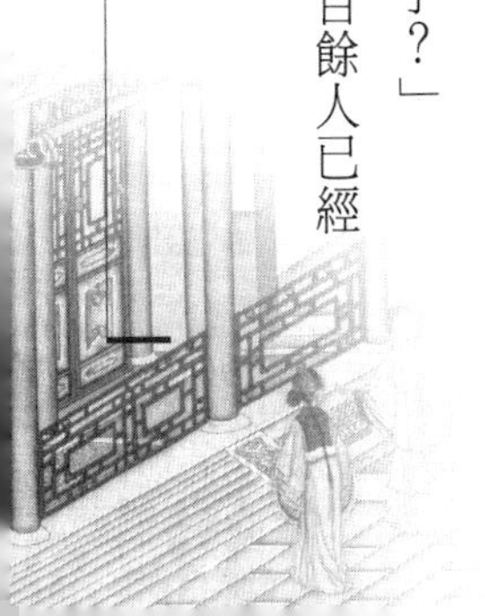

全部押上了船，回泉州之後再明正典刑。」

吳文彩不禁搓著手，道：「當真？」

沈傲倒是笑了：「這有什麼可作假的。」

吳文彩道：「殿下沒回來的時候，泉州人心惶惶，尤其是藩王那兒，更是左右搖擺……」將那努努王子的事一併說了。

沈傲聽了笑道：「努努王子，他爹怎麼取一個如此欠揍的名字，這件事你不必和本王說，他既然已經認罪，唆使人當街行凶，我大宋律該怎麼判決就怎麼判決。」

吳文彩臉色驟變：「殿下的意思是……」

沈傲危襟正坐：「王子犯法與庶民罪同，本王什麼意思都沒有，只是教你們按章辦事。」

「可是……」吳文彩苦笑道：「昨天夜裏，不少藩王去了知府衙門，夜探那王子，看這些藩王的意思……」

沈傲想了想道：「你這麼說，本王倒是想看看那些藩王到底是什麼意思了，這件事交給本王處置吧，陛下被那努努王子氣得不輕。這也好，咱們做臣子的，君憂臣勞，君辱臣死，本王回來，索性就逗他開心一下。」

沈傲回來，吳文彩的心就放下了一半，再加上水師的勝利，也讓他有了底氣，便笑道：「好，一切聽殿下安排，這些藩國攪得泉州不寧，也該殿下收拾一下，說不準反而能讓他們收斂一些。」

沈傲喝了口茶，眼中閃露出深邃的光澤：「氣一氣也好，權且是引蛇出洞，哪些是對大宋死心塌地，哪些是首鼠兩端的，今日記清楚了。海政要深入，就要有人哭，有人笑，除了恩澤雨露，還要有雷霆萬鈞。」

這時已到了辰時，泉州居然放晴，大風偃旗息鼓，暖和的太陽照耀下來，透過窗格，照得沈傲的臉略帶幾分紅暈。沈傲道：「時候不早，本王也該覲見去了，這件事，本王還要和吳大人好好推敲一下，吳大人，告辭。」

吳文彩連忙起身道：「殿下這麼說，倒是壞事成了好事，聽得下官振聾發聵。」

沈傲淡淡一笑：「許多話看上去很有道理，可是大多數人卻不能去做，有的是不敢，有的是有心而無力。吳大人其實也不是沒有想到，只不過不合時宜而已，那本王就來做，反正本王這輩子都別想翻身了，注定了要被人誤解，那就索性再多一點罵名也無所謂了。」

沈傲舒服的伸了個懶腰，略帶疲倦，朝吳文彩淡淡笑道：「你不必送，這裏距離行宮才幾步路，本王自己走。」

趙佶其實每日大清早就會醒來，這本和他的生活習性不同，只不過近來正服食丹藥，這丹藥需用清晨的露水服用最佳，露水採摘了來，也有時鮮，時候過了就污濁了，所以趙佶儘量起早一些，吃了丹藥才用膳。

昨天的火氣還沒有消下去，所以用罷早膳，楊戩見天氣放晴了，小心翼翼的道：「陛下，今個天好，要不要出去走走？」

趙佶搖搖頭：「不必，朕全身乏得很，也沒這心情，去叫人買一份邃雅周刊來，待會兒朕要看。」

他突然道：「紫蘅爲什麼總是躲起來，畢竟是朕的侄女，哪有三天兩頭看不到人的，朕到了這裏，總要看著她。」

楊戩心裏說，那清河郡主成日往畫坊和成衣鋪子裏跑，怎麼肯捨得來覲見。不過這句話他當然不敢說，訕訕笑道：「許是做了妻子，有了嬌羞的心思。」

趙佶不由哈哈一笑，道：「你莫要替她遮掩，朕知道，她是去畫坊了，都說那畫坊是個好地方，朕卻一直沒有去，有空，你陪朕去吧。」

所謂畫坊，其實就是類似於書畫的批發市場，不過裏頭的書畫參差不齊，有一些名人的真跡，更多的都是贗品，或者是一些討生活的讀書人作了書畫拿來典賣的作品。

裏頭最有趣的地方，就在於書畫琳琅滿目，據說一日成交的書畫就超過上萬幅之多，除了有些行家想淘點真跡，也有一些人買回去裝飾廳堂。番人光顧的也不少，許多番人臨回國時，總要帶些紀念回去，別的東西太俗，唯有這書畫總是和俗氣不沾邊的。

楊戩應了一聲，眼珠子一轉，道：「奴才陪著陛下去，只怕不能讓陛下盡興，倒不如等平西王回來，陪陛下一道去，那才有意思。」

趙佶露出期待之色，隨即嘆息道：「只怕不會這麼快回來，哎，勞師遠征，若是真出了事，客死異……」他覺得這個詞兒不吉利，立即收了話音，繼續道：「好了，這裏沒你的事了，不必伺候，你也去歇一歇吧。」

楊戩應了。

這時候外頭有人叫道：「天晴咯，有誰願意一起去曬衣服的嗎？」

趙佶聽到沈傲的聲音，以爲聽錯了，沉著臉道：「是誰在大聲喧嘩？」

楊戩道：「不是平西王是誰，啊呀，他回來了？」

趙佶也是目瞪口呆，心裏說，怎麼回來的這麼快，道：「傳他進來，堂堂親王，在外頭大喊大叫的成什麼體統。」

楊戩小跑過去，果然看到沈傲穿著一件尨服，戴著進德冠，笑呵呵的朝他擠眉：「泰山大人好，這麼些時日不見，泰山大人居然瘦了，這是怎麼回事？」

楊戩見他笑吟吟的，也笑起來：「少囉嗦，陛下叫你進去。」

沈傲含笑，低聲道：「越國的瑪瑙有沒有興趣？明日送幾斤過來。」

楊戩倒吸了口涼氣，道：「幾斤……」

大宋產的瑪瑙不多，自然是物以稀爲貴，平時一小塊就價值數百貫了，沈傲卻沒事人一樣一出手便是幾斤，真真是駭人一跳。

楊戩壓低聲音，生怕裏頭的趙佶聽到，道：「哪裡來的？」

沈傲很是沉重的口吻道：「越國朋友們送的，你若是不收，人家還說你不近人情，哎，小婿清清白白的一個人，爲什麼總會遇到這麼多不著調的人。弄得好像小婿滿腹貪欲一樣，小人之心，小人之心哪。」

楊戩呵呵一笑，不好再多問了，道：「進去吧，陛下急著見你。」

沈傲跨步進去，看到趙佶沉著臉坐在案後，心裏立即明白了，這時候趙佶越是沉著臉，反而是最歡喜的時候。於是立即拜倒：「微臣見過陛下，吾皇萬歲。」

趙佶撫案：「朕也想益壽延年，可是撞到了你，便是能萬歲也要氣死。」

沈傲抬眸，驚訝的道：「陛下何出此言？」

趙佶道：「你先坐下說話。」

沈傲大喇喇的坐下，趙佶看了他的坐姿，露出會心笑容，這世上在趙佶身邊坐下的人，哪個不是輕輕坐著一個角，欠著屁股，一副誠惶誠恐的樣子，偏偏這沈傲不知真傻還是假傻，讓他坐，他還真坐的一點客氣的意思都沒有，連腿都架起來了。

趙佶只好呵斥道：「要坐就坐，不許架腳。」

沈傲只好把腳放下，雙手搭在膝上，難得露出幾分老實巴拉的樣子。

趙佶才道：「伐越的事如何了？」

趙佶其實對伐越並不抱希望，沈傲回來的這麼早，不過才兩個多月的功夫，從泉州到大越，來回也要一個多月，偌大的越國，豈是月餘功夫就能攻克的？唯一的解釋就是水師鎩羽而歸，只好先行撤退。

趙佶雖然心裏不痛快，可是看到沈傲平安回來，總算有了幾分寬慰，想著等下沈傲苦著臉道了苦衷，自己寬慰他幾句。

看到趙佶一副失望的樣子，沈傲從椅上站起來，躬身作偮道：

「托陛下洪福，水師將士用命，南洋水師先克占城，一路北上，勢如破竹，越軍屢戰屢敗，直搗升龍城，此後大敗越軍，越人無奈，拿了他們的國主，開城而降。此次殲賊四萬餘人，大獲全勝，越國舉國而降，李氏宗室三百餘人，已經全部押解回京。此次陛下欽命微臣弔民伐罪，解救越民於水火，越人感激涕零，送來萬民傘十萬柄，進獻陛下禮物無以數計，越國上下官員，紛紛上疏陛下，請陛下爲越國蒼生計，下旨裁撤越藩，設安南都護府，永保越國安寧。」

「除此之外……」沈傲舔舔嘴，笑吟吟的道：「越國已經派出官員三十名，隨水師前來泉州覲見陛下，以示投誠之意。只不過李氏的宗室和越國官員與水師同行，微臣先來了一步，多則半月，少則數天，水師就會抵泉州了。」

趙佶聽了，起先是不信，以爲沈傲又是吹噓，可是聽到越國舉國而降，又拿了李氏宗室，更有越人的上疏，便確信無疑，不禁拍腿道：「好！」

趙佶本就是個喜形於色的人，更何況是這一樁大喜事，心中的大石非但落地，而且這赫赫武功，足以與任何君王不遑多讓，很有一種揚眉吐氣之感。這一戰，雖是倚強凌弱，可是三月不到的功夫便滅人邦國，這才是真正出彩的地方。

趙佶連說了幾個好字，道：「有這喜報，朕這泉州算是來對了，這是天大的喜事，有功的要重賞，沈傲，這麼說，那一日拿下占城的捷報並不是虛詞了？南洋水師爲何如此神勇？」

沈傲道：「微臣對南洋水師時時教導陛下的恩德，因此一到戰時，人人爭先，個個奮勇，都願爲陛下效力，爲我大宋流血。水師雖是遠道而來，占城的越軍雖然以逸待勞，可是微臣軍令一下，天子門生衝在最前，親冒矢石，於是全軍士氣大振，小小越人蠻夷，豈可抵擋，自然四散奔逃……」沈傲很無恥的補了一句：「紛紛驚呼我壯哉南洋水師不可戰勝。」

趙佶聽了更是大悅，他人一激動，便不自覺地站起來，在廳中來回踱步，道：「很好，我大宋以文孝治國，可是武備也不能荒廢，南洋水師絕天下之冠，都是你的功勞，也是朕的那些門生用命的結果。」

說到自己的門生，雖說趙佶並沒有與校尉有太多的接觸，卻仍然覺得有幾分驕傲。笑吟吟的道：「你做的很好，朕要如何賞你……且慢……」

趙佶突然想起什麼，臉色又微微板起來：「既然是勢如破竹，爲何不立即送捷報來？」

沈傲早有說辭，道：「微臣先是送了捷報來，後來被陛下痛責了一頓，微臣並沒有怪陛下的意思，其實這戰果，連微臣都覺得吃驚，更不必說遠在千里之遙的陛下不相信了。因此微臣便想，捷報的事暫時壓下，直到大獲全勝，勝負分曉，微臣也不敢耽誤，立即先行回泉州，給陛下報喜。」

這個理由沒有任何可指摘之處，趙佶頷首點頭：「不錯，也怪朕小人之心度君子之腹。」

沈傲道：「陛下若是小人，微臣哪敢稱君子。眼下當務之急，是不是該立即裁撤越國，建立安南都護府，以安越人之心？」

趙佶慎重起來，在廳中慢慢踱步道：「裁撤越國，只怕各藩心中不安。」

沈傲正色道：「陛下，治理藩國，需恩威並施，誠心依附的，我大宋自然給予優渥，可是如越國這樣的狼子野心，若是不滅其國，則天下的藩國都會想，越人如此罪大惡極，尚能延續社稷，到時候，只怕各國更不以爲意了。」

趙佶頷首道：「你說的也有道理，朕這便下旨意，交由三省六部討論，待他們有了個章程，再報到朕這邊來。」他哈哈一笑，心情爽朗的道：「朕有平西王，可以高枕無憂了。」

沈傲心裏想，這句話倒是沒說錯，辛辛苦苦跑上跑下確實是一件不太容易的事，於是笑吟吟的生受了趙佶的這番感嘆。

趙佶又道：「努努王子的事你知道嗎？」

沈傲道：「微臣是清早到的，唯恐打擾了陛下安寢，所以先和吳大人說了幾句話，這件事吳大人已經知會微臣了。」

趙佶雙眉凝起：「這個努努王子，著實可恨的很。」

沈傲道：「陛下息怒，不過陛下既然討厭他，那麼微臣不如給陛下看一齣好戲如何？」

趙佶不由道：「什麼好戲？」

沈傲的臉上凝起一層冰霜，眼眸中閃過一絲冷意，一閃即逝之後，卻換上了一副溫和的笑容，慢悠悠的道：「陛下到時候便知道。」

趙佶含笑道：「你倒是和朕賣起了關子。」他伸了個懶腰，有了幾分精神：「本來朕今日是不想出去走動的，可是既然你回來了，那就隨朕出去走走，去畫坊看看，紫蘅呢，把紫蘅也叫上。」

沈傲有些疲倦，可是看趙佶興致盎然，便也打起精神，道：「那就叫人去把紫蘅叫來，陛下能賞口茶喝，提提神嗎？」

趙佶朝楊戩努努嘴，楊戩立即端了一杯茶來，沈傲先將茶盞抱在手上，道：「微臣準備的這齣戲，還要等咱們水師返程時再開演，陛下先少待幾日，到時候保準讓陛下大開眼界。」說罷輕輕的喝了口茶，呵呵笑道：「武夷茶果然醇香，許久沒有吃過了。」

趙佶道：「用過了早飯嗎？」

沈傲搖頭。

趙佶便道：「去，拿些糕點來給平西王填填肚子。」

楊戩叫了個內侍端了糕點來，沈傲就著茶一邊吃糕點，趙佶坐在一旁看。沈傲立即露出一副不自在的樣子，道：「陛下，微臣會臉紅的。」

趙佶哂然一笑，故意朝楊戩道：「邃雅周刊買來了嗎？」

楊戩叫人送來，趙佶便坐在椅上翻閱周刊。

趙紫蘅聽到沈傲回來，且驚且喜的梳洗了一番，飛快的來了，一見沈傲，連向趙佶行禮都忘了，粉拳砸了沈傲幾下，眼中泛出淚來，撅著嘴道：

「沒心腸的東西，還說什麼旅行，到了泉州，我倒像是累贅一樣，也不陪我玩。」

沈傲拼命咳嗽，連忙喝了口茶才順了氣，道：「這不能怪我，冤有頭債有主……」

沈傲朝趙佶那邊瞥了一下，道：「總之我是欽命征伐，總不能抗旨不遵？」

趙佶立即咳嗽，將邃雅周刊放下，道：「好了，好了，新婚燕爾，哪有這麼多胡話，楊戩，去準備車駕。」

三人一道出了行宮，外頭的陽光暖和和的，照在身上很是舒服，剛剛下過了雨，所以天氣還有些冷，沈傲問趙紫蘅要不要加件衣衫，趙紫蘅說不必，說罷挽住了沈傲的手，笑嘻嘻的湊著沈傲低聲說話。

趙佶這時才意識到不太對勁，總覺得方才的提議太不合時宜，便將楊戩叫到一旁來，低聲的說幾句話。

上了車駕，自然是趙佶一乘，沈傲和趙紫蘅一乘，在趙佶面前總還算大致安分，可是一進了車廂，整個人便倒在沈傲身上，用手去擰沈傲的腰：

「早知我就不來了，你這沒良心的，待會兒你非要陪我淘幾幅真跡不可。」

沈傲道：「誰的真跡？」

趙紫蘅道：「顧愷之的最好。」

沈傲聽得心顫，顧愷之流傳於世的畫作，滿打滿算也就這麼幾幅，大部分不是收入寺廟就是皇宮內庫，外頭哪裡還有什麼真跡。便安慰她道：

「顧愷之？紫蘅，你落伍了！」

趙紫蘅睜大眼睛，道：「怎麼？」

沈傲一副痛心疾首的道：「現在早已不流行顧愷之的畫法了，況且此人人品太壞，三歲暴露下體，四歲偷看女人洗澡，五歲……」

趙紫蘅一開始聽了還只是嘻嘻笑，等到沈傲繼續道「十三歲時，去學人吟詩彈琴……」趙紫蘅氣呼呼的道：「原來他也作詩？」

沈傲道：「作詩其實也沒什麼不好嘛，不過，我們這位顧大才子作詩幾乎到了廢寢忘食的地步，還說平生可以無畫，不可無詩。」

趙紫蘅瞪著沈傲道：「你是不是騙我？」

沈傲立即道：「豈敢，豈敢。」

趙紫蘅一歪頭：「那就不去尋他的真跡，那你說時新最流行哪個畫師？」

「楊潔！」沈傲毫不猶豫的道。

趙紫蘅一頭霧水，似乎在腦海搜索這個名字，好一會才大是洩氣的道：「此人的畫作比起顧愷之差得遠了。」

沈傲心裏想，小祖宗，人家雖然作畫的技巧不如顧愷之，可是人家的作品多啊，流傳於世的沒有一千也有幾百，沈傲依稀記得，從前自己就是與周恆、周若合夥，拿著楊潔的畫去招搖撞騙，才賺到了邃雅山房的起步資金，這楊潔，真正是沈傲的幸運星。

沈傲孜孜不倦道：「楊潔的畫，看上去似乎缺了神韻，可是畫風流暢，一氣呵成，也算是自成一派。再者說，楊潔對作畫很是虔誠，每次畫畫時，都要焚香淨手一番，吃了齋飯才動筆。癡畫如此，後世之人誰能比得過？」

趙紫蘅不自覺的道：「倒是和我的性子很像。」

沈傲笑吟吟的看著趙紫蘅，趙紫蘅便道：「那好，去淘幾樣他的真跡來，權當是看在性情相同的份上。」

沈傲鬆了口氣，心裏念：阿彌陀佛，顧大畫師泉下有知，千萬不要記恨我，要記恨，就尋楊潔去。

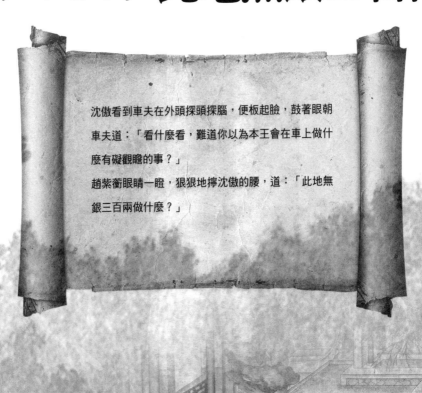

第一六四章 此地無銀三百兩

沈傲看到車夫在外頭探頭探腦，便板起臉，鼓著眼朝車夫道：「看什麼看，難道你以為本王會在車上做什麼有礙觀瞻的事？」

趙紫蘅眼睛一瞪，狠狠地擰沈傲的腰，道：「此地無銀三百兩做什麼？」

畫坊位於泉州新城的邊沿，這新城商業繁華，所以從碼頭往畫坊過去，一路都是接踵的行人，馬車走不快。昨日下了暴雨，如今出了太陽，出來閒逛的人又多，雖然不是下工時間，卻也是人擠著人、揮汗如雨了。

沈傲在車廂裏，對趙紫蘅滿口都是大道理，聽得趙紫蘅眼眸中似乎多了一層薄霧，欣喜地看著他。

「從前還不曉得原來你知道這麼多東西。」趙紫蘅嘻嘻笑道：「倒是我撿到寶了。」

沈傲臉色一沉，一副很有風骨的大儒風範道：「像你夫君這樣的男人就像是儲藏百年的美酒，時間越長，越是醇香。」

趙紫蘅看著她，身子挨著沈傲，道：「你這是什麼酒？」

沈傲一把將她摟在懷裏，又變得不太正經了，俯下身，幾乎用下頷頂住趙紫蘅的額頭，道：「嘗一嘗不就知道了。」

趙紫蘅嘻嘻笑著，雖有些羞怯，反抗卻不劇烈，沈傲封住她的薄唇，伸出舌尖粗暴的頂入她的香口，攪動一番，舌尖帶著甘甜火熱，趙紫蘅嚶的一聲，呼哧呼哧用鼻子喘氣，這如蘭的吐氣芬芳環繞在沈傲的鼻尖之下，讓沈傲更是激動，手不自覺的抄了趙紫蘅的衣襟探進去。

趙紫蘅發現沈傲的手搭住了她的嬌羞處，張大了美眸，無奈嘴被沈傲封住，想要嗚嗚抗議，卻又怕外頭的車夫和侍衛聽見，身軀只好不安地蠕動，誰知這一動，酥胸也隨之顫抖，堪堪落在沈傲手裏。

趙紫蘅不敢動彈，漸漸地也變得火熱起來，良久之後，二人才分開，趙紫蘅氣鼓鼓地道：「你身上有一股鹹魚味道。」

沈傲滿意地摟住小郡主，道：「這有什麼辦法？海中行船，淡水本就少，十天半個月不洗澡是常有的事，難道我會告訴你許多人甚至一年半載都不洗澡嗎？」

趙紫蘅便軟化了，道：「在海上真辛苦，你累不累？陛下也真是，明知你剛剛回來，也該讓你梳洗一下，好好地睡一覺，再陪他出來。」

沈傲突然覺得這時的趙紫蘅實在不像從前認識的趙紫蘅，或許是嫁作了人婦，心理發生了變化，或者是在她粗暴的外表下，其實也隱藏著溫情。

趙紫蘅見沈傲不說話，仰起臉道：「怎麼了？」

沈傲嘆了口氣道：「其實十天半個月不洗澡算不上什麼，真正難受的是十天半個月連紫蘅都看不到，紫蘅，我在船上的時候真真想死你了。」

沈傲突然覺得有點無恥，因爲他本想說的是看不到女人難受，在船上想女人，可是立即改成了紫蘅。

趙紫蘅依偎在沈傲手臂上，皺著鼻子道：「那你下次再去遠征什麼大越，就帶我去好了。」

馬車穩穩停下來，車夫在外頭道：「殿下，畫坊到了。」

趙紫蘅立即與沈傲分開。沈傲掀了簾子，看到車夫在外頭探頭探腦，便板起臉，回眸看了臉頰上嬌羞還未褪去的趙紫蘅一眼，鼓著眼朝車夫道：「看什麼看，難道你以爲本王會在車上做什麼有礙觀瞻的事？」

趙紫蘅眼睛一瞪，那溫柔霎時變得張牙舞爪，狠狠地擰沈傲的腰，道：「此地無銀三百兩做什麼？」

那車夫瞪大眼睛，不知該如何是好。沈傲也是無語，此地無銀三百兩當著眾人說出來，是人都知道怎麼回事了，沈傲明顯看到那些殿前衛眼中浮出壓抑的笑容。

沈傲先下了車，才扶著趙紫蘅下來。

趙紫蘅落地的時候，咬著唇低聲道：「我是不是說錯話了？」

沈傲只好安慰她，笑道：「放心，這車夫和護衛都是武夫，體會不了此地無銀三百兩的深意的。」

「可……可是……我總覺得他們看我的樣子……」趙紫蘅期期艾艾地道。

前面下了車的趙佶見二人踟躕不前，已經不耐煩了，趙佶換了上次在成衣鋪買來的金絲儒衫，很是倜儻，袖口張揚，對襟又用黑紋描過，穿在趙佶身上，還真有幾分大儒風範。

他舉了一柄未張開的扇骨，朝沈傲這邊指了指，道：「不要耽誤。」沈傲和趙紫蘅不再說話，只好跟了上去。

畫舫只有一條三里的長街，可是沿街的鋪面卻是一棟接一棟，裏頭都是以販賣書畫爲主，在街道兩邊，也有穿著儒衫的讀書人撐著一柄大傘，下頭擺了書案，書案上放了筆墨紙硯，當場作畫，以此兜售。

買畫之人不少，各家鋪面也是爆滿，就是那書生支起的攤子，也零零落落地擠了不少人，也有一些是慕名而來的遊客，走走停停，四處張望。

趙佶和沈傲夫婦並肩而行，看到沿街讀書人支起的攤子，不禁皺眉道：「讀書人難道也利益熏心了嗎？這般拋頭露面，不顧廉恥。」

沈傲要解釋，誰知趙紫蘅回答得更快，因爲邊上的行人多，她畢竟是女人，雖有護衛刻意把行人撞到一邊去，還是乖乖地依偎著沈傲走，她道：

「讀書人爲什麼不能拋頭露面？聖人都說，君子愛財，取之有道，他們又沒偷又沒搶，用自己的墨筆去賺些財帛又哪裡錯了？」

沈傲心裏想：果然是名師出高徒，在我的薰陶之下，居然還能引經據典了。

趙佶無言，哂然一笑，便不再理會，接著興致勃勃的盯著這沿途熱鬧，不禁感嘆：「爲何汴京都沒有這樣熱鬧，真是怪哉，走，看看那書生作畫去。」

說罷，領著沈傲和趙紫蘅到了一處人煙稀少的攤子上，一名三十多歲，戴著綸巾，穿著儒衫的書生正舉筆潑墨。這書生作畫很是認真，一雙眼睛連眨都不眨，目光落在書案上，如癡如醉。

只是他的畫在趙佶看來實在有些慘不忍睹，在尋常人眼裏，這畫或許還能入目，可是在大師看來，既看不到神韻，也沒有各種用筆的特色。

趙紫蘅忍不住撇撇嘴，道：「這畫佈局就錯了，明明是仕女圖，仕女是龍睛，怎麼身後的閣樓卻用重墨？」

趙佶也來了興致，道：「這你就不知道了，尋常人畫景，大多想用重墨來掩飾，而畫人時，往往用細筆好描出神韻，其實他們不知道，重墨、細筆的用法與這恰恰相反。」

沈傲冒出一句話：「不是不知道，只是許多人很難掌握用細筆和重墨的技巧，其實作畫重要的還是揮灑二字，畫由心生，筆隨著心走，一氣呵成，自己想像中的畫是什麼樣子，想畫出來的是仕女的天真浪漫，抑或是幽怨綿長，都用心去感受，再動筆，才算真正一窺門徑。否則就是再怎樣練筆，多是一事無成的。」

作畫的書生被這三人的議論驚動，不禁抬起眸來，眼中閃露惱怒之色，在他看來，這三人多半是誇誇其談的買畫之人，想購買自己的畫，又怕要價過高，是以狠狠的貶斥一下。書生露出厭惡之色，道：「這麼說，三位都初通門徑了？」

沈傲方才渾然忘我，這時候醒悟，也發現自己好像是在砸人招牌，剛要說幾句謙虛的話。誰知趙紫蘅滿不在乎地道：「我是一窺門徑，至於他……」她指了指趙佶：「我這叔叔也算是精通了。」她俏皮地又將目光落在沈傲身上，很是欽慕地道：「至於我夫君，那就更不必說，天下間再無人及得上他。」

趙佶開始聽到郡主說他精通，心裏還洋洋自得，後來聽到趙紫蘅對沈傲的評語，一時無語，他這人心高氣傲慣了，偏偏對這晉王一脈最是耐心，只是苦笑一下，並不以爲然。

書生炯炯有神地盯住了沈傲，淡淡道：「那麼，莊某倒要賜教。」

這姓莊的書生火氣不小，聲音很大，也不客氣，立即吸引了不少人朝這邊看過來。

其實這畫坊都是愛畫之人的聚集場所，雖然還有一些是買畫拿去裝點門面的暴發戶，可是大多數都頗有些造詣，所謂文無第一，武無第二，這作畫還算能分出高下，因此一旁的人聽到賜教二字，立即激動起來，紛紛圍攏，邊上一個也是擺了攤子出來的書生，居然連生意都不做，興沖沖地擠過來。

沈傲苦笑，眼看圍過來的人越來越多，反而壯起了膽子，不管如何，在紫蘅面前，自己不能向人認輸。便淡淡一笑道：「鄙人沈佶，敢問兄台高姓大名。」

書生見沈傲以禮相待，臉色也就緩和下來，作揖道：「在下莊鎮。」

二人通報了姓名，趙佶此時也興致盎然了，道：「老夫趙傲，倒是也想來比試一下。」趙佶的話像是和莊鎮說的，其實眼睛卻是有意無意地看著沈傲，很有醉翁之意不在酒的意味。

趙紫蘅聽了他們自報姓名，大是興奮道：

「啊……我叫趙佶傲，喂……我叫趙佶傲……」

一個不大的畫攤上，已是圍滿了不少人，都是饒有興致，有性子急的，便催促道：「要比就比，就畫仕女圖。」

莊鎮聽沈傲自報姓名為沈佶，只當沈傲的佶是吉祥如意的那個，便含笑道：「沈吉兄，請。」說罷又看了趙佶一眼，道：「趙傲兄也請。」

畫攤上有不少莊鎮的畫作，所以莊鎮並不需要動筆，在沈傲和趙佶心裏，其實二人真正的對手就只是對方罷了，並沒有把莊鎮當一回事。

沈傲還好，趙佶的臉上已經生出了些許紅暈，他的畫作得不錯，卻從來沒有在大庭廣眾之下動筆，身爲頂級畫師，自然巴不得能夠得到眾人的認可，平素那些大臣倒也都對趙佶的畫交口稱讚，可是趙佶心裏總是認爲他們的言談之中有幾分阿諛的成分，這種評價當然大打折扣，如今隱姓埋名，混跡在這魚龍混雜的街市，自己的丹青如何，終於有了個讓人肆意品鑒的機會。

趙佶深深吸了口氣，道：「誰還有書案，再擺一張來。」

過不多時，臨近的畫攤攤主立即叫人抬來書案，筆墨紙硯也都是現成的。沈傲和趙佶都著了墨，開始下筆了。

人們開始屏住呼吸，但凡願意在這畫坊一顯身手的，多少總有幾分自傲的本錢，所以大家都充滿了期待。

趙佶率先下筆，惹來無數的火熱目光。當第一點墨著下去，不少內行已經忍不住叫好了，須知無論行書還是作畫，起筆最是重要，若說起先的佈局影響到後來的作畫，那麼從起筆大致就可以影響到佈局的優劣。

趙佶的筆尖開始轉動，順勢而起，開始佈局。他時而起筆，時而落下，整個人進入忘我境界，一切榮辱都拋諸腦後，看得人流連忘返，不少人嘖嘖稱讚起來。

待畫到一半，眾人才恍然大悟，這是一幅貴婦盛裝出遊圖，畫中出遊的隊伍華麗異常，三名女眷騎馬殿後，中間兩騎是盛裝的妖媚女子，其中一個略顯豐腴，臉上含笑，

嬌媚百態。另一個削肩見骨，唇角微微上揚，略帶冷意。偏偏那消瘦的貴婦雖然冷淡，想是天性如此，可是那眼眸幽幽中，明顯有活潑愉悅的光澤。

若是豐腴的女子天性浪漫，真正精妙的卻是消瘦的貴婦所表現出來的神態，大宋立國，女子漸漸以婉約爲美，所謂喜怒不形於色，這是對君子的約束，又何嘗不是對婦人的束縛？雖是出遊，消瘦的貴婦仍然表現出那種孤傲之色，便是要刻意藏露自己的心事，以約束自己，可是那顧盼的眼眸所透露出來的愉悅光澤，讓整幅畫變得無比的生動。

待趙佶爲消瘦的貴婦點睛，霎時傳來震天的叫好，圍看的人未必能作出好畫，可是眼力多少還有，繪畫最重的是神采，只這一點，神韻就出來了，頗有畫龍點睛之妙。況且趙佶的筆力精湛，線條濃豔而不失雅秀，精緻又不呆板，構圖錯落有致，疏密自然。最妙的是佈局背景也是精妙到極點，只是用濕筆點出一些斑斑點點的草綠，不僅襯托出盎然春意，也使得整個意境清新空靈，而豐腴美婦嫵媚的神態，再配以色彩富麗典雅的服飾，與那消瘦貴婦刻意壓抑住喜悅，淡漠的表情相互映襯，整幅畫更顯張力。

這幅畫因爲不必丹青著色，又是一氣呵成，只用了一個時辰，趙佶便已經停了筆，聽到身邊無數人的叫好聲，也是神清氣爽，心花怒放，這時已有不少穿著圓領員外衣的富人排眾而出，道：「趙相公好畫，鄙人願出價五百貫購買。」

五百貫……尋常的畫師作出畫來，也不過五百文一幅而已，五百貫便是名家的手筆也未必能開出這個價錢，足以顯見識貨之人不少，甚至有人猜測，此人作畫如此精湛，天下間也不過寥寥數人與之比肩而已，這人到底是誰？

另一個道：「八百貫，我要了。」

趙佶只是淡淡一笑，並不回話，這畫當然是不賣的，只是這些商賈肯如此競價，更令他心裏生出滿足。至於那莊鎮的畫攤攤主，這時候臉上露出慚愧之色，朝趙佶作揖，羞愧難當地道：「相公高才，莊某班門弄斧，見笑。」

趙佶笑道：「無妨。」他心裏記掛著沈傲，便負著手朝沈傲的書案過去。

方才趙佶最先作畫，所以幾乎吸引了所有人的目光，再加上他用筆收放自如，圍看的人連眼睛都不肯眨一下，哪裡肯挪到沈傲那兒去？所以等趙佶往沈傲的書案走去，圍看的人又將目光轉到了沈傲處。

其實這麼多人，真正關注沈傲作畫的也只有趙紫蘅了。趙紫蘅顯然對沈傲更有信心，癡癡地站在一旁看，腳步一動都不動一下，小腿酸麻了都沒有知覺。

眾人的目光才吸引過去，沈傲的畫其實也差不多要收筆了，所畫的是工坊織紗圖，平時這仕女圖，大多都是貴婦出遊，而沈傲卻是另闢他途，去繪畫那婦人勞作的場景，這也算是一種突破，趙佶看得有趣，不禁道：「為何取材於此？」不過很快，他就不說

話了。

絲織坊在泉州已經發展到了極致，這泉州上下單絲坊就足有數百家之多，更不必說那些小規模家庭式的小作坊了，所以對泉州人來說，製絲是一件耳熟能詳的事，因爲製絲需要心思細膩，男人大多粗心，所以絲坊中多以女工爲主，也算是給不少婦人出來工作的機會。

泉州雖然開放，女工出來做活的多，不過仍是男女有別，比如這絲坊，是不允許男人進去的，便是東家也只能在外廳驗貨，而工坊裏，不管是高級的絲工還是督工，或是尋常的女工，都是女人，因此沈傲的筆下，那一個個婀娜的女性立即讓人眼中一亮，繪出了一副別開生面的場景。

眾人細細品味，起先還沒什麼動靜，可是隨後，終於爆發出一陣譁然，沈傲畫中的人物不少，可是每一個人物在小細節的描繪上都生趣盎然，熨燙婦女凝神專注的表情，恰如其分的表現了從容溫厚的心境，扯練時婦女身軀微微前傾，那種微微用力，稍咬牙關的姿態讓人回味綿長。另一個婦人則是倚著欄杆站立，還用左手挽起衣袖，好像累得微汗涔涔，又像歇息之後又要去紡織機前拉絲一樣。燒火的女孩因被火烤得甚爲灼熱，扭過頭去用衣袖遮住臉，這一幕幕場景結合在一起，很有豐富的生活氣息和情趣。

這幅畫雖然比不得趙佶的富麗堂皇、意境深遠，可若是細細品味，卻又別開生面，生動活潑。

那些想要站出來評判的，這時倒是爲難了，沈傲和趙佶的畫風完全不同，所畫的畫都是淋漓到了極致，在他們看來，天下間能有這樣筆力的至多不過十人而已，且大多都是年邁的宗師，像沈傲這樣年輕和趙佶這樣因爲保養極好而不顯老邁的卻是少之又少。

有人開始回過味來，心想，能作出這幅畫的，泉州倒真有兩個，莫非是海政衙門裏的……

「吾皇萬歲，平西王殿下千歲……」有人忍不住大叫一聲。

先是有人領悟，接著更多人緩過勁來，便也紛紛鼓噪。

趙佶想不到有人識破了自己的身分，反而笑起來，倒是護衛們這時候有些緊張了，紛紛圍攏到他身旁。

反觀沈傲那裡，因爲所帶的護衛都是殿前衛，殿前衛只顧著護衛趙佶，自己卻是孤零零的，還是趙紫蘅在他身邊，挽著他的手，低聲道：「別怕，別怕……」

沈傲道：「我怕什麼？」

這一聲萬歲、千歲，立即引來更多人，這裏本來就人多，霎時就混亂了，有還不知道發生什麼事向前推擠的，有跪下稱頌萬歲的，一時騷亂不已。

沈傲和趙佶動彈不得，四處都被人群堵住了。一開始還覺得興奮，漸漸又覺得太嘈

雜，這閒逛只怕是別想了。

趙佶終於定下神來，作出一副君臨天下的姿態，道：

「朕今日只是以畫論友，諸卿不必多禮，都起來說話，不要混亂。」

前頭的人聽了趙佶的話，一個個道了謝，便都站起來。臨街的一個鋪面掌櫃親自跑出來，道：「陛下，街市上亂哄哄的，請陛下先進店中安歇。」

趙佶頷首點頭，便在護衛的護送下進了店裏，沈傲灰溜溜地跟上去，眾人在店裏坐定，外頭仍是人山人海，不少人探頭探腦，卻又不敢進來，怕衝撞了聖駕。

那掌櫃給趙佶和沈傲斟了茶，趙佶便含笑著寒暄，道：「你這裏的生意好嗎？」

掌櫃回答：「托陛下洪福，好得很，小人雖是做買賣的，其實從前也讀過書，若沒有陛下的海政，小人只怕也不會有今日。」臉上露出的感激之色不似作僞。

說到海政，趙佶忍不住深望了沈傲一眼，頷首點頭道：「朕看到泉州這般熱鬧，也覺得歡喜。」

外頭一個書生道：「陛下的海政是曠古未有的德政，陛下看看這泉州，都是因爲這德政才有的今日，百姓各安生業，人人衣食無憂，便是貞觀盛世，依學生看也未必能有泉州的光景了。」

這些書生見趙佶可親，說話也沒什麼顧忌，有人起了頭，外頭的人就一齊發言。須知泉州的書生和汴京的書生不同，只有真正感受到這種變化的，才不會將這種變化避之如蛇蠍。

趙佶聽了，便笑起來，喝了口茶，道：「朕不過是盡心竭力，做好一個皇帝的本分而已。」這時，他反而顯得有幾分謙虛，心裏便想，今日算是真正地體察了民情，那些清流會黨處處抨擊，朕居然差點失察，誤以爲他們才是對的。

趙佶今日的興致好極了，既賣弄了一下，又聽到這麼多發自肺腑的歌功頌德，便笑呵呵地寒暄，一點架子也沒有，還親自作了一幅行書送給這店家。

海政衙門聽到趙佶和沈傲被人群圍住了，嚇了一跳，吳文彩會同馬應龍二人帶著差役立即過來迎駕，好不容易擠出一條路。趙佶才不捨地站起來，含笑向眾人招了招手，一行人出了畫坊，回海政衙門去。

從馬車上下來時，趙紫蘅鼓著嘴，今日雖然沒有淘到什麼真跡，至少沈傲和趙佶的兩幅畫落在了她的手裏，雖然有些遺憾，卻也有了補償，便興沖沖地帶著畫去裝裱了。

趙佶朝沈傲招招手，邊走邊道：「這海政是我大宋的國策，絕不可荒廢，往後再有人抨擊海政，朕決不輕饒。你是朕的肱骨之臣，其他的事可以荒廢，但是涉及到海政的，絕不能半途而廢，耽誤了國策，朕不輕饒你。」

當趙佶意識到海政成了他的政績，想法立即逆轉了，若說從前他是被沈傲推著往海

政這個方向走，可是現在，趙佶已經換上了一種只爭朝夕、急欲求功的態度。

沈傲道：「陛下，海政要繼續深入，還有一件事要做。」

趙佶道：「你說。」

沈傲道：「殺人！」他見趙佶臉色變得有點不好，立即道：「當然，並不是要請陛下動手，這種事，當然是微臣代勞。」

趙佶舔舔嘴，道：「你自己決斷吧，朕只做掌總，不問細務。」

沈傲與趙佶分手，因爲趙佶住進了海政衙門，所以沈傲的住處只好挪往他處，在不遠的知府衙門裏住著。

到了住處，馬應龍比沈傲先回來一步，巴巴的等著沈傲來，見了沈傲立即迎上，道：「殿下，到了許多訪客。」

沈傲邊走邊說道：「都是什麼人？」

馬應龍小跑著跟上來，道：「多是各藩國的使節，也有幾個藩王，下官替殿下擋了擋，能擋得都擋了回去，倒是那三佛齊國的使臣偏不肯走，一定要見殿下不可。」

「三佛齊國是嗎？」沈傲淡淡一笑：「那使臣來，是來要人的？」

馬應龍頷首點頭，道：「是，還說動手打人的是那貨郎，和王子無干，三佛齊國願意交出打人的護衛，任由我大宋處置，請殿下……」

沈傲不耐煩的打斷馬應龍，道：「無干？這倒是奇了，大庭廣眾之下，他自己親口招供，怎麼會沒干係？他們當這泉州知府衙門是什麼地方？當這裏是青樓酒肆嗎？人要爲自己說話負責。」

「那……」馬應龍道：「殿下的意思是……」

沈傲淡淡道：「沒什麼意思，該怎麼辦就怎麼辦。三佛齊國……」沈傲冷笑：「海政就要有海政的規矩，什麼樣的身分就做與自己身分相符的事，誰也不許把規矩壞了，壞了就要有人管，小朋友不聽話，本王是要打屁股的。回去告訴那使節，讓他從哪裡來，就回到哪裡去，本王沒興致見他。」

馬應龍頷首點頭，飛快去了。

沈傲到了廳堂，問校尉道：「郡主在哪裡？」

校尉道：「在裝裱殿下的畫。」

沈傲頷首點頭：「去斟茶來。」

他靠在椅上，顯得很是疲倦，小憩了一下，校尉斟了茶。沈傲又吩咐道：「燒點熱水，過半個時辰本王要洗個澡。」

正說著，馬應龍又走了過來，欠著屁股坐在沈傲的下首位置，道：「殿下，人已經

打發走了。」

沈傲抱著茶暖著手，道：「本王聽說，昨天夜裏，不少藩王都來探監？」

馬應龍道：「來的還不少，藩王就有兩個，其他的都是使臣，走馬燈似的，又不好回絕，索性讓他們看看。」

沈傲臉上浮出冷笑，道：「這就是首鼠兩端。」

馬應龍道：「所以依下官的意思，現在藩王們人心惶惶，對這三佛齊國的處置是不是從輕一些？我大宋恩澤四方，若是讓人……」

沈傲搖搖頭，道：「你也是這樣想。」他一雙眼眸直勾勾的看著馬應龍，眼眸幽深而銳利。

馬應龍垂頭道：「是，下官愚昧，若是有失當之詞，還請殿下勿怪。」

沈傲吁了口氣，道：「對藩國不能縱容，恩是恩，罪是罪，海政想要鋪開來，首先就是要形成規矩，沒有規矩，今日有人敢當街殺人，明日就敢襲殺商隊了。讓人敬當然好，可也要讓人畏，我大宋要讓四海歸心，就是要用禮法去感化他們，用刑律去約束他們，禮法是讓他們懷德，刑律是讓他們畏威，天下的事，其實都是這個道理，一味縱容，不是好事。」

沈傲語速越說越快，道：「所以，該怎麼來怎麼來，總覺得板起臉來會被人疏遠，這是大錯特錯。今日趁著這個機會，本王要草擬一份泉州通商法令，明確各藩國的權利和義務，也要明確各總督轄區的職責，約束商賈，便是泉州，也要按著這法令來。只有這樣，藩國才知道什麼不能觸碰，什麼可以觸碰，只要不壞了法令中的規矩，自然保他國祚萬世，若是壞了規矩，越國就是他們的下場。」

馬應龍聽了，不禁道：「這方法倒是好，其實藩國怕的就是泉州朝令夕改，今日能動大越國，明日說不準就是他們，所以心裏頭也有不少不服氣的。只不過要頒佈法令，朝廷總要有個交代。」

沈傲微微一笑，道：「所以這份法令由你和吳文彩一起動筆，你們把大致的內容推敲出來了，本王再來過目，最後再交給陛下增刪一下。陛下那邊點了頭，朝廷能有什麼話說？」

馬應龍道：「好，下官這就去和吳大人協商。」

沈傲道：「且慢，先不要急，這法令的細節，本王還要先給你們說一下。」說罷將自己心中的想法大致說出來，馬應龍認真聽了，才告辭出去。

沈傲這時也真是乏了，去洗了個澡，便回房裏睡下。

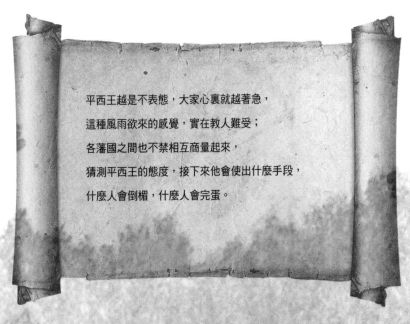

第一六五章 風雨欲來

平西王越是不表態，大家心裏就越著急，
這種風雨欲來的感覺，實在教人難受；
各藩國之間也不禁相互商量起來，
猜測平西王的態度，接下來他會使出什麼手段，
什麼人會倒楣，什麼人會完蛋。

泉州城的風向和幾日前相比大是不同，從前是人心惶惶，尤其藩王聽到泉州知府拿了三佛齊國王子，立即炸開了鍋，先是征大越，勝負還沒見分曉，又是拿三佛齊國，海政才幾年功夫，此前承諾的事能不能兌現還不知道，現在就要打要殺了。

再加上許多人心中認定了南洋水師在越國受挫，因此對大宋也起了輕視之心，不少藩王、藩臣勾結起來，四處議論長短，更有甚者，揚言要打道回國，這萬國展覽，不參加也罷。

鬧得最凶的自然是隨努努王子來的三佛齊國使臣，三佛齊國這邊幾次勒令海政衙門交人，語氣越來越不客氣，甚至還說，若是大宋不交出人來，三佛齊國立即撕毀此前的約定，收回總督轄區，與大宋再不往來。

鬧到這個地步，其實說來說去，重點還是南洋水師，許多人對南洋水師沒有信心，自然而然的也就非議不斷了。

南洋水師一戰，見證了大宋的實力，在他們看來，大宋只是輕輕勾了勾手指頭，就將一個橫行多年的惡霸打倒，藩國們除了瑟瑟作抖之外，哪裡還敢說出什麼怨言。

所以今天正午收到消息的藩王、使節們，決口不再提去探望努努王子的事，而是一個個巴巴的要來求見這位如日中天，權傾天下的平西王。結果剛剛自報家門，便被泉州知府統統擋了回去。

對於平西王這種不吭聲的態度，各藩國更加覺得心驚膽戰，他們十分清楚，此前自己確實說過一些重話，還有的人更是叫囂過幾句，依著那位平西王的性子，這些話若是傳到他的耳中，大家還有好果子吃嗎？

平西王越是不表態，大家心裏就越著急，這種風雨欲來的感覺，實在教人難受，可是人家不見，他們又能如何，於是自然而然的，在疏遠了三佛齊國人的同時，各藩國之間也不禁相互商量起來，當然，這一次不再是咒罵，而是猜測海政衙門，猜測平西王的態度，平西王要做什麼，有些不該說的話是不是傳入了他的耳中，接下來他會使出什麼手段，什麼人會倒楣，什麼人會完蛋。

時局越是不明朗，大家就越著急。他們哪裡知道，其實沈傲根本就沒有盤算整治他們的心思，所有的精力，都放在了法令的起草上。

爲了草擬法令，吳文彩、馬應龍，甚至還有幾個泉州頗有些聲望的大商賈，幾乎每隔兩個時辰就要來拜謁一次，有些東西沈傲不說清楚，大家也不好動筆，沈傲倒也有耐心，有時也和他們商量，有時卻是乾坤獨斷，不容別人一點反對意見，有時又會主動下條子去徵詢各總督轄區的主意。

在沈傲看來，這法令才是泉州海政深入的根本。

永和四年六月初一，晴空萬里，看不到一絲霞雲。

南洋水師艦隊終於返航，疲倦的水兵望到了大陸，立即爆發出陣陣歡呼，岸上的人見到了凱旋而歸的將士，同時爆發出歡快的叫聲。

楊戩帶著旨意，穿著大紅的禮服，親口宣讀了聖旨，以示嘉勉。隨後，吳文彩與馬應龍等泉州上下官員，紛紛到港口犒勞水師，現場很是喧嘩，各家商鋪門口都放起了炮仗，喜氣洋洋，整個泉州沸騰起來。

一些藩王、番使也都躲在人潮中，看到水兵們精神奕奕宛若長龍一般從各處棧橋密密麻麻地走出來。用繩索押著的俘虜不少，更有一些越國官員灰溜溜地跟在隊後，這些人在越國要嘛是天潢貴冑，要嘛是達官顯貴，可是今日，卻像是抽空了一樣，沒骨氣的已經號啕大哭了。

各國藩王、番使們見了，心中不禁生出兔死狐悲之感，很是害怕。

不過有心人也察覺到平西王今日並沒有出現，平西王雖然提前數天回到泉州，可是自從一次出現在畫坊之後，就一直沒有拋頭露面，藩人們開始猜測起來，有的幻想好的結局，有的已經做好了最壞的打算。

這個決定千萬人命運的男人，據說書畫無雙，號稱大宋第一權臣，現在到底在打什麼主意？他的心裏又在盤算什麼？藩人們感覺有一把刀，架在了他們嫩生生的脖脊上，這刀閃露著寒芒，鋒利而妖異，不知什麼時候，就會脆生生地斬下。

藩人怕了。

知府衙門，偏廳裏，數個博士坐在書案後交頭接耳，偶爾會嚶嚶嗡嗡的商討什麼，有時奮筆疾書，將書稿送到上首位置的案牘上，這案牘後，沈傲盤著腿，將一份份書稿撿起來，看過之後，再叫來侍立一旁的博士，低聲耳語幾句，博士頷首點頭，將書稿送出去。

偶爾，吳文彩、馬應龍也會送來一些急需擬准的意見，沈傲從容不迫地看了，或是凝眉沉思，或是淡淡一笑，抑或是露出欣然之色。

再有些時候，幾家商會的會長，也會請到這偏廳來，沈傲與他們交談幾句，有時也衝他們發幾句火，不過大多數時候還是帶著笑容，這笑容有些僵硬，不過沈楞子給你笑，誰能在乎真偽？受寵若驚都來不及。

各種各樣的條文，開始整理造冊裝幀起來，這些瑣事當然都是博士們完成，沈傲有時從偏廳中出去，搬了籐椅到天井邊去納涼，那裏有葡萄架子，倚在籐椅上，搖著白扇，吃一口冰鎮的武夷茶，說不出的透心涼。

趙紫蘅也會來，不過她說話有時喳喳呼呼，將那些埋首案牘的博士嚇了一跳，漸漸

地，博士們也麻木了，便是郡主拆了屋子，他們也能表現出泰山崩於前而色不變的君子風範。

到了六月初三，吳文彩興沖沖地拿了一本裝幀好了的冊子交在沈傲手裏，道：「殿下，完成了。」

沈傲頷首點頭，打開冊子，這冊子共是一百三十四頁，每一頁，都是密密麻麻的小字，連他自己都不相信，這一折騰，居然折騰了這麼多，不忍去看那密密麻麻的楷書，合上冊子，冊子的首面，赫然龍飛鳳舞地寫著：通商令。

沈傲興沖沖地站起來，道：「我這便去行宮見陛下，吳大人，你去知會各國藩王、使節，告訴他們，本王有請，明日在海政衙門相見。」

吳文彩叫住沈傲，道：「殿下……」

沈傲駐腳，道：「吳大人有事？」

吳文彩道：「殿下當真要將這法令給官家斟酌刪減？這麼多，只怕陛下非要眼花繚亂不可。」

沈傲呵呵一笑，道：「就是眼花繚亂才好。」興沖沖地前往行宮，通報一聲，隨後直接進去。

趙佶正在研究一樣新鮮的玩意，就是羅盤，或者叫司南。這東西大多用於航海，在趙佶手裏，卻成了一件難以理喻的稀罕物，見沈傲來了，立即正經起來，叫人把這玩物收起來，正襟危坐地宣沈傲進屋。

沈傲行了禮，笑吟吟地道：「陛下這幾日都沒有出去玩嗎？」

趙佶道：「張弛有度才成，朕先歇幾日。」

沈傲笑吟吟地道：「陛下還記得微臣前幾日說過，這泉州要立通商法，以此來做海政的奠基嗎？法案的事，微臣不敢擅自做主，只是擬出了個章程，還請陛下過目，陛下慧眼識炬，由陛下來把關，就再好不過了。」

趙佶笑道：「朕起先還以為是戲言呢，來，拿朕看看。」

沈傲將通商法的冊子遞交過去，趙佶原本想認真看看，可是看到裏頭那密密麻麻的小字，立即腦袋出奇的大，臉上還帶著笑容，裝模作樣地看了看，隨即道：「就這麼辦吧。」

沈傲眼中閃過一絲得逞的竊喜，連忙將冊子接回來，收到袖子裏，隨即道：「陛下，微臣還有一件事，明日請陛下移駕海政衙門，微臣特意做了一場戲，陛下也去一睹為快才好。」

趙佶道：「什麼戲？」

沈傲臉色平淡，道：「殺人建信。」

趙佶不禁笑起來，道：「朕只聽說過立木建信，你是不是又要胡鬧了？」

沈傲正色道：「臣不敢胡鬧，陛下只需知道，微臣這麼做，一切都是爲了陛下，爲了海政。」

趙佶頷首，沉吟了一下，道：「你叫朕去看刀光劍影嗎？朕若是去了，只怕會惹人非議……」他猶豫了一下，還是點頭道：「好吧，朕權當走一遭，湊湊趣。」

沈傲鬆了口氣，笑吟吟地道：「陛下聖明。」

海政衙門外的長街已經肅清了，一隊隊手執長戈的水兵出現在街頭，行人勿近。

沈傲騎著馬，慢悠悠地帶著一隊校尉過來，看了看天色，抿了抿嘴，似乎想說什麼，卻笑著搖了搖頭。

落了馬，沈傲便帶著人直接進入海政衙門，這時，在海政衙門的大堂，已經坐滿了人。

海政衙門的大堂頗爲寬敞，畢竟這裏總攬四十三個總督轄區的事務，甚至南洋水師，福建路以及廣南路的海政都歸這海政衙門統轄，因此海政衙門的規模在整個大宋也是數一數二的，單文吏就有四百餘人，再加上各種雜七雜八的差役，足足上千之多。這麼多人，辦公的地點自然寬敞無比。

只是這裏再來了一百多個使節、藩王，還是略顯得有些擁擠，再加上兩旁那虎視眈眈按刀而立的校尉，更是讓堂中平添了幾分肅殺之氣。

來賓都沒有竊竊私語，正襟危坐地等候正主兒來，外頭有人叫了一聲：「平西王到。」

大家都爭先恐後地站起來，眼睛朝著一個方向注目，接著沈傲跨過門檻，慢吞吞地踱步進來，堂中終於有了幾分生氣，大家都帶著笑，紛紛作揖：「殿下好，殿下辛苦。」

沈傲繃著臉，不去理會他們，這姿態，頗有幾分你全家都欠我錢一樣的架勢。

沈傲慢吞吞地挪步在堂中一站，環顧四周，沈傲突然道：「人都來齊了嗎？」

吳文彩從座位上站起來，道：「都來齊了。」

沈傲卻突然道：「不對。」

大家被這神神叨叨的傢伙攪得心驚肉跳，心裏七上八下的，聽到沈傲說不對兩個字，又不知多少人瞳孔收縮了一下。

沈傲繼續道：「陛下還沒有來，這是爲什麼？」

吳文彩想說，陛下想必是耽誤了。可是沈傲卻獨自道：「看來陛下是心中不悅，是以姍姍來遲了。好端端的一個萬國展覽，陛下御駕親臨，這是何等的榮幸？你們來說說

看，說說看……」

沈傲的眼睛朝這四座的人看過去，害得藩王、使節們立即站起來，大氣不敢出。

沈傲再不說話，大咧咧地坐下，叫了一盞茶來，獨自喝茶。

藩王們你看看我，我看看你，都在用眼神相互交流，似乎在相互打聽，方才平西王那一番話，到底是意有所指，還是隨意脫口而出？

終於，楊戩的聲音傳了進來，道：「陛下駕到。」

以沈傲爲首，吳文彩、藩王、使節們紛紛站起，一齊迎駕。

趙佶穿著冕服慢吞吞地進來，看了沈傲一眼，什麼話都不說，直接坐上堂中的首要位置。

氣氛開始濃重起來，趙佶朝沈傲淡淡道：「沈愛卿，你叫朕來看戲，朕想聽聽看，這戲在哪兒？」

沈傲呵呵一笑，道：「陛下，好戲要開鑼了。」他站起來，負著手，大叫一聲：「將越國的宗室、官員全部押上來。」

一聲令下，早已預備好的校尉押著熙熙攘攘的人進來，這裏面，有大越國的宗室，一個個衣衫襤褸，面黃肌瘦，身後的校尉也不客氣，伸腿一蹬，直接踢在他們的後腿肚子上，叫一聲跪下，這些從前人五人六的宗室頃刻間跪倒了一片。

還有一些穿著越國服飾的官員這時也紛紛跪倒，口中道：

「下臣見過大宋天朝皇帝陛下，見過大宋天朝平西王殿下……」

廳堂中，更顯得擁擠起來，緊接著，兩個校尉又押了一個人進來，正是被軟禁多時的大越國王李公蘊，李公蘊臉色慘白，整個人像是抽空了一樣，倒是有幾分風骨，掙扎著不跪，一雙眼睛，惡狠狠地瞪向沈傲，朝沈傲冷笑。

當李公蘊被押到的時候，不少藩王更加坐立不安，從前這李公蘊是何等人？越國雄主，多少藩國在他面前不得不低聲下氣，如今卻淪作了階下囚，實在令人難以想到。

沈傲淡淡一笑，慢慢走到李公蘊跟前，道：「許久不見，越王氣色大不如前了。」

李公蘊的雙手被人反剪著，惡狠狠地道：「勝者爲王，敗者爲寇，囉嗦這麼多做什麼？何不如給本王一個痛快？」

沈傲哂然笑起來，目光一凜，道：「要痛快也容易，本王問你，你知罪嗎？」

李公蘊大笑，道：「本王何罪之有？」

沈傲眼眸闔起來，慢吞吞地道：「身爲藩臣，不守藩禮，勾結我大宋欽犯，圖謀不軌！」

李公蘊又笑，道：「圖謀不軌？本王是越國之主，隨心所欲，與大宋何干？」

沈傲反而微笑起來，慢吞吞地道：「這麼說，你是不服了？」

「不服！」李公蘊身體挺得筆直，身爲君王，雖然落到這個下場，總算還有幾分骨氣。

沈傲反手抽出腰間的尙方寶劍來，長劍出鞘，劍尖直指跪地的一個越國宗室，問：「他是誰？」

校尉道：「越王三子李開道。」

沈傲冷冷一笑，跪地的李開道看清了沈傲的意圖，大叫道：「饒……饒命……」

話說到一半，李開道喉結已經說不出話了，劍鋒刺入他的胸膛，殷紅的血順著劍尖流出來，沈傲抽出劍的時候，一腔熱血濺出來，灑在沈傲的身上。

沈傲並不去擦拭身上的鮮血，整個人面容鐵青，惡狠狠地向李公蘊瞪了一眼，若說沈傲方才還有幾分正常人的樣子，而現在，整個人已經宛若惡魔附身了。

他朝李公蘊獰笑道：「你惹到本王了，勝者爲王，敗者爲寇，是嗎？本王今日便以王者之劍，誅殺你滿門，讓越國李氏，再無立錐之地，死無葬身！」

長劍橫斬，一個越國宗室被沈傲劈下手臂來，痛得哇哇大叫，整個堂中瀰漫著一股森然的氣氛，所有的藩王都是嚇得魂飛魄散，連坐在首位上不發一言的趙佶，這時也故意將眼睛別開去。

李公蘊的臉色已經有了一絲鬆動，這時，沈傲一把衝到他的身前，手中的尙方寶劍還在滴著鮮血，沈傲獰笑道：

「泉州的規矩是我大宋皇帝立下的，誰敢壞了規矩，你就是他們的榜樣！來人！把這些人全部押下去，統統斬首示眾，至於李公蘊……車裂！」

李公蘊的臉上露出了恐懼之色，他強咬著牙關，使自己不至於顫抖，一干人湧上來，扯住他的頭髮，將他拉倒，毫不客氣地將他拖出去，其餘的越國宗室紛紛傳出求饒，卻無人理會，全部被人扯了出去。

沈傲指了指袖口上的血，像是剛剛做完手術的醫生，臉上只是漠然，看不到任何表情。藩王的臉上均變得死灰色，從他們的眼中，可以看到一種深入心凋的恐懼，雖然都坐在椅上，可是他們明顯已經使喚不住自己的雙腿了。

沈傲冷冷道：「去，把努努王子帶來。」

努努王子被人押著，才剛剛進了門檻，立即便跪在地上，大聲道：「小王該死，小王該死，請殿下恕罪，恕罪！」

沈傲看都不看他一眼，輕蔑地道：「大膽，我大宋皇帝在此，你不先向陛下問安，是什麼居心？」

努努王子只好膝行幾步，朝趙佶不斷叩頭：「下臣見過大宋皇帝陛下，陛下萬歲，萬歲萬萬歲！」

趙佶原本綳著的臉，漸漸恢復了一些血色，遲疑了一下，道：「平身。」

努努王子膽戰心驚地站起來，可是剛剛站穩，沈傲突然道：「努努，你可知罪嗎？」

努努王子嚇得又是跪倒，連忙道：「小王知罪。」

沈傲坐回椅上，慢吞吞地道：「你自己說，你犯了什麼罪。」

努努王子道：「身爲藩臣，不守臣道，居然當街行凶，更不念上國庇護之心，大鬧泉州知府衙門，小王已經知錯了。」

沈傲吁了口氣，盯著他，淡淡道：「王子犯法與庶民同罪，你可知道，殺人是要償命的。」

那坐在椅上的三佛齊國王已經一下子從椅上癱下來，哭喪著臉道：「小兒無狀，請殿下饒他一命。」

沈傲不作理會，眼睛卻是落在趙佶的身上。

趙佶淡淡道：「死罪可免，活罪難逃。」

努努王子看到一線生機，連忙道：「甘願伏法。」

沈傲道：「既是吾皇恩澤雨露，就饒了你一命，來人，將努努押入大牢！至於那些動了手的侍衛，全部斬首示眾，以儆效尤。」沈傲從椅上站起來，冷冷道：「今日是網開一面，下次再有人敢再犯，就是殺人償命。」

藩王們見沈傲站起來，也都紛紛站起，作揖道：「再不敢了。」

沈傲的臉色緩和下來，這一下實在是把這些藩王嚇得不輕，沈傲才慢吞吞地道：「越國曾侵佔大理國、真臘國的土地，這些土地如數奉回，哪個是大理國國王？」

方才若說是雷霆萬鈞，現在可以說是恩澤雨露了，越國侵佔的領土不少，真臘國和大理國受的傷害最大，這時候聽到完璧歸趙，心中大喜過望，那大理國王段譽立即站出來，道：「下臣在。」

「他就是段譽？」沈傲看著這五短身材，面色有些黝黑的藩王，心中生出失望，隨即撇撇嘴，道：「潞州、逑州從此以後仍歸你們大理國，只是……」

沈傲淡淡道：「本王聽說，這大理國不是國王做主？」

段譽聽了，連忙拜倒在地，道：「事無巨細，都由高氏做主。」

沈傲皺起眉，道：「高氏來了嗎？」

一個身材魁梧的藩臣猶豫了一下，不得不硬著頭皮站出來，道：「下臣高進，見過殿下。」

沈傲看都不看他一眼，淡淡地道：「國事，還是由國王掌握的好，否則要國王做什麼？高進，你認爲呢？」

高進踟躕著不說話，沈傲的意思再明確不過了，言外之意，是叫他交出權來；交了，他高家淪落是早晚的事，可是不交……

沈傲眼眸如刀，掃過高進，道：「怎麼？本王的話也不回？」

高進硬著頭皮，道：「下臣……」

沈傲惡狠狠地打斷他：「你也知道你是下臣，不守臣道，人人得而誅之，這句話你可聽說過？」

「聽……聽說過……」高進期期艾艾地道。

沈傲冷笑道：「既然聽說過，從此之後，大理國自然是國王親政，你放心便是，只要交出權來，本王保你們高家無事，可若是不交權，李公蘊的下場，你沒有看到嗎？」

高進連忙拜倒：「下臣明白了，歸國之後，立即還政，絕不敢耽誤。」

他起先還有猶豫，可是沈傲那一句保高家無事，讓他總算鬆了口氣，既然平西王發話，不歸政是不可能的，李氏一族就是下場，可是真要歸政，誰能保證段式會不會進行報復？現在平西王做了保，至少高氏還有迴旋的餘地。

沈傲淡淡笑起來，道：「這就好，君君臣臣、父父子子，這就是禮，有了禮，大家各安天命，國祚才能長久，邦國才能安定。」

藩王們的心情，就如過山車一樣，先是大驚失色，等看到了殷紅的血，更是駭得瑟瑟發抖。對努努王子的從輕發落，總算讓他們定下神來，不過那死罪可免活罪難逃，又讓他們心中一緊，心裏告誡，要將這努努引以爲戒。

等到沈傲宣布退還越國侵佔的國土，不少藩國心裏生出感激，畢竟這些土地都是越人占去的，大宋便是不說，誰又敢去問？再後來，平西王責令高氏還政大理段氏的時候，所有人都鬆了一口氣。

對藩王們來說，權柄是涉及到身家性命的問題，權臣的出現不可避免，爲了保證王權不至旁落，各國宗室使用過許多種辦法，只不過……任何辦法都杜絕不了這個可能。現在，平西王一句話，不啻是從根本上解決了這個問題，國中出現了亂臣，原來還有一個辦法，那就是向大宋求助，由大宋來處置。亂臣可以欺負宗室，難道敢和天朝上邦對抗嗎？大宋擁有三支水師，其中南洋水師的力量就足以將南洋最強大的國家一拳砸個粉身碎骨，與這龐然大物對抗，實在和螳螂擋車沒有任何分別。

趙佶懶洋洋的坐在椅上，不禁打起了哈欠，這齣戲，從努努王子跪地求饒之後，就沒有了多少興致。一旁的楊戩見他有些乏了，便低聲道：「陛下是不是累了，要不要去歇一歇？」

趙佶低聲道：「用丹的時辰到了吧。」

楊戩會意，用丹的事，趙佶嚴令不許知會沈傲，所以才這般小心說出來，楊戩輕輕

點頭：「是，差不多是時候了。」

趙佶便起身，由楊戩攙著，威嚴的道：「沈愛卿。」

沈傲朝趙佶行禮，躬身道：「臣在。」

趙佶道：「這裏的事就託付給你了，朕要歇一歇。」說罷，快步領著楊戩退出去。

沈傲連忙道：「恭送陛下。」其餘的藩王們也紛紛道：「恭送大宋皇帝陛下。」

趙佶一走，沈傲的臉色又緩和下來，坐在椅上，慢吞吞的四顧一眼，道：

「本王今日叫你們來，便是要告訴你們一個道理，就是各安天命，既是藩王，就該守藩王的規矩，什麼東西能碰，什麼東西不能碰，心裏要有個底。」

說罷，他朝吳文彩使了個眼色。

吳文彩會意，站起來道：「平西王體恤諸位殿下，特意寫了通商法令，明日便要宣告天下，往後藩王們該做什麼，不該做什麼，都得按著法令中的條款來。」

藩王們聽了，這時誰敢說個不字，紛紛道：「自然，自然。」

沈傲也有些乏了，先退了出去，讓吳文彩與這些藩王宣明法令。他身上的血跡已經乾了，衣衫皺巴巴的，不得不在這衙門換了件常服，才備了馬打道回府。

請續看《大畫情聖》第二輯 十二 傾國一戰

大畫情聖II 十一 越洋遠征

作者：上山打老虎
發行人：陳曉林
出版所：風雲時代出版股份有限公司
地址：105台北市民生東路五段178號7樓之3
風雲書網：http://www.eastbooks.com.tw
官方部落格：http://eastbooks.pixnet.net/blog
Facebook：http://www.facebook.com/h7560949
信箱：h7560949@ms15.hinet.net
郵撥帳號：12043291
服務專線：(02)27560949
傳真專線：(02)27653799
執行主編：朱墨菲
美術編輯：吳宗潔

法律顧問：永然法律事務所 李永然律師
北辰著作權事務所 蕭雄淋律師

版權授權：蔡雷平
初版日期：2015年3月
初版二刷：2015年3月20日
ISBN：978-986-352-027-6

總 經 銷：成信文化事業股份有限公司
地　　址：新北市新店區中正路四維巷二弄2號4樓
電　　話：(02)2219-2080

行政院新聞局局版台業字第3595號 營利事業統一編號22759935
©2015 by Storm & Stress Publishing Co.Printed in Taiwan
◎ 如有缺頁或裝訂錯誤，請退回本社更換

定價：280元　特惠價：199元
版權所有　翻印必究

國家圖書館出版品預行編目資料

大畫情聖II ／ 上山打老虎 著. -- 初版. -- 臺北市：
風雲時代，2014.04 -- 冊；公分

ISBN 978-986-352-027-6（第11冊；平裝）

857.7　　103003450

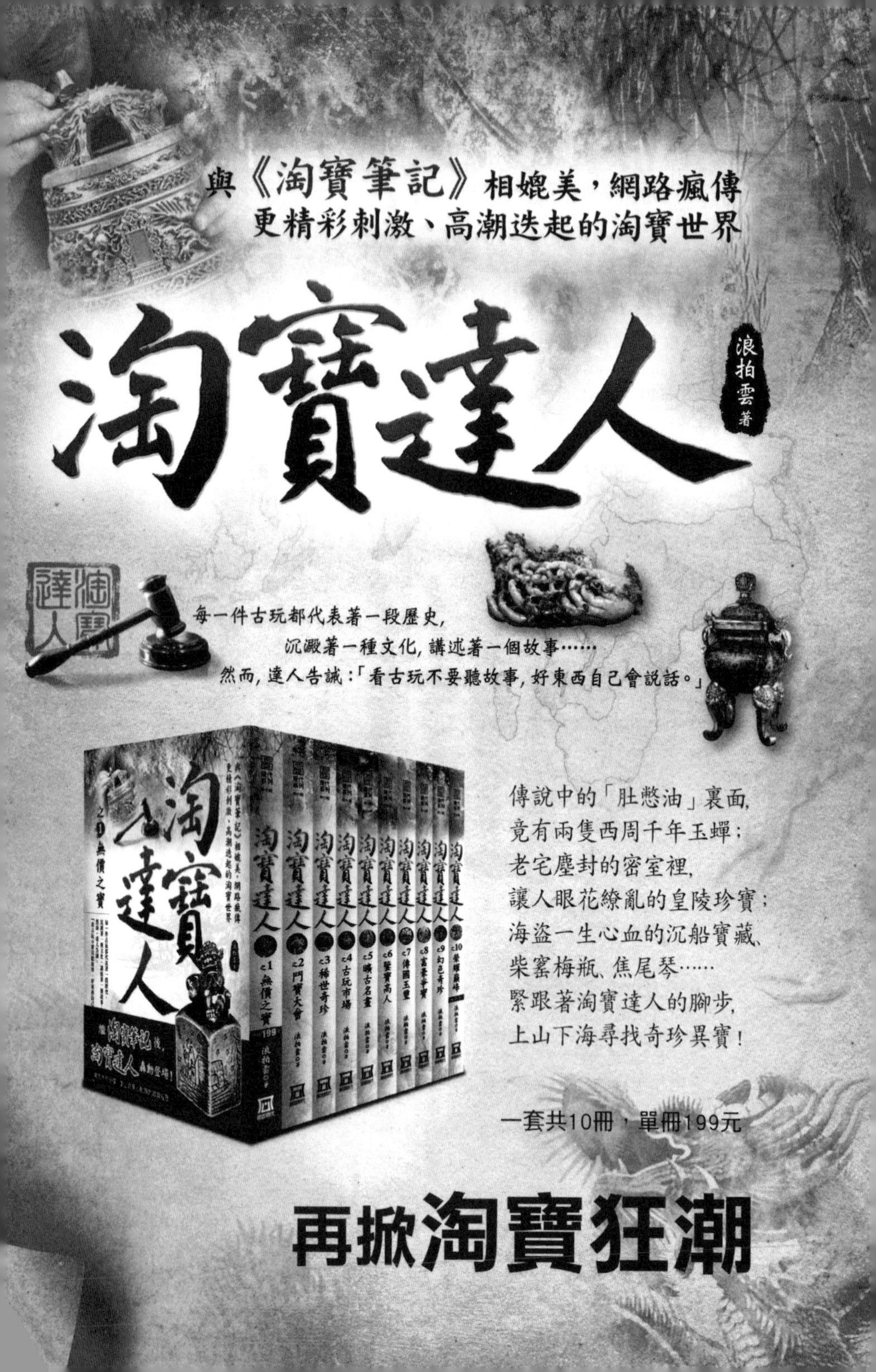

與《淘寶筆記》相媲美，網路瘋傳
更精彩刺激、高潮迭起的淘寶世界
淘寶達人
浪拍雲 著
每一件古玩都代表著一段歷史,
沉澱著一種文化, 講述著一個故事……
然而, 達人告誡 :「看古玩不要聽故事, 好東西自己會說話。」
傳說中的「肚懲油」裏面,
竟有兩隻西周千年玉蟬;
老宅塵封的密室裡,
讓人眼花繚亂的皇陵珍寶;
海盜一生心血的沉船寶藏、
柴窯梅瓶、焦尾琴……
緊跟著淘寶達人的腳步,
上山下海尋找奇珍異寶!
一套共10冊，單冊199元
再掀淘寶狂潮

風雲時代